SANDRA LEONIE

Mein Weg der Unterwerfung

SEHNSUCHT NACH MÄNNLICHER DOMINANZ
EINE WAHRE BEGEBENHEIT

LUST & LIEBE

Inhalt

WER ICH BIN

Ich bin Sandra Leonie, eine ganz normale junge Frau, und ich möchte euch an meinem Leben teilhaben lassen. Ich weiß nicht, wohin mich mein Weg noch führen wird, da ich ihn jeden Tag aufs Neue beschreite. Ich erlebe so viele aufregende Sachen, einige, die mich selbst immer wieder erstaunen, und manche, wo ich andere erstaune. Aber ich bin glücklich darüber, diesen Weg gemeinsam mit meinem Mann Marco zu gehen.

Wir sind schon einige Jahre verheiratet, und unsere Ehe war von Anfang an sexuell sehr offen. Dann haben wir SM entdeckt, weil ich eine Sehnsucht nach »mehr« verspürt habe. Wir leben unsere Lust aus, führen trotzdem eine erfüllte Ehe, die Familie steht immer an erster Stelle. Meine Wünsche werden dabei jedoch nicht nur von einem Mann erfüllt. Auch von ihnen erzähle ich in meinem Buch: Harry ist geradlinig und verfolgt seine Ziele, Stefan ist eher ein Spieler, und mein Mann Marco schenkt mir Verständnis, Geborgenheit und Liebe. Alle drei geben mir etwas und tragen zur Erfüllung meiner Sehnsüchte bei. Ihr werdet es lesen.

Der Grund, warum ich meine Geschichte aufschreibe, ist zum einen, weil mein Mann wollte, dass ich all das festhalte, was ich erlebe, um mir selbst bewusst zu werden, was da in meinem Leben passiert. Zum anderen möchte ich denjenigen helfen, die sich ihrer sexuellen Fantasie oder Neigung noch nicht sicher sind, herauszufinden, ob sie diese wirklich leben wollen oder nicht. Ich will euch zeigen, dass ihr nicht allein seid, sondern es viele gibt, die eine bestimmte Neigung leben und darin erst so richtig aufgehen.

Lasst euch nicht von anderen verurteilen, nur weil ihr eigene Vorlieben habt. Es ist euer Leben, welches ihr so gestalten sollt, wie ihr es für richtig haltet, und euch nicht anpassen, damit andere glücklich sind. *Ihr* sollt glücklich sein, denn – wie heißt es doch – »Jeder ist seines eigenen Glückes Schmied.«

Sandra Leonie

Kapitel 1

DER ANFANG

Es begann alles im Sommer 2004. Endlich Urlaub! Den hatte ich mir nach den anstrengenden letzten Wochen auf der Arbeit auch verdient. Aber was sollte ich nur in meinem Urlaub machen? Um etwas zu buchen, war es zu kurzfristig und wurde mir zu teuer. Ich rief meine beste Freundin Tanja an, die ebenfalls Urlaub hatte. Vielleicht wusste sie ja etwas. Ich wählte ihre Nummer, und nach dem ersten Klingeln ging sie auch schon ans Telefon.

»Hallo, Tanja hier.«

»Hi Tanja, ich bin es, Sandra. Du, ich habe für zwei Wochen kurzfristig Urlaub bekommen. Was machst du in deinem? Hast du schon was geplant?«

»Hey Sandra, schön, von dir zu hören. Ja, ich gehe für ein paar Tage zusammen mit Freunden zum Campen. Wenn du Lust hast, komm doch einfach mit. Wir wollen morgen aufbrechen. Du kannst auch bei mir im Zelt mitschlafen.«

»Das klingt super. Da bin ich natürlich dabei. Mal so richtig abschalten. Wann soll es denn morgen losgehen? Soll ich zu dir kommen?«

»Wir fahren hier bei mir gegen zehn Uhr los, aber wir kommen eh bei dir vorbei und holen dich dann einfach ab.«

»Super! Dann gehe ich jetzt noch schnell ein paar Sachen besorgen. Wir sehen uns morgen bei mir. Ich freue mich. Tschüss!«

»Ich mich auch. Tschüss bis morgen!«

Nach unserem Gespräch machte ich mich sofort auf den Weg, noch ein wenig einzukaufen. Wieder zu Hause angekommen, packte ich gleich meine Tasche. Das war genau der Urlaub, den ich brauchte. Ich ging am Abend sehr früh ins Bett und wachte gegen acht Uhr wieder auf, machte mich fertig, frühstückte noch schnell, räumte ein bisschen auf, und dann kamen auch schon die anderen, um mich abzuholen. Wir fuhren für ein paar Tage ans Wasser. Sonne, Strand und die See – genau das Richtige für mich – und abends dann gemeinsam am Lagerfeuer sitzen und einfach nur Spaß haben.

Nachdem wir unsere Sachen ausgepackt und die Zelte aufgebaut hatten, machten wir uns auf, gemeinsam zu dem Lagerfeuer zu gehen, das für alle, die hier zelteten, da war. So lernte man wenigstens mal wieder neue Leute kennen.

Und da sah ich dann ihn, so atemberaubend und sinnlich. Wo er wohl herkam? Ich setzte mich neben Tanja ans Feuer und merkte, wie mein Blick immer wieder zu dem geheimnisvollen Fremden wanderte. Er saß mir genau gegenüber und ließ mein Herz von Anfang an höher schlagen.

»Tanja, sag mal, ihr zeltet doch öfter hier. Kennst du den Kerl da drüben vielleicht und weißt, wo er herkommt?«

»Nein, tut mir leid, er muss zum ersten Mal hier sein, aber er schaut ein wenig zu alt für dich aus. Meinst du nicht?«

»Mag sein, aber irgendetwas an ihm zieht mich an. Ich weiß nicht was. Er strahlt so eine besondere Stärke und Sinnlichkeit aus. Wie komme ich nur an ihn ran, um mehr von ihm zu erfahren?«

»Warte, das haben wir gleich.«

Und schon stand Tanja auf und ging zu ihm rüber. Was tat sie da? Sie redete mit ihm und zeigte mit dem Finger auf mich. War mir das peinlich … Hätte ich sie doch bloß nicht darauf angesprochen. Wo war jetzt das Loch, in das ich mich verkriechen konnte? Er sah mich an und zwinkerte mir zu. Was hatte das jetzt zu bedeuten? Tanja kehrte zurück und sprach zu mir: »Also, er heißt Marco und kommt aus Bayern. Er macht hier mit ein paar Freunden Urlaub, ist aber nur noch drei Tage hier. Er würde dich gern näher kennenlernen. Also los, worauf wartest du? Geh zu ihm rüber!«

Das hatte sie ja mal wieder toll hinbekommen. Wenn ich jetzt nicht zu ihm ginge, wäre es peinlich. Aber was hatte ich denn zu verlieren? Wahrscheinlich werde ich ihn eh nie wiedersehen, da er nicht aus dem Norden kam. Noch dazu schien er um einiges älter als ich zu sein. Ich beschloss also, mich neben ihn zu setzen, und stellte fest, wie gut er roch.

»Hallo, ich bin Marco. Mit wem habe ich das Vergnügen?«

»Oh, äh, ich bin Sandra.« Noch blöder hätte ich ihn nicht begrüßen können.

»Hallo Sandra, schön hier, nicht wahr?«

»Ja, das, was ich bis jetzt sehe, gefällt mir sehr.«

»Danke fürs Kompliment.«

»Warum Kompliment? Ich meinte doch die Gegend.«

»Ja, natürlich meintest du sie. Wie konnte ich nur denken, du meintest mich«, sagte Marco mit einem leichten Lächeln.

Flirtete er etwa mit mir? Wir unterhielten uns den Rest des Abends noch sehr angeregt miteinander, und auch an den darauffolgenden Tagen unternahmen wir viel gemeinsam, soweit es unsere Zeit zuließ, schließlich waren wir ja nicht allein, sondern mit unseren Freunden unterwegs. Leider musste er nach drei Tagen schon wieder abreisen, ohne dass wir die Adressen oder Telefonnummern ausgetauscht hatten. Ich hatte mich nicht getraut, ihn zu fragen. Er war doch um einiges älter als ich.

Meine Gedanken kreisten weiter um ihn und ließen mir keine Ruhe. Ich kann nicht genau sagen, was mich so sehr an Marco beeindruckte, aber er war so umwerfend und hatte mir allein in diesen wenigen Tagen immer das Gefühl gegeben, ich wäre etwas Besonderes. Ich wollte diesen Menschen noch näher kennenlernen. Es war wirklich schade, dass wir den Moment verpassten, unsere Nummern zu tauschen. Doch was wäre, wenn es für Marco nur ein schöner Flirt und nicht mehr war? Ich hatte zwar keinen Ring an seinem Finger gesehen, doch was, wenn er schon verheiratet und somit vergeben war? Endlich interessierte ich mich mal für einen Mann, und dann so was. Ich hätte heulen können.

»Mensch Sandra, jetzt reiß dich gefälligst zusammen und gib nicht so schnell auf. Immer dieses Was-wäre-wenn. Das hilft dir auch nicht weiter.« Nein das tat es wirklich nicht. Doch was sollte ich tun? Mehr als seinen Namen und dass er in Bayern lebte, wusste ich nicht. Wenn ich es einfach im Internet versuchen und dort seinen Namen eingeben würde? Eventuell fände ich da mehr über ihn heraus. – Das war es! Sobald der Urlaub vorbei war, wollte ich es probieren. Was sollte ich schon verlieren? Er wohnte in Bayern und ich im Norden, da gab es nichts zu verlieren.

So stöberte ich, als ich wieder zu Hause war, im Internet herum, bis ich seine ICQ-Nummer herausbekam. Doch was machte ich jetzt damit? Sollte ich ihn einfach anschreiben? Was, wenn er sich gar nicht mehr an mich erinnerte? Egal, ich schrieb ihn einfach an. Marco antwortete mir noch am selben Abend, und unser Schreibkontakt nahm seinen Lauf. Ich erfuhr von ihm, dass er nicht vergeben war und er mich auch nicht vergessen konnte. Erst durch das ganze Hin-und-her-Schreiben verliebten wir uns ineinander. Leider trennten uns 800 Kilometer, und so würden uns nur die Wochenenden bleiben, um uns zu sehen. Ich war gespannt, ob so eine Fernbeziehung wirklich Bestand haben könnte. Einfach wird es auf jeden Fall nicht für uns werden.

Marco fing an, mich zu besuchen. Seit wir uns das erste Mal gesehen hatten, waren bereits acht Wochen vergangen. Doch in dieser Zeit hatten wir viel miteinander telefoniert und geschrieben. Ich war sehr nervös. Erst jetzt würde sich zeigen, ob unsere Liebe wirklich echt oder doch nur virtuell war. Hinzu kam, dass ich noch nie einen Mann bei mir zu Hause hatte. Marco wäre der erste. Sollte ich mit ihm in meinem Bett schlafen oder ihn doch lieber auf der Couch schlafen lassen? Ich hatte auf diesem Gebiet überhaupt keine Erfahrung. Was, wenn er in der ersten Nacht schon mehr als nur kuscheln wollte? Immerhin war er ein sehr erwachsener Mann, und ich? Was war ich? Eine 22-jährige Jungfrau. Ich schämte mich dafür. Ich machte mir einfach über so viele Dinge Gedanken – dabei kam alles ganz anders. Marco legte sich in unserer ersten gemeinsamen Nacht ganz dicht an mich. Wir schliefen eng aneinandergekuschelt ein, ohne dass er mich bedrängte, mehr zu wollen.

An unserem zweiten Abend ging ich mit Marco an der Elbe spazieren und druckste etwas herum. Ich musste ihm unbedingt etwas Wichtiges beichten, doch wusste ich nicht genau, wie ich es anstellen sollte. Es ließ mir schon den ganzen Tag über keine Ruhe. Das war gar nicht so leicht. Wie erklärte man einem 14 Jahre älteren Mann, dass man noch Jungfrau ist, obwohl man schon 22 war? Das glaubte einem in der heutigen Zeit doch niemand mehr.

Und doch war es so. Ich hatte bis jetzt einfach nie das Bedürfnis gehabt, mit einem Kerl intim zu werden, noch dazu hatten mich die Männer in meinem Alter nicht wirklich interessiert. Meine schulische Ausbildung war mir immer wichtiger. Aber wie sagte ich ihm das bloß? Er wollte bestimmt bald Sex haben, und was wäre, wenn es dann nicht ging? Mir war es so unangenehm, ihm das zu beichten, aber ich konnte ihn nicht ins offene Messer laufen lassen – oder doch? Nein, das war nicht meine Art.

Nach einer halben Stunde machten wir an einer Bank halt. Diese Gelegenheit musste ich nutzen. Den passenden Moment dafür gab es wohl nie, also nahm ich all meinen Mut zusammen.

»Marco, ich muss dir was Wichtiges sagen«, stammelte ich vor mich hin. »Aber ich weiß nicht genau wie.«

»Was willst du mir denn sagen, dass du so schüchtern dabei bist?«

»Es ist so, ich … ja, wie soll ich es sagen?«

»Ich glaube, ich weiß es. Du bist noch Jungfrau, oder?«

Ich riss meine Augen weit auf und starrte ihn an. »Ja, aber woher weißt du das? Findest du es sehr schlimm?«

»Nein, mach dir da mal keinen Kopf. Das ist überhaupt nicht schlimm. Du hast so herumgedruckst, dass ich es einfach erraten habe, und wie man sieht, lag ich richtig. Das bekommen wir schon hin.«

Ich war sichtlich erleichtert, dass er es so leicht hinnahm und nicht weiter nachhakte, warum es so war. »Bin ich erleichtert, dass du das so siehst. Mir fiel es nicht leicht, dir das zu beichten.«

Daraufhin zog mich Marco ganz dicht zu sich, und ich schmiegte mich eng an ihn heran.

Jetzt, wo es endlich raus war, wollte ich aber endlich wissen, wie er sich anfühlte, der erste Sex. War er wirklich so furchtbar, wie einige behaupteten? Ein wenig Angst davor hatte ich zwar schon, aber wenn ich es jetzt nicht ausprobierte, dann blieb ich ewig eine eiserne Jungfrau.

Wir versuchten noch in derselben Nacht, miteinander zu schlafen, nur klappte es nicht so, wie ich es mir erhofft hatte. Marco kam nicht in mich rein. Er meinte, ich sei noch zu verkrampft, doch richtig nachvollziehen konnte ich es nicht. Ich war total frustriert, aber Marco besänftigte mich und sagte mir: »In zwei Tagen muss ich wieder nach Hause fliegen und hätte eventuell eine Idee. Ich weiß natürlich nicht so genau, wie du darauf reagierst.«

»Ja, das weiß ich auch nicht. Du musst mir schon sagen, was du meinst.«

»Na ja, ein bisschen peinlich ist mir das jetzt schon. Könntest du dir vorstellen, dass ich dir einen Dildo oder Vibrator kaufe, den ich dir schicke? Dann hättest du die Möglichkeit, lockerer zu werden.«

Ich sah, wie Marco rot wurde. Es schien ihm etwas unangenehm zu sein. Auch wenn ich nicht wusste, wie ich mit einem Dildo oder Vibrator umgehen sollte, so fand ich seine Idee echt süß. Andere Männer schenken ihren Freundinnen Blumen, und was machte Marco …? Er wollte mir einen Vibrator schenken. Irgendwie war das schon lustig.

Marco hielt sein Versprechen und schickte mir schon nach wenigen Tagen ein Paket, in dem sich der besagte Vibrator befand. Etwas zaghaft öffnete ich es, und als ich das fleischfarbene Ding, das einem richtigen Penis sehr, sehr ähnlich sah, in meiner Hand hielt und betrachtete, war mein allererster Gedanke: Oje, ist der groß! Den bekomme ich ja nie in mich rein und schon gar nicht allein. Was, wenn er stecken bleibt und ich ihn nicht wieder herausbekomme? Ich kann dann schlecht zu meiner Mutter gehen und sagen: »Du Mami, kannst du mir mal helfen? Ich bekomme den Vibrator da unten nicht wieder raus.« Das ging nun wirklich nicht.

Wie peinlich wäre das? Das war im Nachhinein vielleicht dumm, aber das waren meine ersten Gedanken.

Am liebsten hätte ich das Teil einfach irgendwo in meinen Sachen vergraben und keinen Gedanken mehr daran verschwendet, denn es war wirklich total absurd, sich mit einem Vibrator entjungfern zu wollen. Noch dazu hatte ich überhaupt keine Ahnung, ob ich es wirklich selbst konnte. Beim ersten Mal gibt der Mann häufig vor, wie vorsichtig er in die Frau eindringt, glaubte ich zumindest, doch mit dem Vibrator sollte ich es selbst steuern, und genau da lag mein Problem. Konnte ich es überhaupt? Auf der einen Seite war die Neugier, endlich zu wissen, wie es sich anfühlte, und auf der anderen Seite scheute ich mich gerade davor, denn immerhin war es für mich selbst ein enorm großer Schritt, und der Traum vom ersten Mal mit einem Mann ging dahin. Jedes Mädchen träumte von ihrem ersten Sex, nur war ich eben kein Mädchen mehr. Also warum dann dieses ganze Hin und Her? Reiß dich zusammen, Sandra, und wage doch einfach mal etwas in deinem Leben. Es wird ja keiner erfahren außer Marco. So drehten sich meine Gedanken im Kreis.

Die Neugier war so groß, dass ich es endlich wissen wollte, wie es sich anfühlte, vor allem mit der Vibration … sofern ich ihn überhaupt reinbekam. Irgendwie hatte es schon etwas Verruchtes an sich. Wenn ich das meiner Freundin Tanja erzählen würde, die würde mich für verrückt erklären und sagen: »Schieß Marco in den Wind, der hat sie nicht mehr alle«, zumal sie noch nicht mal wusste, dass ich zu dem Zeitpunkt noch Jungfrau war.

Bei ihr ging immer alles so leicht. Sie hatte schon mit 16 ihr erstes Mal, wie so viele andere auch. Ich war einfach nicht normal und hatte verdammt viel nachzuholen. Wenn ich ein paar Jahre zurückdachte, dann gab es einmal einen Moment, wo es beinahe zum ersten Mal gekommen wäre. Ich war gerade 17 Jahre und auf dem Polterabend meines Bruders. Dort lernte ich Basti kennen. Wir hatten an dem Abend beide sehr viel Spaß und einiges getrunken. Schließlich landete ich bei ihm im Bett. Alles ging so schnell, doch zu dem entscheidenden Punkt kam es in dieser Nacht nicht. Kurz bevor Basti in mich eindringen wollte, erschlaffte sein Glied, und es dauerte keine Minute, da schlief er auch schon ein. Wir hatten beide eindeutig zu viel Alkohol intus, und es hatte wohl nicht sein sollen. Doch wenn ich jetzt an genau diese Nacht zurückdachte, dann war ich eigentlich sehr froh, dass es mit Basti damals nicht funktioniert hatte. Ich wollte bei meinem ersten Mal nicht betrunken, sondern mit meinen ganzen Sinnen dabei sein, um es genießen zu können.

Ich dachte viel darüber nach, wie ich es nun angehen sollte. So versuchte ich, mich an diesem Abend etwas zu lockern, und entschied mich dafür, erst mal ein schönes heißes Bad zu nehmen, um der ganzen Sache mit dem Vibrator einfach entspannter gegenüberzutreten. Nach einem heißen Bad stieg ich aus der Wanne und hüllte mich in mein flauschiges Handtuch, schlüpfte in meine Latschen und ging in mein Schlafzimmer, wo ich mir ein schummriges Licht anmachte und dazu etwas ruhige Musik. Den Vibrator hatte ich zuvor schon unter mein Kopfkissen gelegt. Ich ließ das Handtuch fallen, stieg unter meine Bettdecke und versuchte, mich langsam und zärtlich mit meinen Fingern zu erregen. Meine Gedanken waren dabei nur bei Marco. Ich stellte mir vor, es wären seine Hände, die meinen Körper ganz vorsichtig erkundeten. Schon nach kurzer Zeit merkte ich, wie die ganze Anspannung immer mehr von mir fiel und wie feucht ich zwischen meinen Schenkeln wurde.

Mit der linken Hand fing ich an, meine Brüste abwechselnd zu streicheln, mit der rechten zog ich den Vibrator unterm Kopfkissen hervor. Ich bewegte ihn ganz langsam und vorsichtig an meinem Oberkörper in Richtung meiner Mitte, streichelte mich dabei aber immer noch mit der anderen Hand an den Brüsten. Dann fing ich an, den Vibrator vorsichtig an meiner Mitte entlangzustreichen. Dabei merkte ich, dass er sich ein wenig zu rau anfühlte, und feuchtete ihn mit meinem Speichel etwas an. Ich schaltete die Vibration ein und ließ den Vibrator ganz vorsichtig über meine Klitoris kreisen. Das fühlte sich wirklich wahnsinnig erregend an … Ein tolles Gefühl! Die Vibration erfasste schlussendlich auch meinen ganzen Körper, bis ich innerlich explodierte und so meinen ersten Orgasmus durch einen Vibrator bekam.

Doch ich wollte noch mehr, spreizte meine Beine ein klein wenig weiter, nahm dann meine linke Hand zu Hilfe und zog meine Schamlippen etwas auseinander, um dem Vibrator ein wenig mehr Platz zu machen. Ich versuchte, ihn Stück für Stück in mich reinzuschieben. Leider stieß ich an die gleiche Grenze wie zuvor schon mit Marco. Dennoch erregte mich das Ganze so sehr, dass ich nicht aufgeben wollte. Einen Orgasmus hatte mir der Vibrator immerhin schon beschert. An diesem Abend klappte es leider nicht mehr, doch ich versuchte es an den folgenden Tagen immer wieder. Ich merkte, wie ich innerlich immer lockerer wurde und mich danach sehnte, endlich von Marco ausgefüllt zu sein. Die Idee mit dem Vibrator hatte wirklich funktioniert. Ich schaffte es zwar nie, ihn komplett aufzunehmen, geschweige denn, mich zu entjungfern, aber ich wurde durch den Vibrator viel lockerer, vielleicht gerade weil es mich so erregte, damit zu experimentieren. Normal oder nicht … egal.

Die Wochen vergingen, und endlich war es so weit. Marco kam mich wieder besuchen. Ich erzählte ihm von meinem Erlebnis mit dem Vibrator. Marco war sehr neugierig und wollte genau wissen, wie ich es gemacht hatte. Schon an seiner Hose sah ich, wie erregt er war. Mir ging es nicht anders. Ich wollte wissen, wie es sich anfühlte, von ihm vollkommen ausgefüllt zu sein. Meine Hand strich langsam über seinen Schritt. Dabei flüsterte ich ihm ins Ohr: »Heute will ich nicht den Vibrator, sondern dich in mir spüren.« Wir küssten uns sehr innig, und ich nahm Marco bei der Hand, schob ihn schnurstracks ins Schlafzimmer, wo wir uns gegenseitig langsam und beide sehr nervös auszogen. Marco wanderte mit seinem Mund zärtlich zu meiner Mitte. Er liebkoste meine Klitoris, bis ich erschauerte und von einem Höhepunkt überflutet wurde.

Und dann geschah es. Marco küsste mich wieder sehr innig und drang ganz vorsichtig in mich ein. Ein wenig unangenehm war es am Anfang schon. Als Marco merkte, dass ich mich verkrampfte, zog er sich sofort ein Stück aus mir heraus, um dann erneut wieder ganz vorsichtig in mich einzudringen. Ich ließ mich immer mehr fallen und fing an, es richtig zu genießen, und gelangte zu meinem ersten vaginalen Höhepunkt. Kurz darauf hatte auch Marco seinen und ergoss sich in mir.

So fühlte sich also das erste Mal an. Es war nicht so furchtbar, wie man immer hörte. Es fing sogar an, mir sehr zu gefallen. Wie hatte ich es nur all die Jahre ohne Sex ausgehalten? Es war einfach ein unbeschreibliches Gefühl. In mir wurde eine Seite erweckt, die all die Jahre vor mir verborgen blieb. Ich wusste nicht, wie sinnlich und erregt ich sein konnte. Ständig musste ich an Sex denken. Marco und ich schliefen jeden Tag, den er noch bei mir war, miteinander und das nicht nur einmal. Er musste erkannt haben, dass ich anders war als seine Verflossenen, und fing an, mit mir ganz offen über das Thema Sex zu reden.

»Wenn ich mir vorstelle, dass ich dein erster und einziger Mann bleibe, dann bin ich darüber nicht glücklich. Früher oder später wirst du das Gefühl haben, etwas verpasst zu haben, und dich eventuell heimlich mit fremden Männern treffen, und so eine Beziehung will ich nicht.«

»Das kann ich dir nicht sagen, ob das so sein wird. Du bist meine erste richtige Beziehung. Ich weiß nicht, ob irgendwann mal das Bedürfnis nach einem anderen Mann aufkommt oder nicht. Ich kenne mich mit Sex noch nicht richtig aus. Das mit dir ist so neu für mich, und doch will ich es schon nicht mehr missen. Mir gefällt diese Seite an mir.«

»Das ist auch gut so. Du sollst sie auch nicht mehr missen müssen. Ich will nur nicht, dass du irgendwann das Gefühl bekommen wirst, irgendetwas zu verpassen. Wir können ja einfach mal so im Internet herumschauen, was es da gibt. Ich habe gehört, dass es Seiten gibt, bei denen man sich anmelden und untereinander austauschen kann, rein sexuell gesehen. Vielleicht sollten wir damit anfangen.«

»Wie meinst du das jetzt genau?«

»Es gibt im Internet Plattformen, wo sich Paare oder auch Singles aufhalten und sich im sexuellen Bereich mit der Devise ›Alles kann, nichts muss‹ austauschen.«

»Okay, und du meinst, es ist der richtige Weg? Versuchen können wir es ja. Aber was ist, wenn es mir nicht gefällt?«

»Dann beenden wir es ganz einfach wieder. Wir suchen erst mal diese Seite, und dann schauen wir mal.«

Wir beschlossen also gemeinsam, diesen für uns neuen Weg zu gehen. Unsere Beziehung wurde wirklich immer verrückter. Ich war erst seit ein paar Tagen keine Jungfrau mehr, und nun das. Ich hätte dazu auch Nein sagen können, aber irgendetwas trieb mich dazu, es wenigstens mit Marco auszuprobieren. Ich war 22 Jahre alt und hatte so viel nachzuholen. Selbst meine Freundin Tanja hatte alle drei Monate einen neuen Lover, und ich möchte nicht wissen, was sie schon alles erlebt hatte. Ich hatte noch keine Erfahrungen, und wenn ich sie jetzt nicht sammele, wann dann? Ich war ein sehr neugieriger Mensch, und mit Marco kam mir alles so richtig und echt vor. Dieses Gefühl, das ich für Marco empfand, konnte ich nicht beschreiben. Ich wusste einfach, dass er der Richtige für mich war. Auch wenn es für einige ein ziemlicher Sprung war, so fühlte es sich für mich doch richtig an.

Wir fingen an, uns im Internet schlauzumachen, und fanden schließlich eine Plattform, wo auch andere Pärchen, Solodamen und Solomänner angemeldet waren, die genauso wie wir dachten, dass man seine Sexualität ausleben sollte. Wir meldeten uns unter einem Pseudonym an und schauten uns auf der Seite um. Anfangs war das schon komisch. So viele Paare und Männer, die dort ihre Bilder hochluden und sich völlig ungeniert zeigten.

»Hm, brauchen wir nicht auch Bilder?«, fragte ich Marco.

»Stimmt, ohne Bilder wirkt so ein Profil nicht authentisch. Es könnte den Eindruck erwecken, wir wären ein Fake.«

Gesagt, getan, und wir machten noch am selben Abend erste Fotos von uns, vor allem aber von mir. Doch bevor wir sie auf jener Plattform reinstellten, bearbeitete Marco sie, schließlich wollten wir nicht, dass jemand unsere Gesichter erkannte. Und unsere Anonymität sollte bewahrt bleiben. So hatten wir unser erstes Profil auf dieser Plattform angelegt und waren gespannt, wer sich melden und wen wir entdecken würden.

Ein komisches Gefühl hatte ich trotzdem dabei, auch wenn ich neugierig war. Diese ganze Welt war einfach noch zu neu für mich, und dann gleich von null auf hundert da rein ... Das glaubte mir keiner, dem ich das erzählen würde. Normalerweise redete man doch mit seiner besten Freundin darüber, doch meine würde mich nicht verstehen. Sie würde behaupten, dass Marco mich dazu dränge, um selbst einen Vorteil daraus zu ziehen. Marco war aber kein Macho. Er war sehr einfühlsam und zuvorkommend. Er war mein Traumprinz und gab mir so viele Möglichkeiten, mich selbst zu entdecken.

Schon ein paar Tage später lernten wir ein Pärchen aus Marcos Gegend kennen. Es wollte uns unbedingt kennenlernen und sich mit uns treffen. Ich war am Anfang noch etwas unsicher, ob ich das alles wirklich wollte. Mir reichte Marco eigentlich vollkommen. Ich brauchte keinen anderen Mann, und ich wusste auch nicht, ob ich es ertragen konnte, Marco mit einer anderen Frau zu sehen, wie sie miteinander Sex hätten. Ich erzählte Marco meine Bedenken. Er verstand mich, wollte aber dennoch, dass wir uns wenigstens einmal mit dem Paar treffen, ganz unbefangen, ohne dass was läuft. Es wäre ja ein erster Schritt in diese Richtung, bevor ich Nein sage, meinte er. Ich sollte mir nicht so viele Gedanken machen, sondern es einfach auf mich zukommen lassen. Es würde für den Anfang auch reichen, wenn man sich sympathisch ist, dass man sich gegenseitig beim Sex zuschaut. Auch das könne sehr erregend sein, sagte er, und lockere eventuell alles ein wenig auf. Also gut, wenn er es so gern möchte, dann probiere ich es. Vielleicht hatte er ja recht, und ich machte mir wirklich zu viele Gedanken darüber. Ich sollte ihm einfach vertrauen. Er war in Sachen Sex viel erfahrener als ich. Nur so einfach war das nicht.

Ich nahm mir eine Woche frei und flog zu Marco. Dort trafen wir uns dann mit Mirko und Denise in einem Lokal. Ich war nervös. Erst vor ein paar Wochen war ich entjungfert worden und sollte mich jetzt schon mit anderen treffen, über Sex reden und mir dabei zusehen lassen. Ob ich das wirklich konnte? Ich hatte zwar schon mit Marco eingehend darüber geredet und bin zu dem Entschluss gekommen, es einfach auf mich zukommen zu lassen. Dennoch hatte ich kurz vor dem Treffen wieder diese Bedenken.

Die zwei erzählten uns, dass sie schon etwas länger auf der Plattform unterwegs wären und schon so einiges erlebt hatten. Wir kamen darauf, dass es in der Nähe ein Pornokino gab, und beschlossen, gemeinsam dort hinzugehen, einfach mal um zu schauen, was da so los war. Die zwei nahmen das im Gegensatz zu mir alles sehr locker. Ich kam mir extrem verkrampft vor. Auch für Marco war es viel leichter als für mich. Was erwartete er von mir? Ich hatte, ehrlich gesagt, ein wenig Zweifel. Ich konnte doch nicht vor allen Leuten Sex haben? Wie sollte das gehen? Durfte man so was überhaupt in einem Pornokino? Ich war nervös, und doch erregte mich der Zustand auch irgendwie. Aber warum?

Diese ganze Gefühlswelt mit der Sexualität war neu für mich, meine ganzen Empfindungen so anders. Ich wusste eigentlich nicht, was ich wirklich wollte. Ich sollte mich einfach auf Marco verlassen und mich von ihm führen lassen. Ich hatte das Gefühl, dass er eher wusste, was ich wollte und was gut für mich war. Noch dazu war er mir in Sachen Sex einfach einige Erfahrungen voraus und hatte schon mehrere Frauen vor mir gehabt, wohingegen ich mit keinem einzigen Mann intim geworden bin außer mit ihm. Es wäre für mich das erste Mal, Sex vor anderen zu haben, aber auch für Marco. Auch er war etwas nervös, doch nicht so sehr wie ich … zumindest zeigte er es nicht nach außen. Es merken doch bestimmt alle, dass ich eine blutige Anfängerin auf dem Gebiet bin, dachte ich.

Wir suchten im Internet nach der Adresse des Pornokinos und fuhren gemeinsam dorthin. Wir bezahlten den Eintritt und gingen zuerst an die Bar, um etwas zu trinken. Hier waren viele Männer, die mich alle ansahen. Die meisten waren viel älter als Marco oder ich und schauten optisch auch nicht sehr schön aus. Was erwarteten sie jetzt hier von mir? Diese ganzen gierigen Blicke … Ich kam mir wie im Mittelalter auf einem Sklavenmarkt vor, wo Sklaven gehandelt und zur Schau gestellt wurden. So fühlte ich mich auch gerade. Ich wurde den Gedanken nicht los, dass sie mir am liebsten alle an die Wäsche wollten. Fasst. Mich. Ja. Nicht. An. Mit euren schmierigen Fingern. Ich stellte mich direkt vor Marco, in der Hoffnung, dass mich keiner einfach so berührte.

Der Besitzer des Kinos führte uns schließlich etwas herum. Er zeigte uns die gesamten Räumlichkeiten und erklärte die Regeln des Kinos. Dort gab es auch eine extra Couch, die nur für Paare war, die mit einem Seil von den anderen, hauptsächlich männlichen, Besuchern abgetrennt wurde. Wir bahnten uns zu viert einen Weg durch die Männer und setzten uns. Mir ging so viel durch den Kopf, und ich war mir nicht sicher, ob ich das alles wollte und konnte.

Ich flüsterte Marco ins Ohr: »Das ist mir, ehrlich gesagt, zu viel hier. Ich kann das noch nicht. Bitte sei nicht böse, aber lass uns gehen.«

»Bist du wirklich ganz sicher? Ich will dich zu nichts drängen.«

»Ich bin mir sicher. Bitte.«

»Ja, aber warte noch ein wenig. Ich muss erst schauen, wie ich es den beiden erkläre.«

»Okay, aber lass dir nicht zu lange Zeit.«

Doch dazu kam Marco nicht, denn Mirko und Denise merkten, dass wir uns unwohl fühlten, und fragten uns, ob wir nicht Lust hätten, mit zu ihnen nach Hause zu fahren. Wir könnten es uns gemütlich machen, aber als wir dort ankamen, war Denise schon so betrunken, dass sie plötzlich einschlief, und so fuhren Marco und ich wieder nach Hause. … Das erste Erlebnis mit einem anderen Pärchen, und was ist gelaufen: nichts. Die zwei waren zwar nett, aber eine richtige Sympathie ist nicht entstanden, und ehrlich gesagt, war ich auch froh darüber. Es war mir für den Anfang irgendwie zu viel. Wir sahen die beiden danach nicht wieder.

Aber Marco ließ nicht locker und meinte, wir sollten nicht gleich alles hinschmeißen, sondern weitersuchen. Vielleicht fänden wir doch noch jemanden, bei dem es passen könnte und es mir auch leichter fiel. Also suchten wir im Internet weiter nach anderen Pärchen und bekamen den Tipp, uns auf einer anderen Plattform umzuschauen, die besser sei.

Auch dort meldeten wir uns an und lernten nach kurzer Zeit ein weiteres Pärchen kennen, mit dem wir uns erst mal nur schrieben. Marco erzählte mir an einem Abend am Telefon: »Ich glaube, es ist besser, wenn wir erst mal für uns etwas erleben, draußen oder in einem anderen Pornokino. Ich merke, dass es dir mit einem anderen Paar zu schnell geht. Du reagierst immer sehr distanziert, wenn ich dir erzähle, was sie schreiben.«

»Ja, das wäre wohl besser. Mir tut es ja leid, dass ich da nicht so mitgehe, wie du es gern möchtest. Es ist für mich noch sehr neu, und ich weiß nicht, ob es wirklich der Weg ist, den ich gehen will. Aber ich bin mit deinem Vorschlag einverstanden. In drei Wochen bin ich wieder für ein paar Tage bei dir, dann können wir es ja mal versuchen.«

»Ich werde mir das Kino aber vorher selbst erst einmal anschauen, ob es wirklich dafür geeignet ist, nicht dass es dich wieder schockt.«

Marco wollte da wirklich allein hingehen? Ganz so recht war mir das nicht. Was, wenn er dort eine andere Frau trifft, die ihm mehr zusagt als ich? Ich wurde etwas eifersüchtig. Wenn er sich dann wirklich mit einer anderen vergnügt … Diese Gedanken machten mich verrückt. Sollte ich ihm meine Bedenken sagen oder ihm einfach vertrauen? Nachdem ich deswegen eine schlaflose Nacht hatte, kam ich trotzdem zu dem Entschluss, ihm nichts wegen meiner kleinen Eifersucht zu erzählen. Ich musste ihm einfach vertrauen. Er vertraute mir ja auch, dass ich mich auch nicht nach einem anderen Mann umsah.

Zwei Tage später erzählte Marco mir am Telefon, dass dieses Kino etwas besser als das erste, das wir vor Kurzem besuchten, wäre, weil es dort richtige Paar-Abende gab, an denen nur Pärchen in einen bestimmten Kinosaal durften. Wir wären von dem ganzen Männerandrang abgetrennt. Das klang für mich viel angenehmer.

Bevor es zu einem Treffen mit dem Paar, mit dem wir schon schrieben, kam, entschlossen wir uns, das Kino auszuprobieren. Nachdem die Wochen, in denen wir uns nicht sahen, endlich vorbei waren, machte ich mich mit der Bahn auf den Weg nach München zu Marco. Noch am selben Abend gingen wir hin. Als wir dort eintrafen, schauten wir uns ein wenig um und gingen in den Kinosaal für Paare, blieben aber noch etwas schüchtern an der Tür stehen, während unser Blick über die Sitzreihen huschte. Ich krallte mich an Marcos Arm fest. Ganz hinten in der Mitte war ein sehr hübsches Paar, welches gerade voll bei der Sache war. Marco suchte uns einen Platz nahe dem Pärchen. Wir fingen an, die beiden zu beobachten. Selbst nach einer Stunde waren sie immer noch nicht fertig.

Sie stöhnten sehr hemmungslos und ließen sich einfach von ihrer Lust treiben. Das, was wir hier sahen, war viel besser als die Kinoleinwand mit den schlechten Erotikfilmen. Ich begann ganz unbewusst, Marcos Hose zu öffnen, und nahm sein Prachtstück heraus. Ich schloss meine Finger darum und bewegte meine Hand auf und ab. Marco fing an zu stöhnen. Während er versuchte, dem Pärchen weiter zuzuschauen, beugte ich mich weiter runter, nahm sein Prachtstück zwischen meine Lippen und begann, ihn mit meinem Mund zu verwöhnen.

Auf einmal zog er mich hoch, drückte mich in meinen Sitz zurück und zog mir meine Hose und meine Bluse aus. Er ließ mir keine Zeit, darüber nachzudenken, ob ich es wirklich wollte. Schließlich saß ich nur noch in Unterwäsche da. Marco öffnete meinen BH und streichelte meine Brüste. Dann legte er seinen Mund auf meine Nippel und saugte ganz leicht daran. Ich merkte, wie feucht ich wurde, und wand mich unter seiner Liebkosung. Er schob eine Hand in meinen Slip und ließ sie auf dem Venushügel ruhen. Bitte berühre mich dort weiter … Ich drückte ihm meinen Unterleib entgegen, woraufhin er seine Hand wieder entzog. Dann glitt er auf den Boden zwischen meine Beine, zog mir langsam meinen Slip aus und hauchte leicht seinen Atem auf meine Klitoris. Bitte. Nimm. Mich. Bitte erlöse mich, waren meine Gedanken. Ich wollte ausgefüllt werden von ihm. Er steckte einen Finger in mich rein. Das hielt ich nicht lange aus.

Ich stöhnte laut, obwohl noch andere im Raum waren. Ich war so sehr erregt, dass ich es nicht so wahrnahm. Marco zog mich hoch, drehte mich um und war mit einem einzigen Stoß in mir. Dabei flüsterte er mir ins Ohr: »Schau nur da oben das Pärchen. Sie haben aufgehört, nur um uns dabei zuzusehen.« Ich merkte, wie ich rot wurde, und schämte mich, aber Marco ließ es nicht lange zu und stieß immer wieder in mich, bis ich wieder die ganze Konzentration verlor und nur noch diese berauschende Lust und das Prickeln spürte. Ich hörte mich selbst stöhnen und drückte ihm immer wieder mein Hinterteil entgegen. Während Marco mich weiter stieß, legte er einen Finger auf meine Klitoris und ließ ihn langsam kreisen, bis ich es nicht mehr aushielt und in einem gellenden Schrei explodierte. Der Orgasmus kam so plötzlich und heftig. Marco gab mir aber keine Ruhe, sondern stieß weiter und immer schneller zu, bis auch er sich in mir ergoss. Wir waren beide völlig außer Atem. Als wir uns in die Augen schauten, mussten wir beide lachen.

Dieses Erlebnis war unser erstes, wo uns andere beim Sex zuschauten und wo wir im Gegenzug auch andere beobachten konnten, ein Sehen und Gesehenwerden. Es hatte uns dort so gut gefallen und uns so erregt, dass wir ab jetzt öfter dort hingingen. Meine ganzen Vorbehalte, die ich vorher hatte, waren auf einmal weg. Wäre dieses eine Paar nicht gewesen, dann hätte ich diese Bedenken wohl immer noch gehabt.

In der Zwischenzeit lernten wir noch einige andere Pärchen kennen und trafen uns im Kino mit einem weiteren, bei dem es noch etwas mehr zur Sache ging. Die zwei waren uns sehr sympathisch. So trafen wir uns auch mal privat bei ihnen zu Hause. Dort geschah es auch zum ersten Mal, dass wir die Partner tauschten. Es passierte alles ganz ohne Zwang. Wir ließen uns einfach von der Lust treiben. Marco vergnügte sich mit ihr und ich mich mit ihm, und wir schauten uns dabei gegenseitig zu. Das erregte uns so sehr, dass wir unbedingt mehr davon wollten. Nur war unsere Zeit leider begrenzt, weil ich noch im Norden wohnte – aber zum Glück nicht mehr lange.

Juni 2005, München

Nachdem ich bei Marco in Bayern Arbeit gefunden hatte, zog ich zu ihm. Wir entschlossen uns sehr schnell zu heiraten. Ab und zu trafen wir uns mit anderen Pärchen und vergnügten uns zu viert, aber es wurde nicht der Mittelpunkt unseres Sexlebens. Wir hatten auch für uns privat daheim Spaß zusammen im Bett. Es war eher ein Bonus, wenn man es so sehen wollte. Es war für uns der gelegentlich besondere Kick.

Drei Monate nach unserer Hochzeit wurde ich schwanger, und so lief sexuell erst mal nichts mehr mit anderen. Aber wir hatten durch die Treffen mit anderen Paaren inzwischen auch sehr gute Freunde gefunden, mit denen wir uns zum Beispiel auch einfach nur zum Essengehen trafen. Wir konnten uns ungezwungen über das Thema Sex unterhalten. Uns fehlte es während der Schwangerschaft nicht, mit anderen intim zu werden. So blieb dies für uns wenigstens immer etwas Besonderes.

Die letzten drei Monate der Schwangerschaft lief bei uns nichts mehr im Bett. Ich sehnte mich zwar nach dem Sex, aber Marco traute sich nicht. Er hatte Angst, dem Ungeborenen damit zu schaden. Zum Glück hatte ich noch meinen Vibrator, und die Sammlung nahm mehr und mehr zu. So kam es dann häufig vor, dass wir abends beide im Bett lagen und Marco an sich selbst Hand anlegte und ich an mir. Wir taten es nie heimlich, denn es erregte uns enorm, wenn der Partner neben einem lag und sich selbst befriedigte.

Als dann im Sommer darauf unser erstes Kind zur Welt kam, zählte für uns erst mal nur unser Zwerg. Acht Wochen danach hatte ich ein so großes Verlangen nach Sex, dass ich zu Marco sagte: »Jetzt will ich aber wieder richtigen Sex mit dir haben. Ich halte es nicht noch länger ohne aus.«

»Ich auch nicht«, bestätigte auch er mir.

Ab dem Zeitpunkt schliefen wir wieder öfter miteinander. Da wir leider nicht mehr so oft etwas unternehmen konnten, schauten wir uns nach einem Babysitter um. Doch das gestaltete sich nicht so einfach. Meine Schwester oder meine Mutter passten oft auf unser Kind auf, wenn sie zu Besuch waren. Diese Zeit nutzten Marco und ich für unser Sexleben. Andere Paare mit Kindern würden essen oder ins Kino gehen, all die Sachen, die man als Paar nicht mehr gemeinsam machen kann, wenn man ein Kind hatte. Doch wir trafen uns lieber mit anderen Paaren aus der Swingerszene oder gingen in einen Swingerclub. Nicht häufig, höchstens alle drei Monate einmal. Das reichte uns. Wir waren ja keine Powerswinger.

Als unser Zwerg ungefähr ein Jahr alt war, war meine Mutter gerade wieder zu Besuch. Da sie sehr neugierig war, fragte sie, sobald wir fortgehen wollten, häufig nach, was wir unternehmen wollten. Für uns wurde es immer schwieriger, eine Ausrede dafür zu finden, wenn ich das Haus so aufreizend verließ. Ich glaubte, sie ahnte etwas. Marco war das Ganze unangenehm, aber ich erzählte meiner Familie, dass wir uns ab und an mit anderen trafen, um gemeinsam Sex zu haben. Im ersten Moment waren sie geschockt, doch mein Vater reagierte total lässig. »Ihr seid doch noch jung, da muss man das mitnehmen, was man mitnehmen kann. Man lebt ja nur einmal. Also warum nicht.« Mit dieser Antwort hatte ich nicht gerechnet. Nun brauchten wir wenigstens keine Ausreden mehr zu finden. Es war schließlich unser Leben, und wir waren glücklich so.

Ich war inzwischen auch der Meinung, dass viele Beziehungen länger halten würden, wenn beide Partner offen über ihre Wünsche im Bereich Sex reden würden. Dann hätten vermutlich die wenigsten einen Grund dazu, fremdzugehen. Jeder hatte Fantasien und Wünsche, doch viele haben leider Angst, sie vor dem anderen aus- und anzusprechen. Man weiß leider nie, wie das Gegenüber sie auffasst. Findet er oder sie sie abstoßend oder doch ganz toll? Um das herauszufinden, muss man in einer Beziehung ganz offen und ehrlich sein, denn nur dann weiß man, woran man wirklich ist. Und wer weiß, eventuell findet man sogar eine Lösung, mit der beide leben können?

Ich war froh, dass Marco und ich so offen über all das reden konnten, und das vom ersten Moment an. Ich war schon immer ein Mensch, der sagte, was er dachte. Meine Oma hatte sich darüber immer furchtbar bei meinen Eltern aufgeregt, weil ich immer alles aussprach, was ich gerade im Kopf hatte. Aber mein Opa bestärkte mich immer weiter darin. Hätte er es nicht getan, dann wäre ich sicher nicht so offen, wie ich es heute bin. Der Rest meiner Familie hingegen war sehr verklemmt und prüde und einfach sehr konservativ. Dennoch verachten sie die Weise, wie Marco und ich unsere Beziehung führten, nicht. Sie akzeptierten es, auch wenn diese Form der Sexualität, wie wir sie lebten, nichts für sie wäre. Das fand ich sehr tolerant von ihnen. Es würden nicht viele akzeptieren. Marcos Familie zum Beispiel könnte damit nicht umgehen. Sie würden uns eher verachten, wenn sie wüssten, wie wir lebten. Aber das mussten sie zum Glück auch nicht erfahren. Es reichte, dass es meine Familie wusste.

So fiel es uns dann auch nicht schwer, als wir sie gemeinsam mit unserem Zwerg besuchten, zu fragen, ob sie babysitten könnten. Wir würden uns gern mit einem Paar in Hamburg treffen. Mehr erfuhren sie nicht, denn auch sie wussten nicht, dass wir mit dem jeweiligen anderen Partner intimen Kontakt hatten. Sie glaubten, wir schauten uns nur gegenseitig zu, mehr nicht. Doch jedes kleine Detail mussten sie nicht wissen.

Das Pärchen lernten wir über die erwähnte Plattform kennen, zwar noch nicht persönlich, aber wir hatten schon sehr viel miteinander geschrieben. Marco fragte mich, ob ich Interesse hätte, mit einer Frau intim zu werden. Am Anfang war ich mir nicht sicher, ob das etwas für mich wäre, aber erleben wollte ich es gern einmal, da ich öfter von anderen hörte, dass der Sex zwischen zwei Frauen sinnlicher und einfach anders als zwischen einem Mann und einer

Frau sein sollte. Woher sollte ich wissen, ob es mir gefiel, wenn ich es nicht ausprobierte? Die Frau des Pärchens war bisexuell und konnte mich in die Welt der Frauenliebe einführen. Ich war gespannt, ob es mich erregte oder nicht. Bevor wir mit Konstanze und Tim ein Treffen vereinbarten, telefonierten wir miteinander. Marco und ich hatten festgestellt, dass es immer wichtig war, vorher zu telefonieren, wenigstens um zu wissen, ob diejenigen, mit denen man die ganze Zeit schrieb, auch real und kein Fake waren und wirklich Interesse daran hatten, sich mit uns zu treffen.

Wir vereinbarten am Telefon eine Uhrzeit und einen Ort. Ich war etwas nervös. Hoffentlich erwartete Konstanze nicht zu viel von mir, da sie im Gegensatz zu mir schon Erfahrung mit anderen Frauen hatte. Für mich war es etwas ganz Neues. Ich hoffte, ich konnte es auch und machte nichts falsch.

»Marco, ich bin nervös wegen heute Abend. Ich habe Angst, etwas falsch zu machen. Ich hatte ja noch nie etwas mit einer Frau und weiß daher nicht, worauf es ankommt, ob es mir wirklich liegt und gefällt.«

»Mach dir nicht immer so viele Gedanken. Lass es doch einfach auf dich zukommen. Du weißt am besten, was einer Frau gefällt. Du bist ja selbst eine. Nutze das als Vorteil, dann kann auch nichts schiefgehen. Entspann dich und versuche, den Abend einfach zu genießen.«

Vielleicht hatte Marco recht, und ich machte mir mal wieder unnötig Gedanken. Ich sollte mir seinen Rat zu Herzen nehmen und es einfach geschehen lassen, das tun, was mir gerade in den Sinn kommt.

Als wir am Abend bei Konstanze und Tim ankamen, unterhielten wir uns erst etwas miteinander, um miteinander warm zu werden. Konstanze und ich tranken ein Gläschen Prosecco, und dann ging alles ganz schnell. Konstanze machte den ersten Schritt. Sie fing an, mich zu küssen, zog mir sehr langsam mein Oberteil aus und öffnete meinen BH. Sie wanderte mit kleinen sinnlichen

Küssen herunter zu meinen Brüsten und liebkoste sie ganz sachte. Ich genoss es sehr und merkte nicht, wie ich ihr dabei die Bluse aufknöpfte. Sie trug keinen BH, was die Sache für mich leichter machte. Während sie weiter meine Brüste mit ihrem Mund liebkoste, strich ich ihr zaghaft über ihre. Konstanze zog mir meine Hose samt Höschen aus und strich mit den Händen vorsichtig über meinen Venushügel. Ich merkte, wie ich daraufhin total feucht wurde, und das nur durch eine so leichte Berührung einer Frau. Sie stand auf und kniete sich vor mich auf den Boden. Automatisch spreizte ich meine Beine. Sie küsste mich sehr innig und so zärtlich. Das war einfach ganz anders als mit einem Mann. Ihre Lippen auf meinen fühlten sich so weich an. Es prickelte alles in mir. Sie wanderte mit ihrem Mund immer weiter nach unten zu meiner Mitte und küsste schließlich meinen Venushügel. Ihre Zunge schnellte hervor, und sie begann, mich an meiner Perle zu lecken. Das war Wahnsinn, wie sie ihre Zunge geschickt bewegte. Sie ließ sie regelrecht auf meiner Klitoris tanzen, bis ich erschauerte und der erste Orgasmus über mich hereinbrach. Marco und Tim genossen es, uns zuzusehen, und wurden anschließend von uns belohnt.

Das war mein erstes Erlebnis mit einer Frau. Es hatte mir so sehr gefallen, dass ich unbedingt mehr davon wollte. Erst hinterher fiel mir auf, dass ich gar nichts bei Konstanze gemacht hatte, sprach sie aber darauf an. Sie sagte mir, dass es alles so gepasst hatte, wie es war. Es wäre normal, dass ich bei ihr nicht aktiv war, da es für mich noch ganz neu wäre. Bei ihr wäre es nicht anders gewesen. Das beruhigte mich enorm, schließlich hatte ich es sehr mit ihr genossen und würde ihr gern beim nächsten Mal die gleichen Zärtlichkeiten schenken.

Als ich abends neben Marco im Bett lag, war ich von diesem Erlebnis noch so aufgekratzt, dass ich nicht richtig einschlafen konnte. Ich erzählte Marco, wie es für mich war, wie es sich angefühlte und dass ich unbedingt noch mehr Erlebnisse mit einer Frau haben wollte. Es war nicht mit dem Sex mit einem Mann vergleichbar, aber er bräuchte keine Angst zu haben, dass ich lesbisch werde. Dafür stand ich viel zu sehr auf Männer. Das mit einer Frau wäre wie ein Dessert nach einem ausgiebigen Hauptgang. Es schmeckte so süß und fühlte sich so zart und so weich an.

Gemeinsam erlebten wir immer schönere und aufregendere Dinge. Es gab so viel Neues und Erregendes. Ich wusste vorher nicht, wie schön Sex sein konnte. Wir besuchten danach auch den ein oder anderen Swingerclub. Hätte mir vor zwei Jahren jemand gesagt, er oder sie gehe öfter in einen Club, den hätte ich für pervers gehalten. Dabei war daran überhaupt nichts Perverses. Leute verurteilen das Unbekannte. Übrigens stimmte es auch nicht, dass in die Clubs nur Ältere gehen. Dort war jedes Alter von 18 bis 70 vertreten, und es gibt auch viele Veranstaltungen, zu denen hauptsächlich junge Leute gehen oder wo es nur Paar-Abende ohne Solomänner gibt oder diverse andere Veranstaltungen. Da war wirklich für jeden Geschmack oder Fetisch etwas dabei. Ob jung oder alt, ob flippig oder sinnlich, ob fetisch oder dekadent, jeder kommt auf seine Kosten.

Kapitel 2

DIE GESCHICHTE DER O

Eines Abends schauten Marco und ich uns zusammen den Film *Die Geschichte der O* an. Marco hatte ihn in einem Shop gefunden. Das, was er auf der Rückseite der DVD las, machte ihn neugierig. Bevor wir uns den Film ansahen, las auch ich die kurze Beschreibung, konnte aber anfangs nicht wirklich viel damit anfangen. Schon nach ein paar Minuten des Sehens zog mich die Geschichte in ihren Bann. In dem Film ging es um eine Frau, die sich anderen Männern unterwarf. Sie wurde gezüchtigt und von ihnen sexuell benutzt, dennoch behielt sie ihren Stolz und genoss alles, was mit ihr gemacht wurde. Sie konnte die Schmerzen der Strafen in Lust umwandeln, was ich sehr faszinierend fand. Für mich stand zu diesem Zeitpunkt fest, dass ich solche Schmerzen nicht ertragen könnte. Das wäre nichts für mich, auch wenn ich es bewundernswert fand, was die Frau in dem Film erlebte und wie sie es doch genossen hatte. Für mich wäre es undenkbar. Eine schöne Geschichte, die mich zwar fesselte, mehr aber auch nicht. Nichts, was ich real erleben möchte, das sagte ich auch Marco. Auch für ihn war diese Sexualität nicht vorstellbar, aber man sollte niemals nie sagen. Woher weiß man, wo man in fünf oder zehn Jahren steht? Wir sprachen aber nicht weiter über *Die Geschichte der O*.

Zwei Jahre nach der Geburt unseres ersten Kindes bekamen wir den zweiten Nachwuchs. Es wurde immer schwieriger, sich mit anderen Paaren zu treffen. Meine Eltern, die oft als Babysitter aushalfen, hatten immer wenig Zeit, uns zu besuchen, und auch für Marco und mich war es nun mit zwei Kindern nicht mehr so leicht, nach Hamburg zu fahren. Unser erstes Kind besuchte mittlerweile die Kinderkrippe, und auch ich baute mir in meiner neuen Heimat einen Freundeskreis auf. Es war ein kleiner katholischer Ort, wo keiner von unserer Leidenschaft, dem Swingen, wusste. Dabei wollten wir es auch belassen. Mit meinem Freundeskreis konnte ich darüber nicht reden. Sie würden es, gerade weil wir und sie auch Kinder hatten, verurteilen. In dieser Gegend lebten die Menschen einfach sehr konservativ. So blieb es für Marco und mich unsere eigene kleine und andere Welt.

Inzwischen mussten wir auch zu Hause aufpassen, worüber wir sprachen, wenn unser großer Zwerg in der Nähe war. Kinder schnappen ja so einiges auf, sobald sie reden können, und da wird schnell etwas falsch verstanden. Ob wir es irgendwann einmal unseren Kindern erzählen, wenn sie älter sind, wissen wir nicht. Vielleicht, wenn sie erwachsen sind, aber jetzt schützen wir sie vor dieser Welt.

Durch die Swingerplattform fanden wir heraus, dass wir nicht die einzigen Eltern waren, die zwei Leben führten. Es gab mehr, als wir dachten, und so einige, die eine verruchte Fantasie hatten. Jedes Paar, das wir in den letzten fünf Jahren kennengelernt hatten, lebte zwei Leben, ob es nun Kinder hatte oder nicht. Es gab auch einige, die aus beruflichen oder aus anderen privaten Gründen nichts im Umfeld erzählten. Die Swingerszene blieb einfach eine ganz eigene Welt.

So war ich zu Hause die liebevolle Mutter und Hausfrau und für Marco im Bett das Luder. Wir lebten also zwei Leben, das konservative und das verruchte. Das musste man strikt voneinander trennen, auch wenn es nicht immer leicht war. Man machte sich trotzdem seine Gedanken, die man nicht einfach abschalten konnte.

Eines Tages kam mir *Die Geschichte der O* wieder in den Sinn. Ich war die letzten Jahre durch all das, was Marco und ich zusammen erlebt hatten, noch offener geworden, und wenn ich darüber nachdachte, dann war Marco immer schon die treibende Kraft in unserem Sexleben. Er war derjenige, der die Paare anschrieb, und wenn wir uns mit ihnen trafen, auch derjenige, der mich ermutigte, dass ich eine andere Frau streichelte, um das Eis zu brechen. Ich hatte es jedes Mal genossen. Erst jetzt wurde mir klar, dass ich in unserer Beziehung im Sexleben schon immer die unterwürfige Position einnahm. Als Hausfrau, Mutter und Ehefrau hatte ich eine sehr große Verantwortung für meine Familie. Ich muss organisieren, planen und umsetzen. Ich war die Chefin sozusagen. Im sexuellen Leben hatte ich mich dagegen anscheinend schon immer Marco unterworfen, wenn auch noch nicht vollständig, da ich immer gesagt hatte, was ich wollte, was mir gefiel und was mir gar nicht zusagte.

Es war bei Paaren bisher so, dass Marco sie anschrieb. Bei Frauen jedoch wollte er, dass dort der erste Schritt von mir kam. Entschieden hatten wir aber dennoch immer gemeinsam, mit wem wir uns dann wirklich real treffen wollten oder nicht. Ich hatte mitentschieden, wie weit wir gingen. Aber mir kam immer mehr in den Sinn, wie es wohl wäre, überhaupt keine Entscheidungen mehr zu treffen, sondern alles so hinzunehmen, wie Marco es verlangte. Vielleicht ging mir deswegen *Die Geschichte der O* durch den Kopf? Ich fing an, mich mit der Thematik auseinanderzusetzen.

Im Internet fand ich nicht so viel zum Thema Unterwerfung, vermutlich, weil ich auch noch nicht genau wusste, wonach ich eigentlich suchen musste. Ein paar Monate geschah nichts. Ich fand nichts Passendes zum SM. Inzwischen war schon April, und mein Geburtstag stand an. Marco schenkte mir einen E-Book-Reader, weil ich so gern las. Nun konnte ich mir die Bücher immer direkt runterladen und lesen, ohne dass ich erst in einen Bücherladen gehen oder tagelang auf die Bestellung warten musste. Schließlich kam ich auf die Idee, auf der Internetseite, von der ich meine E-Books runterlud, in der Suchfunktion »SM« einzutippen. Ich war gespannt, was mich erwarten würde. Es erschienen die unterschiedlichsten Bücher, darunter auch mein erster SM-Roman: *Bestrafe mich*. Ich las mir die Leseprobe durch. Sofort zog es mich in den Bann. Daraufhin lud ich mir dieses Buch herunter, denn ich wollte unbedingt wissen, was in diesem Roman noch passierte. Ich fing zu lesen an und hatte ihn an zwei Abenden durch. Dieses Buch hatte mich von der ersten bis zur letzten Seite gefesselt. Mir fiel es schwer, es zum Zubettgehen beiseitezulegen. Den ersten Abend las ich bis in die Nacht hinein und war morgens nicht so munter wie sonst. Als der Tag vorbei war, las ich den Rest am zweiten Abend. Ich war dauererregt, bekam nicht genug und war enttäuscht, als das Buch zu Ende war.

Somit suchte ich weiter nach ähnlichen Büchern und begann, etliche Romane über SM zu lesen. Es beeindruckte mich, wie sich die Frauen in den Geschichten unterwarfen und Schmerzen mit solch einer Hingabe und Demut ertrugen. Je mehr ich las, desto bewusster wurde mir, dass mir genau das fehlte. Ich wusste, dass ich nicht alles genauso erleben wollte wie die Protagonisten in den verschiedenen Romanen. Es gab Handlungen, die ich mir nicht vorstellen konnte, selbst zu tun, wie eine der Frauen, die aus einem Napf trinken musste. Das wollte ich nicht. Ich wollte nicht auf dem Boden kriechen müssen oder aus einem Schälchen trinken. Außerdem erfuhr ich von Nadelspielen und vielem mehr. Auch das war nichts, was ich wollte. Ich wollte aufrecht durchs Leben gehen, auch wenn ich mich vollkommen unterwerfen würde. Ich wollte stolz sein.

Natürlich sprach ich auch mit Marco darüber, was ich gerade las, was in diesen Büchern geschah und dass es mich sehr erregte. Ich konnte nicht beschreiben warum, aber tief in mir schrie etwas nach Schmerzen und Hingabe. Immer, wenn Marco über meinen Hintern streichelte, wünschte ich mir: Schlag ihn! Es kribbelte, und mein ganzer Körper verlangte danach. Marco merkte immer mehr, dass ich dieses Gefühl in mir hatte, und begab sich im Internet intensiv auf die Suche nach anderen Paaren, die das Dom-Dev-Spiel ebenfalls für sich entdeckt hatten. Für Marco war das alles ebenfalls sehr neu. Er wusste nicht, inwieweit er dominant war und ob er mir mein Verlangen selbst erfüllen könnte. Auch er musste sich in dieser Sexualität selbst erst finden und neu entdecken. Er konnte bei erfahrenen dominanten Herren sicher einiges dazulernen.

Schließlich lernten wir über eine Plattform ein Paar kennen, welches SM lebte, und zwar 24/7. Die devote Frau unterwarf sich 24 Stunden, sieben Tage die Woche dem Mann, lebte somit wie eine

Sklavin ohne Wenn und Aber. Diese Vorstellung fand ich für mich ein wenig erschreckend.

Erst schrieben die Männer einige Male hin und her, dann vereinbarten die beiden ein Treffen in der Wohnung des Pärchens, damit ich die Erfahrung, mich real zu unterwerfen, mit allem, was dazugehörte, einmal erleben durfte. Wann es aber so weit sein sollte, das wollte mir Marco nicht sagen. Also musste ich mich weiter in Geduld üben.

Dann war es so weit. Marco hatte mich damit überrascht, dass wir eines Abends irgendwo hinfuhren. Ich sollte mich fertig machen, duschen, rasieren und ein bisschen frivol kleiden. Ich fragte ihn, wohin es gehen sollte. Darauf antwortete er nur: »Lass dich überraschen … Vertrau mir.« Ich war gespannt.

Ich tat, was er verlangte, ging etwas nervös ins Bad und machte mich zurecht. Gegen 19 Uhr fuhren wir los. Ich war sehr nervös. Einige Male fragte ich Marco, wo es denn hingehe und was er vorhätte, doch er wollte es mir einfach nicht sagen und bat mich, nicht mehr nachzufragen, weil ich mir sonst selbst die Überraschung verderben würde.

Als wir in München ankamen, führte Marco mich zu einem Wohnblock. Er klingelte, und als die Tür öffnete, gingen wir in das Treppenhaus. Dort verlangte er von mir, dass ich mich entkleidete und nur den Mantel anlasse sollte. Ich zog mich aus, mein Kleid, auch mein Höschen und meinen BH. Nun stand ich in einem fremden Wohnhaus, völlig nackt, und war enorm nervös. Marco half mir in meinen Mantel, verband mir noch vor der Wohnungstür des Pärchens die Augen mit einem Seidenschal und führte mich langsam in die Wohnung. In mir fing es an zu kribbeln. Ich wusste nicht mehr genau, ob ich es wirklich noch wollte. Doch jetzt einen Rückzieher zu machen, dafür war es etwas zu spät. Ich musste es nun durchziehen. Also tief Luft holen und dann Augen zu und durch! Ich vertraute Marco und hoffte, dass er den anderen Dom nicht zu weit gehen ließ, auch wenn er nur erahnen konnte, wo meine Grenzen waren. Ich war trotzdem überzeugt, dass er es irgendwie wissen würde.

Mir wurde gleich nach dem Eintreten der Mantel abgenommen Bis auf meine halterlosen Strümpfe und die High Heels stand ich vollkommen nackt da. Marco führte mich in einen Raum und sagte mir: »Setz dich bitte.« Ich folgte seiner Bitte und schloss automatisch die Knie. Mir war sehr kalt. Ob das von der Aufregung kam? Marco drückte sie wieder auseinander und zog mich zu sich herauf. Er drehte mich etwas rechts herum. Plötzlich spürte ich zwei weitere und sehr weiche Hände auf meinen Unterarmen. Dann merkte ich nur noch einen Schmerz an meiner rechten Brust. Ich konnte nicht so schnell registrieren, was das war, da spürte ich das Gleiche an der linken Brust. Erst als jemand an etwas zog, wurde mir bewusst, dass es sich um Brustklammern handeln musste, die mit einer Kette verbunden waren. Allzu fest waren sie zum Glück nicht angebracht, doch es schmerzte trotzdem etwas. Gleichzeitig merkte ich, wie feucht ich zwischen den Beinen wurde.

Ich fing an, es zu genießen, weil es mich irgendwie sehr erregte. Dieser leichte Schmerz war neu, und doch entfachte er etwas Faszinierendes in mir. Dann wurden die Klammern gelöst. Erst da merkte ich den eigentlichen Schmerz. Er war zwar nur kurz, aber viel intensiver, als wenn die Klammern fixiert wurden, weil die Durchblutung nun wieder gewährleistet war. Dieser Schmerz versetzte mich in Wallung. So merkte ich auch nicht, dass ich plötzlich am Andreaskreuz stand.

Jemand nahm meine rechte Hand, zog sie nach oben und befestigte sie. Das Gleiche geschah auch mit der linken sowie mit meinen Beinen. Nun war ich hilflos ausgeliefert und konnte mich nicht mehr bewegen. Was wohl als Nächstes kommen wird? Ich merkte, wie ich nervös wurde. Mein ganzer Körper fuhr Achterbahn. Jemand strich leicht über meinen Körper, jedoch nicht mit der Hand. Ich wusste nicht, ob es eine Peitsche war, doch dann schlug er zu. Es kam für mich überraschend. Es tat nicht so sehr weh, wie ich befürchtet hatte. Er wiederholte es einige Male und hörte dann auf.

Vor meinem Gesicht wurde es auf einmal warm. Ein leichter rötlicher Schimmer drang durch meine Augenbinde. Noch bevor ich den Geruch von Kerzenwachs wahrnehmen konnte, wurde es heiß auf meiner Brust. Er goss tatsächlich Wachs darüber. Es brannte nicht. Im ersten Moment war es wie ein Nadelstich, doch der kurze Schmerz klang schnell wieder ab. Es kam alles so überraschend. Gleichzeitig begann er, mich mit einem Vibrator an der Klitoris zu stimulieren. Es war wohl kein normaler, wie ich ihn besaß, denn das Gefühl war wesentlich intensiver. Ich wand mich in den Fesseln hin und her, bis ich vom Orgasmus erschauerte. Doch er hörte nicht auf, sondern reizte mich immer weiter. Ich zitterte am ganzen Körper und wusste nicht, ob es ein neuer Orgasmus war oder ob er nur durch die Stimulation so lange andauerte.

Ich hielt es nicht mehr länger aus und bettelte darum, dass er endlich aufhörte. Ich konnte wirklich nicht mehr. Als er mich losband, sackte ich sofort in die Knie. Ich hatte ein seliges Lächeln im Gesicht und war doch enorm erschöpft. Die Erfahrung des Lustschmerzes und die Überreizung meiner Klitoris mit diesem für mich ewigen Orgasmus fand ich wirklich schön. Es erregte mich auch, aber ich hatte das Gefühl, dass noch etwas fehlte. Was es genau war, konnte ich bis dahin nicht sagen. Dennoch gefiel mir diese erste Erfahrung im SM-Bereich sehr.

Die Frau des Pärchens und Marco schrieben noch ein paar Tage später, weil er sich bei den beiden für dieses Erlebnis bedankte. Sie selbst war etwas enttäuscht, weil Marco nichts bei ihr gemacht hatte. Er hatte jedoch mit dem Mann vereinbart, dass nur mit mir gespielt wurde und Marco dabei zuschauten sollte, um auf der einen Seite zu lernen und auf der anderen Seite zu sehen, wie es mir dabei ging. Es stand nie zur Debatte, dass auch bei ihr etwas gemacht werden sollte. Anscheinend hatte ihr Mann vorher nicht mit ihr darüber gesprochen, dass wir noch Anfänger auf dem Gebiet waren. Sie behauptete auch, dass Marco mich verlieren würde, weil ich Blut geleckt hatte und er mir wohl nicht das geben könnte, was ich brauchte. Der Ansicht war ich aber nicht, denn wir gingen diesen Weg gemeinsam.

Nach dieser ersten Erfahrung stand für mich fest, dass ich mehr wollte, doch nicht wieder mit diesem Pärchen. Ich mochte es nicht, wenn jemand so etwas behauptete, der uns nicht richtig kannte und wusste, wie tief und fest unsere Liebe war. Vermutlich bekam die Frau an diesem Abend nicht genug Aufmerksamkeit von ihrem Dom und war deshalb etwas eifersüchtig. Doch Marco und ich wollten gemeinsam den Weg auf der dunklen Seite der Lust gehen, denn eines wusste ich genau: Unsere Liebe war stark.

Kapitel 3

»WARUM MACHEN WIR ES NICHT SO ÄHNLICH WIE IN DEM FILM?«

Marco und ich redeten seit der ersten Erfahrung im BDSM-Bereich sehr viel darüber, wie es für mich war und auch wie er es selbst empfunden hatte. Für ihn musste es schwer gewesen sein, mich am Kreuz hängen zu sehen und dabei zu beobachten, wie mich jemand peitscht, auch wenn es nicht sehr fest war. Mich ließ es einfach nicht mehr los. Es hatte sich in meinen Gedanken verankert und verfolgte mich inzwischen in meinem normalen Alltag. Auch Marco wollte dieses neue Spiel, wie wir es ab jetzt nannten, spielen. Doch wie sollten wir es weiter ausprobieren, wenn wir beide keine Ahnung hatten, wie es funktionierte? Noch dazu hatten wir Kinder zu Hause und leider nicht so oft einen Babysitter. Dadurch gestaltete sich das Ganze etwas schwieriger für uns.

Eines Abends schauten wir uns nach langer Zeit wieder *Die Geschichte der O* an. Marco kam auf die Idee, wie es funktionieren könnte.

»Warum machen wir es nicht so ähnlich wie in dem Film?«

»Wie meinst du das? Was sollen wir so ähnlich machen?«

»Was hältst du davon, wenn ich für dich jemanden finden würde, der dich zur ›O‹ beziehungsweise Sklavin erzieht? Jemand, der dich auf den Weg führt und dich lehrt, wie du dich zu verhalten hast?«

»Ich weiß nicht, ob ich das kann. Ohne dich will ich nichts machen. Uns gibt es nur zusammen oder gar nicht.«

»Es war nur so eine Idee. Ich würde dich nie allein lassen, schließlich will auch ich etwas erleben, und in diesem Bereich vor allem mit dir zusammen.«

»Dann lass uns doch lieber schauen, ob wir nicht wieder ein Pärchen finden. Vielleicht können wir in diese Richtung mal was zusammen machen und so auch lernen.«

Wir suchten auf der Plattform nach weiteren Dom-Dev-Pärchen, fanden aber leider keines, welches uns ansprach. Dennoch gaben wir nicht auf und suchten einfach weiter. Wieder vergingen zwei Monate. So oft dachte ich daran, wie es wäre, im Rollenspiel Marcos Sklavin zu sein. Ich wusste durch das Internet inzwischen, dass es nicht wenige Paare gab, die es nicht nur spielten, sondern richtig lebten. Dies würde bei uns nicht funktionieren. Wir hatten eine Familie, das ließ sich nicht miteinander vereinbaren, und das wollte ich auch nicht. Ich wollte, dass es für Marco und mich ein Reiz blieb. Irgendwann werden wir noch die Gelegenheit haben, in diesem Bereich mehr zu erleben.

Doch es gab noch etwas anderes, was ich gern erleben wollte, und zwar einen Herrenüberschuss, Gangbang. Ich wollte mich gern mehreren Männern gleichzeitig ausliefern. Marco kam daraufhin auf die Idee, so etwas mit Anna und Leo, einem bekannten Pärchen, das wir bei einem Besuch im Pornokino kennengelernt hatten, zusammen zu organisieren, da Anna auch auf Herrenüberschuss stand. Marco und Leo hatten ihre Nummern ausgetauscht. Marco rief ihn an, und die beiden planten den Abend. Sie suchten die Männer aus und vereinbarten einen Termin, wir versuchten, für den Abend einen Babysitter zu organisieren.

Ich freute mich schon riesig und war Marco sehr dankbar, dass er es mir ermöglichte, zumal er selbst nichts von dem Erlebnis hatte, sondern aufpasste, dass alles reibungslos verlief und keiner das Kondom vergaß. Ich konnte mich wirklich glücklich schätzen, Marco als Mann zu haben. Er schenkte mir so viel. Alles, was ich mit ihm zusammen erlebte, war wunderbar. Wäre ich ihm nicht begegnet, dann würde mir vermutlich viel fehlen. Oft wusste er schon vor mir, welche Fantasien in mir waren. Marco kannte mich wie kein anderer. Erst durch ihn war ich so erblüht. Hätte ich ihn nicht, wäre ich wohl verblüht, und zwischen meinen Beinen wäre es trocken wie in der Wüste. Es war einfach Schicksal, dass wir uns begegneten. Wir gehörten zusammen.

Der Abend rückte näher, und ich wurde von Tag zu Tag nervöser und unruhiger. Mir gingen viele Fragen durch den Kopf. Waren es nicht zu viele Männer? Es waren bereits 13 potenzielle und auch sehr potente Männer, die ein gutes Stehvermögen hatten. Ich war schon sehr gespannt.

Endlich war es so weit. In ein paar Stunden ging es los. Ich erledigte den Haushalt und kümmerte mich um die Kinder. Als Marco von der Arbeit kam, konnte ich mich in Ruhe herrichten, um bei den Männern einen guten Eindruck zu hinterlassen. Ich zog mich normal an und packte meine anderen Sachen für den Abend in eine Tasche, um das Haus nicht zu aufreizend zu verlassen, was für die Gegend, aus der wir kamen, zu auffällig wäre und Gerede mit sich gezogen hätte.

Nachdem ich fertig war, ging Marco duschen. In der Zwischenzeit brachte ich unser jüngstes Kind ins Bett. Unser großer Zwerg durfte noch aufbleiben, da die Oma zum Aufpassen kam. Die zwei spielten dann meistens noch etwas. Danach fuhren wir zu der Location. Am Parkplatz nutzte ich die Zeit, um mich im Auto umzuziehen. So bieder gekleidet konnte ich den Männern nicht gegenübertreten. Ich zog mir mein kurzes schwarzes Minikleid mit Wasserfallausschnitt an, dazu halterlose Strümpfe und High Heels. Wir trafen uns mit Leo und Anna auf dem Zimmer, das wir gemietet hatten. Für mich war es der erste Gangbang. Anna hatte schon Erfahrung mit vielen Männern. Sie liebte es, als Objekt behandelt und einfach nur benutzt zu werden, erzählte sie uns. »Ich bin gespannt, ob ich es auch so genießen kann wie du«, sagte ich zu ihr.

Als die gut gekleideten Männer erschienen, begrüßten wir uns. Dann sagten Leo und Marco fast gleichzeitig: »Jetzt zeigen euch die zwei Damen erst mal was zur Anregung.« Ich wusste genau, was damit gemeint war. Anna und ich setzten uns auf das sehr große Bett und berührten und streichelten uns gegenseitig. Ich genoss es, eine Frau zu liebkosen. Es erregte mich total, wenn ich eine Frau zum Orgasmus bringen konnte. Ich kniete mich zwischen ihre Beine und begann, sie an ihrer empfindlichsten Stelle zu küssen. Meine Zunge kreiste über ihre zarte Scham, immer und immer wieder, bis sie schließlich darunter explodierte und kam.

Auf einmal legten sich von hinten Hände auf meine Brüste und fingen an, sie zu streicheln. Es wurden schnell immer mehr. Ich merkte nur noch, wie ich rumgedreht wurde und sich mir etwas Hartes entgegenstreckte. Ich griff automatisch danach, schloss meine Hand darum und bewegte sie auf und ab. Nun waren es aber plötzlich mehrere solcher Prachtstücke, und ich versuchte, sie alle abwechselnd zu massieren. Einer der Herren streifte sich dann ein Kondom über, legte mich auf das Bett und drang mit einem einzigen Stoß in mich ein. Er nahm mich mit all seiner Kraft. Es war herrlich, so benutzt zu werden. Nachdem er fertig war, kam der Nächste. Ich fühlte mich unten schon ganz wund, aber auch total erregt und hatte bereits drei Orgasmen gehabt. Dann war da auf einmal ein Herr mit einem enorm großen Exemplar. Ich hatte Bedenken, dass er mir alles aufriss. Dieser Schwanz war definitiv zu groß und vor allem zu dick für mich. Er sah meinen Gesichtsausdruck und sprach ganz liebevoll und mit so einem Einfühlungsvermögen auf mich ein, dass ich gar nicht richtig mitbekam, dass ich auf einen Schlag total ausgefüllt war. Er kam tatsächlich in mich rein und nahm mich so gekonnt, dass ich schon nach sehr, sehr kurzer Zeit zu einem erneuten Höhepunkt kam.

Der Abend nahm mit noch unzähligen schönen Orgasmen weiter seinen Lauf. Am Ende war ich wirklich total geschafft und wollte nur noch ins Bett. Ich war wirklich glücklich. Es hatte mich total erregt, dass mich diese Männer vor Marcos Augen teils nacheinander und auch gemeinsam benutzt hatten, und das hatte ich sehr genossen. Es war ein unglaublicher Abend für mich.

Marco und ich lagen endlich im Bett. Er erzählte mir, wie sehr es ihn erregt hatte, mich so zu sehen. In seinem Kopf liefen immer wieder die gleichen Gedanken ab: Ja, nehmt euch diese Frau, aber behalten kann sie keiner von euch, denn diese wunderbare Frau gehört mir ganz allein. Es ist mein eigenes Luder, aber ich teile sie gern für kurze Zeit mit euch. – So wie Marco mich mit anderen teilte, das war schon Wahnsinn. Die meisten Männer wären enorm eifersüchtig und würden so etwas niemals machen. Marco hingegen genoss es schon, wenn mich andere mit ihren Blicken auszogen und mich benutzen dürften. Es war eine seiner Fantasien, mich anderen auszuliefern, zu sehen, wie sie mich benutzten und sich an mir aufgeilten. All das erregte ihn total. Es war seine persönliche Fantasie, die er immer und immer wieder im Kopf hatte.

Als ich am Morgen aufwachte, war ich total platt. Ich war noch so müde von dem Abend, musste aber leider aufstehen. Das war ein Nachteil als Mutter, man konnte nicht einfach im Bett liegen bleiben und ausschlafen. Egal, ob man lange auf war oder nicht, man hatte seine Verpflichtungen, denen man nachkommen musste. Die konnte man nicht einfach beiseiteschieben, aber man gewöhnte sich daran.

Wenn mich mein Sexleben glücklich machte, so profitierten auch meine Kinder davon, da ich gut gelaunt und ausgeglichen war. Viele denken immer, sobald man Mutter oder Vater ist, leidet der Sex in der Partnerschaft darunter, weil die Zeit dafür fehlt oder man auch einfach zu müde ist. Aber ich fand, man sollte sich die Zeit nehmen und Möglichkeiten dazu schaffen. Ich war ja nicht nur Mutter, ich war auch Sandra. Und wenn ich glücklich war, so übertrug es sich doch auch auf meine Kinder, denn sie spürten alles, und solange sie nicht darunter litten, war alles gut. Wir planten unsere Treffen mit anderen immer schon im Voraus, denn spontan ging es meist nicht, schließlich mussten wir erst schauen, dass in der Zeit jemand auf unsere Kinder aufpasste.

Ich ging unter die Dusche, um richtig wach zu werden, bevor die Kinder aufstanden. Marco kam hinterher und fing an, mit meinen Nippeln zu spielen.

»Lass das! Du weißt genau, wie sehr mich das erregt. Dafür haben wir jetzt wirklich keine Zeit. Die Zwerge werden gleich wach.«

»Komm schon, Sandra, du hast doch genauso Lust. Ich brauche nur da unten zu fühlen«, sagte er mit einem verschmitzten Lächeln auf seinen Lippen, während seine Hand zwischen meine Beine fasste.

»Ja, ich bin erregt, aber …« Marco erstickte meine Worte mit einem sehr leidenschaftlichen Kuss.

»Kein Aber.«

Er legte einen Finger auf meine Klitoris und ließ ihn dort ganz langsam kreisen. Ich wimmerte leise. Er war ein Schuft, aber er schaffte es immer wieder, mich zu verführen und meine Bedenken über Bord zu werfen. Das Badezimmer war zwar abgeschlossen, dennoch wollte ich nicht, dass die Kinder dadurch wach wurden, falls ich zu laut sein sollte. Marco drehte mich um, ich beugte mich ein wenig nach vorn, versuchte, mich an der Duschwand festzuhalten, und schon versenkte er sich mit einem einzigen Stoß in meine Mitte.

»Du bist immer schon so nass für mich. Einfach nur himmlisch. Wie soll man da dann bitte nicht rein wollen? Du machst mich ganz verrückt.«

Während er mir das sagte, packte er meine Haare und zog meinen Kopf nach hinten. Dann spürte ich auf einmal etwas Warmes an meiner Klitoris.

»Oh nein, du bist gemein.«

Er hatte tatsächlich die Duschbrause auf meinen Kitzler gerichtet. Das Stöhnen unterdrückte ich, da ich nicht wollte, dass die Kinder mich hörten. Daher seufzte ich nur leise. Marco stieß noch ein paar Mal zu, schon brach der Orgasmus über uns beide herein. Wir richteten uns auf.

»Das war zwar kurz, aber schön. Besser kann ein Tag nicht beginnen«, sagte Marco und lachte.

Er seifte sich ein, duschte sich ab und stieg dann aus der Dusche, als wäre nichts gewesen. Ich liebte diesen atemberaubenden Mann. Verschmitzt schaute ich ihm hinterher. Bei diesem Hintern, da könnte ich schon wieder …

Seit unserem Gangbang vergingen inzwischen einige Wochen, dennoch hatten Marco und ich sehr viel über diesen Abend geredet. Ich hatte ihm erzählt, wie mich einer dieser Männer beeindruckte. Anfangs erschrak ich vor seinem enorm großen und dicken Prachtstück. Ich hatte Bedenken, dass ich unten reiße, während er zustößt. Doch er war wirklich sehr einfühlsam, was mir die Sicherheit gab, dass er wirklich mit seinem Prachtstück umzugehen wusste. Das hatte mich so beeindruckt, mit welcher Dominanz und Sicherheit er auftrat … Ein bemerkenswerter Mann, den man so schnell nicht vergaß.

Abends saß ich mit Marco kuschelnd auf der Couch. Die Kinder schliefen endlich, und wir genossen unsere Zweisamkeit. Marco schaute mich plötzlich eindringlich an und sagte zu mir: »Wie wäre es, wenn ich jemanden hätte, der dich so ähnlich wie bei der *Geschichte der O* erzieht?«

Ich war im ersten Moment geschockt und wusste nicht, was ich antworten sollte.

»Wie meinst du das genau?«, fragte ich ihn immer noch etwas irritiert.

»Ich habe mich in den letzten Monaten sehr intensiv mit dem Thema Dominanz und Unterwerfung befasst und im Internet nach Möglichkeiten gesucht, wie wir es besser für uns ausprobieren können. Ich bin zu dem Entschluss gekommen, dass es nur geht, wenn ich dich in fremde Hände gebe. Wir haben Kinder, bei denen immer einer sein muss, wenn wir gerade keinen Babysitter haben.«

»Du willst mich einem fremden Mann geben? Du weißt genau, dass ich nichts ohne dich mache.« Ich war sichtlich geschockt.

Das war doch nicht sein Ernst. Er konnte mich doch nicht einfach einem völlig Fremden ausliefern, ohne dass er dabei war. Ich war empört.

»Wir spielen jetzt dieses Spiel. Ab sofort bin ich dein Meister. So wirst du mich nennen, sobald wir in diesem Spiel sind. Es gibt kein Zurück mehr. Vertrau mir einfach! Ich weiß, was ich tue. Mit einem Mann habe ich mich bereits getroffen und vertraue ihm völlig, was nicht heißen soll, dass du immer mit ihm allein sein wirst. Wir werden sooft es geht versuchen, dass ich bei einer Session dabei bin, schließlich will ich es miterleben. Auch ich habe noch viel zu lernen.«

»Was soll ich dazu sagen? Ich bin total baff. Ich weiß nicht, ob ich es ohne dich kann. Wir haben noch nie etwas getrennt gemacht.«

»In zwei Tagen findet schon das erste Treffen statt. Tu mir den Gefallen und zieh es durch. Vertrau mir einfach. Wenn es dir danach nicht gefallen hat, dann wird es keine weiteren Treffen geben.«

Was sollte ich machen? Konnte ich es ohne Marco? Ich war mir unsicher. Andererseits sehnte ich mich nach genau diesem Spiel.

»Also gut, versuchen wir es«, sagte ich, bevor ich weiter nachdachte. »Bist du wirklich nicht eifersüchtig, wenn du mich einem völlig Fremden übergibst und du genau weißt, dass er mich sexuell benutzt?«

»*Nein!* Ich weiß, was ich tue, sonst hätte ich das alles nicht arrangiert.«

Ich überlegte trotzdem viel hin und her und redete mit Marco darüber.

»Vertraust du mir, Sandra?«

»Ja, ich vertraue dir voll und ganz.«

»Denke nicht mehr weiter darüber nach, denn die Antwort hast du dir selbst gegeben.«

Und er hatte recht. Ich vertraute ihm und brauchte keine Angst zu haben. Marco wusste, was gut für mich war, und würde mich nicht in fremde Hände geben, wenn er sich selbst nicht zu 100 Prozent sicher wäre, dass mir nichts passieren wird. Ich wollte es tatsächlich durchziehen und war unheimlich nervös. Was wird auf mich zukommen? Was wird von mir erwartet? Was, wenn ich etwas falsch mache? Halte ich wirklich durch? Was, wenn es nichts für mich ist und mir das Ganze eventuell nicht liegt? So viele Fragen, und bald werde ich die Antworten darauf bekommen … Hoffte ich zumindest. Meine Sehnsucht, die ich all die Monate hatte, wurde tatsächlich wahr. Ich hoffte so sehr, dass ich hinterher nicht enttäuscht sein würde.

In den nächsten zwei Tagen machte ich mir so viele Gedanken. Es fiel mir schwer, mir vor den Kindern nichts anmerken zu lassen. Innerlich war ich sehr aufgewühlt. Zum Glück war mein Bruder zu Besuch, der in diesen Tagen sehr viel mit ihnen spielte. Vor lauter Nervosität hätte ich sogar fast die Wäsche verfärbt, merkte es aber noch rechtzeitig, bevor ich die Maschine einschaltete. Wo war ich bloß mit meinen Gedanken? In meinem Kopf war alles durcheinander. Ich musste mich zusammenreißen, damit nichts Schlimmeres passierte. Die Gedanken schob ich erst mal beiseite, und immer wenn sie versuchten, wieder durchzukommen, suchte ich mir eine andere Beschäftigung, damit ich nicht daran denken musste.

Unsere ganze Wohnung glänzte auf einmal. Ich verfiel regelrecht in einen Putzwahn, nur um mich abzulenken. Doch abends auf der Couch, während die Kinder schon schliefen, fragte ich Marco immer wieder, was an dem Tag alles auf mich zukommen würde. Ich versuchte, ein wenig aus ihm herauszubekommen, wie das Ganze ablaufen würde. Aber er schwieg und ging nicht auf das Thema ein, vermutlich auch, weil mein Bruder mit auf der Couch saß. Dieses Warten machte mich verrückt. Ich wusste nicht, wie ich das noch aushalten sollte.

Endlich war der ersehnte Tag da. Ich wurde nervös, aber auch etwas ängstlich, weil ich nicht wusste, was von mir erwartet wurde. Dennoch überwog meine Neugier. Ich wollte es wissen. Schon um 13:30 Uhr sollte es losgehen. Die Kinder waren zum Glück etwas länger im Kindergarten und aßen dort auch zu Mittag. Anschließend passte mein Bruder auf sie auf. Marco hatte leider nur so viel Zeit, mich zum Treffpunkt zu bringen und wieder abzuholen. Während der Session musste er arbeiten. Oder hatte er das nur so gesagt, damit er mich allein wegschicken konnte?

Ich musste mir einen schwarzen Rock, eine weiße durchsichtige Bluse, halterlose Strümpfe und High Heels anziehen. Als ich fertig gestylt war, wurde ich von Marco zum Bahnhof gefahren. Erstaunlicherweise fiel es mir ab diesem Zeitpunk nicht schwer, in eine andere Rolle zu schlüpfen. Ich dachte nicht mehr an die Kinder, weil ich wusste, dass sie gut versorgt waren. Jetzt war ich Sandra und nicht Mutter oder Hausfrau.

Marco, mein Herr, sagte mir, dass ich von einem mir unbekannten Herrn abgeholt werden würde. Ich durfte ihn aber nicht anschauen und solle den Blick gesenkt halten. Er brachte mich an einen unbekannten Ort, an welchem ein anderer unbekannter Mann wartete. Also hatte ich einen Chauffeur, der mich zu meinem Ziel brachte? Zwei fremde Herren – und das verriet mir Marco, mein Herr, erst jetzt? Es war ungewohnt, ihn auf einmal so zu nennen, und ein wenig komisch. Ob ich mich daran gewöhnen werde? Doch nun konnte ich nicht mehr zurück, denn dafür war es jetzt zu spät. Mir gingen viele Fragen durch den Kopf. Wollte ich das überhaupt, also zurück? Meine Gefühle fuhren Achterbahn. Ich war hin- und hergerissen.

Aber ich vertraute meinem Herrn und wollte wissen, was auf mich zukommen würde. Darauf wartete ich schon so lange. Ich musste das Ganze durchziehen, sonst würde ich nie erfahren, wie es wirklich war, auch wenn ich Bedenken hatte, da ich die Männer nicht kannte und sie mir völlig fremd waren. In mir sagte etwas: Tu es einfach! Such nicht zu viele Ausreden! Riskiere einfach mal was! Sei kein Angsthase, trau dich! Normalerweise war ich, seit ich denken konnte, sehr ängstlich. Ich hatte mich nie getraut, irgendetwas zu wagen, bis ich Marco kennenlernte. Das Erste, was ich bisher gewagt hatte, war, zu Marco nach Bayern zu ziehen. Ich kannte niemanden außer ihn und ließ meine ganze Familie in Norddeutschland zurück. Dieses Wagnis hatte ich nie bereut. Ich fühlte mich von Anfang an angekommen, endlich zu Hause. Marco und ich bauten uns gemeinsam etwas auf und gründeten unsere eigene kleine Familie. Warum dann nicht dieses Wagnis eingehen? Was konnte ich schon verlieren? Ich gewann eher etwas dazu, nämlich eine weitere Erfahrung.

Wir warteten an einem Parkplatz im Auto auf den Herrn, der mich abholen sollte.

»Wie soll ich mich eigentlich verhalten, wenn er gleich kommt?«, fragte ich meinen Meister. Ich wusste nicht, worauf ich achten sollte, und wollte nicht gleich alles falsch machen.

»Ich werde zuerst aussteigen und zu ihm gehen. Du wartest bitte so lange im Auto und schaust dich nicht um, verstanden?«

»Ja, ich habe verstanden.«

»Wenn ich wieder da bin, sage ich dir, wie du dich weiter zu verhalten hast.«

Als er ankam, stieg Marco aus und ging zu ihm, um vorher noch einmal mit ihm zu reden. Doch warum dauerte das so lange? Ich musste mich zusammenreißen, um nicht doch nach hinten zu schauen. Ich war sehr neugierig und wollte wissen, wie er aussah.

Als Marco endlich zurückkam, sagte er zu mir: »Du setzt dich jetzt bei dem Herrn hinten in das Auto, ohne ihn auch nur einmal anzuschauen, verstanden?«

»Ja, ich habe verstanden.«

Ich verabschiedete mich von Marco und ging zum Wagen des fremden Herrn. Dort stieg ich hinten ins Auto ein und senkte meinen Blick, ohne ihn vorher anzusehen.

Wir fuhren los, ohne auch nur ein Wort zu wechseln. Ich wusste nicht, wohin mich der Weg führte. Dann begrüßte er mich plötzlich: »Hallo, ich bin Stefan. Geht es dir gut, Sandra?«

»Ja, ich bin nur etwas aufgeregt«, erwiderte ich ihm.

Es war komplett neu für mich, so was zu machen, ohne dass Marco dabei war. Wie sollte man da auch nicht nervös sein? Was, wenn er jetzt sonst was mit mir machen wird? Was, wenn er mir was antut? Schalte einfach deinen Kopf aus, sagte ich dann zu mir selbst.

Er beruhigte mich ein wenig, indem er sagte, ich sollte mir keine Gedanken machen und brauchte nicht nervös zu sein. Seine Stimme klang vertraulich. Daran könnte ich mich gewöhnen. Was war bloß mit mir los? Eben dachte ich noch, was wäre, wenn er mir etwas antun würde, jetzt fand ich seine Stimme sinnlich. Warum konnte ich meinen Kopf nicht einfach ausschalten?

Plötzlich klingelte sein Handy. Stefan schaltete den Lautsprecher ein und nahm das Gespräch entgegen. Am anderen Ende meldete sich jemand, dessen Stimme mir bekannt vorkam. Harry … Ich war überrascht. Ihn traf ich bei einem Gangbang, und er war es auch, der diesen positiven Eindruck bei mir hinterlassen hatte. Meine Ängste und Bedenken verflogen auf einen Schlag, sie lösten sich einfach in Luft auf. Ich konnte meinem Meister wirklich vertrauen.

Er begrüßte mich als meinen Ausbilder und gab mir die Anweisung, die ganze Autofahrt bis zum Treffen, beziehungsweise bis Stefan mich ihm übergeben würde, einen gesenkten Blick zu haben und auf das zu hören und alles zu tun, was Stefan mir sagte, worauf ich »Ja … ich versuche, mein Bestes zu geben« erwiderte.

Harry telefonierte noch mit Stefan weiter, ohne dass ich hören durfte, worüber gesprochen wurde. Das machte mich ganz wirr im Kopf. Ich überlegte die ganze Zeit, was die beiden wohl besprachen … was sie von mir verlangen würden und hoffte so sehr, dass ich alles schaffte und niemanden enttäuschte. Ich wollte es unbedingt für mich … und vor allem für meinen Meister.

Circa zehn Minuten später gab Stefan mir die Anweisung, mich auf der Rückbank in die Mitte zu setzen, und, wenn wir durch die Ortschaft, in der wir gerade waren, durchgefahren sind, mein Höschen auszuziehen und die beiden obersten Knöpfe der Bluse zu öffnen. Es war gar nicht so leicht, in der Mitte sitzen zu bleiben, so wie Stefan die Kurven fuhr. Ich wurde hin und her geschaukelt. Hoffentlich wird mir nicht schlecht. Ich wollte mich ungern in seinem Auto übergeben. Dennoch war es kaum auszuhalten. Jetzt tief durchatmen, Sandra, atme tief durch. Das rief ich mir immer wieder ins Gedächtnis.

Auf einmal vernahm ich nur das Wort »jetzt«, was wohl die Aufforderung war, seine Anweisung auszuführen. Ich zog ohne ein

Widerwort mein Höschen aus und reichte es nach vorn. Stefan nahm es gleich an. Ob ich das Höschen später auch wiederbekommen würde? Es kostete viel Geld und ich bekam es nirgends mehr zu kaufen.

»Sandra, ich möchte jetzt, dass du dich selbst berührst. Wage aber nicht zu kommen, ohne um Erlaubnis zu bitten.«

Ich kann mich doch nicht hier im Auto selbst berühren, vor einem mir fremden Mann und ohne dass Marco dabei war. So was hatte ich noch nie gemacht. Doch sollte ich mich schon am Anfang des Spiels der Anweisung widersetzen? Mich erregte das Ganze irgendwie. Seine Stimme erregte mich, diese ganze Situation.

Ich glitt mit meinen Fingerspitzen langsam zwischen meine Beine und spielte zärtlich mit meinen Schamlippen. Ganz langsam steckte ich mir einen Finger ganz tief in mich rein und wiederholte es immer wieder. Mir fing an, total heiß zu werden, und ich sehnte mich danach, von Stefan berührt zu werden. Nachdem mein Finger von meinem eigenen Saft so nass war, fing ich an, an meiner Klitoris zu reiben, woraufhin sie immer mehr anschwoll und zu pulsieren begann. Ich begann, etwas lauter zu stöhnen. Ob Stefan mich durch den Rückspiegel beobachtete? Ich glaubte, seinen Blick auf mir zu spüren, und hoffte, dass ihn mein Spiel genauso sehr erregte wie mich selbst.

»Bitte … Darf ich kommen?«, stammelte ich vor mich hin. Doch Stefan nahm meine Hand und zog mich plötzlich ein Stück weiter nach vorn, legte meine Hand auf seinem Bein ab und drehte an meinen Brustwarzen. Mir wurde heiß. Ich wusste, dass ich es nicht mehr lange aushalten würde, bis der Höhepunkt meinen Körper durchströmen würde. Wie lange sollte ich das aushalten? Ich wollte erlöst werden, flehte ihn innerlich an. Ich hätte es am liebsten ausgesprochen, brachte es aber nicht über meine Lippen. Ich brachte nur ein Stöhnen heraus.

Plötzlich begann Stefan, einen Finger in meine inzwischen sehr feuchte Mitte reinzuschieben. Immer wieder und wieder stieß er mit seinem Finger zu, während er mit seinem Daumen sacht über meine sehr angeschwollene Klitoris rieb. Doch kurz vor meinem Höhepunkt ließ er abrupt von mir ab: »Jetzt darfst du noch nicht kommen.« Ich seufzte leicht frustriert. Erst machte er mich heiß, dann ließ er mich fallen. Warum tat er das? Innerlich hoffte ich, dass er dieses Spiel nicht noch einmal spielte. Ich konnte nicht garantieren, trotzdem einfach zu kommen. Jedoch frage ich mich, wie er es gemerkt hatte, dass ich kurz vor meinem Höhepunkt war. Er kannte mich doch noch nicht. Woher wusste er das?

Auf einmal hielt Stefan an und stieg aus. Was tat er da draußen? Ich hatte kein Gefühl dafür, wie lange ich allein im Auto saß, aber es kam mir wie eine Ewigkeit vor, obwohl es bestimmt nur fünf Minuten waren. Ich hörte, wie er um das Auto ging. Dann öffnete er meine Seitentür. Stefan half mir beim Aussteigen, gab mir 20 Euro und sagte: »Du gehst dort in die Tankstelle und holst dir so viel Wasser, wie du brauchst, und mir einen Red Bull. Achte darauf, dass der Rock etwas oben bleibt, sodass man die Strümpfe sieht. Die Bluse lässt du so geöffnet, wie sie ist.«

Wo waren wir eigentlich? Nun bemerkte ich auch, dass wir uns auf einer Autobahntankstelle befanden, von der wir 150 Meter entfernt parkten. So offenherzig und nuttig wie ich war, musste ich den für mich weiten Weg, vorbei an allen Menschen, in die Tankstelle gehen, für Stefan einen Red Bull und für mich Wasser kaufen und dann wieder zurück zum Auto kommen. Das konnte nicht so schwer sein.

Ich ging ohne Einspruch in die Tankstelle … Als ich vor den Getränken stand, starrte mich ein Mann sehr neugierig an. Ich genoss das Gefühl, bestaunt zu werden, und ging stolz mit den Getränken zur Kasse. Auf dem Weg dorthin kam mir eine Frau entgegen, die mich nur mit einem kurzen Blick streifte. Sie schaute ein wenig entsetzt, doch der Mann verfolgte mich dorthin, stand direkt hinter mir und sah mich weiter an. Ob ihm das gefallen hatte, was er sah? Hoffentlich bekam er davon einen Ständer in der Hose. Der

Gedanke, dass er allein durch mein Auftreten einen Steifen bekam, erregte mich total und gab mir das Gefühl, begehrt zu sein, obwohl ich schon zwei Kinder bekommen hatte.

Ich bezahlte und ging selbstbewusst Richtung Auto zurück. Kurz davor senkte ich meinen Blick, bis ich bei Stefan ankam. Dort gab ich ihm das Wechselgeld und sein Getränk. Das Geld gab er mir wieder, öffnete mir sogar die Tür und ließ mich einsteigen. Im Auto legte ich das Geld in meine Manteltasche. Stefan setzte sich hinter das Steuer und fuhr los. Aber warum gab er mir das Geld? Was sollte ich damit?

Während der restlichen Autofahrt sprach Stefan kein Wort. Ab und an trank ich etwas Wasser und war in meine Gedanken versunken … Warum hatte ich das eben im Auto alles zugelassen? Und vor allem, warum bin ich so in die Tankstelle gegangen? Das würde ich sonst nie tun … Was wird mich noch alles erwarten? Auf der einen Seite freute ich mich darauf, und auf der anderen Seite hatte ich Angst. Angst, dass es mir zu viel werden könnte und ich das, was von mir erwartet wird, nicht durchstehe. Am besten war es wohl, meinen Kopf auszuschalten und es geschehen zu lassen.

Ich wusste nicht warum, aber ich vertraute Stefan, und das, obwohl ich ihn vorher noch nie gesehen hatte. Was macht das Ganze bloß mit mir? Diese Stimme war so verführerisch. Ich merkte, wie ich zwischen meinen Beinen wieder feucht wurde, obwohl ich nur an seine Stimme dachte.

Mir kam Marco in den Sinn. Was wird er von mir denken, wenn ich ihm erzähle, dass mich Stefans Stimme so erregte? Wiederum war er selbst schuld. Er hatte mir das Ganze organisiert. Jetzt muss er damit auch klarkommen.

In Gedanken versunken, merkte ich nicht, dass wir langsamer fuhren. Stefan hielt an und stieg aus. Ich hörte draußen Lkw und Autos an mir vorbeifahren … Leute, die arbeiteten … Wo waren wir bloß? Ob mich die Leute draußen sehen konnten? Was sie wohl von mir in meinem Outfit dachten? Es dauerte lange. Wann kommt er wohl wieder? All diese Fragen gingen in der Zeit durch meinen Kopf.

Nach gefühlten zehn Minuten stieg er wieder ein und sagte mir, dass wir gleich da wären. Er startete das Auto und fuhr weiter. Gleich wird es richtig ernst. Ich wurde nervös. Es war das Gefühl, nichts zu wissen, was mich so sehr reizte und mich schon wieder feucht werden ließ. Dabei war ich doch schon so nass zwischen den Beinen. Wenn das so weitergehen sollte, brauchte Stefan ein Handtuch zum Aufwischen für den Rücksitz.

Fünf Minuten später waren wir da. Wieder stieg er ohne mich aus. Auch wenn es mir eigentlich nicht erlaubt war, so überwog doch die Neugier. Ich erlaubte mir, den Blick ein wenig zu heben, und schaute nach vorn aus dem Auto. Da stand ein Schild mit der Aufschrift »Palais«. Ich kannte es nicht, und ich fragte mich, was das wohl sei.

Sofort senkte ich wieder den Blick und hoffte, dass es keiner bemerkt hatte. Ich wurde gebeten, auszusteigen. Wir gingen zu einer Tür … Dort klingelte Stefan, worauf sich eine weibliche Stimme meldete. Stefan erwiderte ihr, dass Harry etwas reserviert hätte. Daraufhin wurde uns die Tür geöffnet. Wir gingen hinein und stiegen viele Stufen, bis wir den ersten Stock erreichten. Ich hörte Harrys Stimme, dass wir noch etwas warten sollten, denn das Zimmer wäre noch nicht so weit. Im nächsten Moment gab mir Stefan ein Tuch mit der Anweisung: »Bitte verbinde dir deine Augen, Sandra,« was ich brav tat. Er führte mich in das zweite Stockwerk, zog mich etwas von der Treppe weg und drehte mich ein wenig um. Ich ging rückwärts, bis ich irgendwo anstieß. Dann drückte er mich sachte, aber bestimmt nieder. Es fühlte sich kühl an, aber angenehm. Ich fuhr mit den Händen am Rand entlang, um ausmachen zu können, worauf ich nun saß. Ich glaubte, es sei ein Sessel, der mit einem Lederbezug überspannt war. So fühlte es sich zumindest an.

Stefan fing wieder an, mich anzufassen, erst an den Brüsten, dann wanderte sein Hand zwischen meine Schenkel. Er hinterließ überall eine heiße Spur auf meiner Haut, bis er an meiner Mitte ankam und dort das Feuer in mir entfachte. Er spreizte meine Schamlippen auseinander und stieß ein paar Mal mit dem Finger hinein. Oh ja, bitte mach weiter so, hör bloß dieses Mal nicht wieder damit auf. Das Ganze machte mich ganz heiß und gierig. Doch auch diesmal entzog er mir seinen Finger, und wieder fühlte ich mich so leer.

In dem Augenblick, als ich etwas sagen wollte, spürte ich seinen Finger an meinem Mund. Willig öffnete ich ihn und hieß sie willkommen. Ich saugte und leckte sie von meinem eigenen Saft sauber. Dieser Geschmack auf der Zunge war sehr berauschend. Wann wurde ich endlich erlöst?

Stefan erfühlte meinen Mund mit seinen Händen und fragte mich plötzlich: »An was denkst du gerade?«

»Ans Ficken.« Was noch nicht mal gelogen war, schließlich hatte er mich die ganze Zeit über im Auto schon so gierig gemacht so wie eben auch. An was sollte ich sonst denken, wenn nicht daran? Er lachte und sagte, dass das nicht alles sein werde, was mich heute erwarte. Ich fügte hinzu, dass ich gespannt auf das sei, was folgen würde. Er erwiderte nur: »Der Rohrstock und die Peitsche … was wohl sonst.« Bevor ich noch was sagen konnte, rief uns Harry zu, dass wir runterkommen sollten, das Zimmer wäre jetzt fertig. Hatte Stefan eben wirklich Rohrstock gesagt? Hoffentlich wird es nicht zu sehr wehtun.

Stefan half mir aufzustehen und ging mit mir einige Stufen abwärts wieder ins erste Stockwerk, wo wir einen Raum betraten. Zumindest glaubte ich, dass es ein Extraraum war, weil ich Türen hörte, die geschlossen wurden. Dann drehte er mich etwas um, und ich spürte, wie er anfing, meine Bluse aufzuknöpfen. Bei jedem Knopf berührte er leicht meine Haut, was bei mir einen wohligen Schauer hinterließ.

Als er alle geöffnet hatte, streifte er sie mir ganz langsam herunter. Ich bekam eine Gänsehaut. Nun stand ich obenrum komplett nackt vor ihm. Wenn ich keine Augenbinde umhätte, hätte ich, glaube ich, mich geschämt und meine Arme vor der Brust gekreuzt. Aber so war es für mich aufregend, zumal er jedes Mal, wenn er mich berührte, einen wohligen Schauer auf meiner Haut hinterließ. Auch meinen Rock behielt ich nicht lange an. Stefan zog ihn einfach aus, hielt mich an den Armen fest, damit ich heraussteigen konnte.

Nun stand ich vollkommen nackt, nur noch in Strümpfe und High Heels gekleidet, vor Stefan, einem Mann, den ich noch nie zuvor gesehen hatte und ihn eigentlich nicht kannte. Bisher vernahm ich nur seine Stimme … aber immer noch nicht sein Gesicht. Schon bei seinem Ausdruck und der Kraft in der Stimme wurde mir ganz wirr im Kopf, und seine Hände auf meinem Körper hinterließen Spuren in mir. Wie musste es erst sein, diese Hände auf dem Hintern zu spüren?

Stefan führte mich etwas weiter und sagte: »Vorsicht, Stufe!« Ich stieg auf diese und merkte, dass vor meinen Füßen eine Wand war. Stefan nahm meine Hände und legte sie rechts und links auf etwas ab, drückte meinen Kopf etwas runter, bis ich an meinem Hals etwas spürte. Etwas wurde heruntergelassen und verschlossen. Ich war an meinen Händen und meinem Kopf gefangen – das musste ein Pranger sein. Mein Meister Marco wollte mich schon immer so sehen, aber ich hatte mich nie getraut, es zuzulassen. Jetzt in diesem Moment machte es mir komischerweise gar nichts aus. Wahrscheinlich, weil ich vorher nicht gesehen hatte, was auf mich zukam, und ich somit keine Möglichkeit hatte, mir Gedanken zu machen und Ausflüchte zu finden. Aber genau wusste ich es auch nicht. Es war einfach so.

Ich hörte eine Frauenstimme, deren Worte ich aber nicht verstand. Stefan wandte sich von mir ab und ging. Wieder wurden Türen geschlossen, und plötzlich war es totenstill. Hoffentlich ließen Harry und Stefan mich nicht allein mit dieser Frau. Ich wollte es nicht. Ich stand zwar auf Frauen, aber sie hörte sich für mich nach einer Domina an, und so was mochte ich nicht, obwohl ich nie Bekanntschaft mit einer gemacht hatte. Irgendetwas schreckte mich vor ihr ab.

Ich wollte nicht, dass sie mich auspeitschte, und schon gar nicht, dass sie mich anfasste. Die Angst brach erneut aus. Doch was war das? Erneut näherten sich Schritte, und mir wurde etwas mulmig. Eine Hand legte sich auf meinen Po und fing an, ihn zu kneten. Plötzlich hörte ich Harrys Stimme hinter mir. Er begrüßte mich und fragte, ob ich im Auto brav war.

»Ja«, sagte ich ihm.

»Das stimmt aber nicht ganz. Denk mal genau nach.«

Ich wüsste nicht, was ich falsch gemacht haben sollte.

»Stefan hat mir erzählt, dass du ihn ohne Aufforderung beim Autofahren zwischen die Beine gefasst hast. Ist das richtig, Sandra?«

Da fiel es mir wieder ein, aber mir war nicht bewusst, dass es falsch war. Es geschah in dem Moment, in dem er mich etwas nach vorn zog. Er legte meine Hand auf sein Bein und fing an, meine Brust zu kneten. Ich dachte, es wäre eine Aufforderung, dass ich ihn berühren sollte. Ich kam nicht mehr dazu, etwas zu sagen, denn auf einmal sauste etwas auf meinen Hintern, und es folgten weitere starke Hiebe, die kaum auszuhalten waren.

Womit setzte er bloß diese Schläge? Das konnte weder eine Peitsche noch die bloße Hand sein. Es fühlt sich wie ein Stock an. Das war also der Rohrstock, von dem Stefan mir vorhin erzählte, mit dem ich noch Bekanntschaft machen würde. Doch ich war erstaunt, denn so schlimm war er gar nicht, wie ich es mir ausgemalt hatte. Mein Po fing an zu glühen. Stefan stellte sich vor mich und hob meinen Kopf hoch. Ich glaubte, er schaute mich die ganze Zeit an, während Harry meinen Hintern mit einem Rohrstock bearbeitete.

Ich hatte keine Ahnung, auch nicht, wie viele Schläge es waren, aber nach jedem Schlag zuckte ich zusammen und wartete auf den nächsten. Er folgte immer erst dann, wenn ich mich wieder etwas entspannt hatte und lockerließ. Innerlich hoffte ich, dass es nicht diese Frau war, die mich peitschte. Im Nachhinein glaubte ich, dass Harry und Stefan mich nur im Glauben lassen wollten, dass sie es war.

Nachdem die Schläge aufgehört hatten, wurde ich losgebunden und weitergeführt … Ich wusste nicht, wohin. Ich merkte, dass hinter mir etwas stand, und ich runtergedrückt wurde. Im ersten Moment fühlte es sich kalt unter mir an, wie vorher bei dem Sessel schon, was meinem geschundenen Hintern guttat. Das Teil, auf dem ich saß, war vermutlich auch aus Leder gefertigt, was aber leider nicht länger kühl blieb. Es passte sich meiner Körpertemperatur an, und ich fing an, meine Striemen wieder sehr deutlich zu spüren.

Harry begann mir zu erzählen, was mich heute erwarten würde, und dass mein Meister Marco ihn ausgewählt hätte, um mich auszubilden, und ob ich sicher sei, dass ich das alles wirklich möchte. Ich erwiderte ihm, dass ich es sei, dass ich das alles wolle, und sagte Ja.

Während er mich weiter aufklärte, fing er an, einen seiner Finger zwischen meine Schenkel in meine Möse gleiten zu lassen, was mich erneut ganz heiß werden ließ. Er lächelte. »Unsere Sandra ist ja ganz feucht … Das ist nicht gut.« Irgendjemand legte mir die Handfesseln an und half mir beim Aufstehen. Was hatten die beiden jetzt mit mir vor? Ich wusste es nicht, es begann aber, in mir zu kribbeln.

Sie führten mich auf eine Art Matte, zumindest glaubte ich das. Ich hörte etwas klirren, wie eine Kette, die heruntergelassen wurde. Meine Hände wurden nach oben genommen und festgebunden. Ich versuchte zu spüren, was es war. Es fühlte sich wie eine Metallstange an. Als meine Hände befestigt wurden, hörte ich wieder dieses Geräusch einer Kette. Meine Arme wurden dadurch sehr hochgezogen, bis ich ganz gerade dastand.

»Spreiz deine Beine weiter auseinander«, hörte ich Harry sagen. Ich gehorchte und tat es sofort. Ich hörte etwas durch die Luft sausen und holte tief Luft. Jetzt kam ganz viel Schmerz auf mich zu. Hoffentlich hielt ich es aus, dachte ich. Und schon traf mich der erste Hieb, und ich zog wieder scharf die Luft ein. Es blieb nicht bei dem einen Hieb. Harry wiederholte es mehrmals. Als sie ausblieben, spürte ich, wie jemand sehr nah vor mir stand und mich anstarrte. Was sollte er sonst so dicht vor mir machen? Ob es ihm gefiel, zu sehen, wie ich litt?

Plötzlich führte einer von beiden mir etwas in meine Möse ein. Es fühlte sich ungewohnt neu, aber geil an. Ich wollte endlich gefickt werden! Was es war, konnte ich leider nicht beschreiben. Es wurde so weit eingeführt, bis es an meinen Muttermund stieß. Der andere der beiden befreite mich währenddessen von meinen Handfesseln. Ich war etwas erleichtert, sie endlich los zu sein.

»Ich mache dir nur andere um, mit denen du einen besseren Halt hast«, hörte ich Harry sagen. Und schon wurden meine Hände in sehr gut gepolsterte Handfesseln gelegt und verschlossen. Da hatte ich mich wohl zu früh gefreut. Doch woher wusste er, was ich dachte?

Ich bekam etwas Wasser zu trinken, das ich gierig annahm. Meine Hände wurden wieder so weit nach oben gezogen, bis ich gestreckt dastand. Mein Arsch stand noch immer etwas in Flammen, was das Ganze nicht besser machte, denn es weckte in mir die Gier, dass bitte jemand meine Klitoris rieb, bis ich komme. Das wurde mir leider nicht erfüllt. Auf einmal spürte ich einen Schmerz am Hintern. Der zweite folgte sogleich, aber von vorn auf meinen Bauch. Dieses Mal war es die Peitsche, denn sie schmiegte sich beim Schlag von vorn nach hinten um meine Hüfte. Es folgten mehrere Hiebe gleichzeitig. Ich musste sehr oft die Luft scharf einziehen. Es war kaum noch auszuhalten. Und dann noch dieses Ausgefülltsein … Bitte, kann mich nicht einer von euch beiden endlich erlösen und mich zum Höhepunkt bringen?, bettelte ich in meinen Gedanken. Laut aussprechen konnte ich es nicht, dazu fehlte mir die Luft.

»Ist es schmerzvoller, wenn du schreist?«, hörte ich Harry fragen.

»Nein«, sagte ich.

»Dann ist ja gut.«

Sie wollten mich also schreien hören, das konnten sie haben, dachte ich und begann, bei jedem Schlag, der folgte, zu schreien, bis ich es nicht mehr aushielt und »Stopp!« rief.

»Ich kann nicht mehr. Ich halte diesen Schmerz nicht mehr länger aus.« Sie hörten sofort mit den Hieben auf und jemand brachte mir wieder etwas Wasser zum Trinken.

Auf einmal spürte ich etwas Kaltes an meiner linken Brustwarze, und es schnappte zu. »Aua«, sagte ich und zog die Luft ein. Das Gleiche geschah auch mit meiner zweiten Brustwarze. Als sie damit fertig waren, wurde das, was zuvor in meiner Möse steckte, wieder herausgezogen. Es fühlte sich an, als wenn es etwas war, was aufgeblasen wurde. Ich hatte immer noch keine Ahnung, was es sein könnte. Es nahm mir aber wieder das Gefühl, ausgefüllt zu sein. Es fühlte sich so leer an. Und obwohl ich froh war, es los zu sein, sehnte ich mich doch wieder danach. Vor allem wünschte ich mir, endlich richtig gefickt zu werden. Warum tat es keiner von beiden? Die mussten doch beide genauso erregt sein wie ich.

Endlich fingen sie an, meine Arme wieder herunterzulassen, und banden mich von den Fesseln los. Ich war sehr erleichtert darüber. Sie halfen mir vorsichtig von der Matte runter. Doch mein Gleichgewicht war etwas durcheinander, sodass mich einer von beiden etwas stützen musste.

»Runter mit dir auf die Knie«, befahl mir Harry. Ich ging sofort auf die Knie nieder, Schenkel leicht gespreizt, sodass man sofort Zugang zu meiner Mitte hatte. Den Kopf ließ ich leicht gesenkt, meine Hände legte ich auf den Knien ab. So hatte ich es in dem Film *Die Geschichte der O* gesehen und hoffte, dass es richtig war.

Diese Brustklammern schmerzten so sehr. Ich hoffte, dass sie mir bald wieder abgenommen wurden. »Jetzt blas mich schön tief«, sagte Harry zu mir. Er kam ganz dicht an mich heran und gab mir seinen Schwanz zwischen die Lippen, ich öffnete meinen Mund und ließ ihn willig eindringen. Leider durfte ich meine Hände nicht benutzen, ließ sie auf meinen Knien liegen und fing an, seinen Schwanz zu saugen und zu blasen.

Plötzlich zog er an etwas, was mit den Brustwarzenklammern befestigt war. Es ließ mich vor Schmerz leicht zusammenzucken. Ich zog Harrys Schwanz tief in meinen Mund rein. »Weniger Zähne«, hörte ich ihn sagen. Das war bei so einem mächtigen Schwanz gar nicht so leicht. Ich versuchte es, so gut es ging. Er stieß bis auf den Grund meiner Kehle zu. Ich bekam oft das Würgen und hörte nur immer wieder: »Versuch zu atmen.« Das war leichter gesagt als getan, dachte ich mir. Auf einmal löste sich die rechte Klammer an der Brustwarze von selbst und ich zog scharf die Luft ein, denn das Blut schoss wieder hinein. Es schmerzte extrem. Aber es schoss auch in meine Klitoris und ließ sie von allein anschwellen und meine Mitte feucht werden. Ich war so erregt und wollte eigentlich nur noch Erlösung.

Auf einmal spritzte ich aus meiner Möse. Es passierte einfach von ganz allein, ohne dass ich es aufhalten konnte. Wie konnte mir so was passieren? Harry stieß noch einige Male in meinen Mund und hörte auf, ohne selbst gekommen zu sein. Er half mir aufzustehen und bemerkte, was geschehen war.

»Sie hat einfach abgespritzt, ohne vorher zu fragen. Beug dich nach vorn und halte dich an deinen Oberschenkeln fest. Und jetzt zähle von zehn rückwärts mit«, befahl er mir.

Der erste Hieb traf mich auf die Pobacke.

»Zehn«, der zweite.

»Neun«, zischte ich …

Bei jedem Hieb bewegte sich die Kette, an der die Brustwarzenklammer hing, und zog somit an meiner linken Brustwarze, was immer wieder einen zusätzlichen Schmerz auslöste … Als ich bei »zwei« angekommen war, folgte endlich »eins«. Geschafft! Aber noch einmal traf mich ein Schlag. Ich zog sehr scharf die Luft ein und zischte zwischen zusammengepressten Lippen: »Null.« Ich dachte, es gab zehn Hiebe, und wie viele waren es … elf. Harry und Stefan waren gerissen. Mein Arsch brannte wie Feuer.

»Das nächste Mal fragst du erst um Erlaubnis, bevor du abspritzt oder kommst.«

»Ich werde es versuchen«, antwortete ich.

Wie soll ich das machen, wenn es einfach passieren wird? Das war unmöglich, aber noch mehr Hiebe hielt ich heute einfach nicht aus. Die linke Brustwarzenklammer wurde endlich entfernt. Als das Blut anfing, in die Brustwarze zu fließen, musste ich wieder scharf die Luft einziehen, denn es schmerzte wirklich enorm.

Plötzlich packte mich jemand am Arm und zog mich ein paar Schritte weiter. Er drückte meinen Oberkörper wieder etwas herunter. Ich hörte es rascheln, und schon stieß jemand von hinten mit solch einer Kraft in meine Möse rein, dass es mir schwerfiel, das Gleichgewicht auf den Beinen zu halten. Im ersten Moment schmerzte es, aber bei jedem weiteren Stoß wurde ich gieriger und verfiel in einen Rausch aus Lust. Er nahm mich hart und ungezügelt wie ein wildes Tier von hinten.

Dann hörte ich mich ganz außer Atem flüstern: »Darf ich bitte kommen?«

»Ja, du darfst«, hörte ich Stefan murmeln.

Ja, fick mich richtig durch, ging es nur noch durch meinen Kopf, bis ich explodierte und der erlösende Höhepunkt endlich kam. Er stieß noch ein paar Mal heftig zu und glitt aus mir heraus.

Stefan half mir hoch und führte mich, bis ich mit meinem Rücken gegen eine Wand stieß. Dort nahm er mir endlich wieder die Augenbinde ab. Aber ich hielt meinen Blick weiter gesenkt. Links und rechts konnte ich auch eine Wand ausmachen, vor mir wurde etwas geschlossen. Stefan und Harry hatten mich wirklich in eine Kammer gestellt. Warum? Ich wusste es nicht, es sollte mir aber recht sein, dann konnte ich wieder etwas zu Atem kommen. Aber irgendwie fühlte ich mich beobachtet. Auf der einen Seite fand ich es schön, angeschaut zu werden, auf der anderen Seite war es mir immer etwas unangenehm, aus dem Grund, weil ich nicht wusste, was der andere gerade dachte. Es war verletzend und zugleich erregend. Ich hätte dann jetzt doch gern die Augenbinde zurück.

Ich wusste nicht, wie lange ich in der Kammer war und meinen Gedanken nachhing, als plötzlich jemand vor mir stand und mich am Arm packte und mit sich zog, bis ich vor einer Art Hocker stand.

»Knie dich darauf und leg dich mit dem Oberkörper darüber.« Ich tat, was mir befohlen wurde, und kniete mich auf den Strafbock, legte meinen Oberkörper darüber und stützte mich mit den Händen am Ende links und rechts ab. Plötzlich spürte ich etwas an meinem hinteren Ausgang. Da drückte jemand seinen Schwanz erst ganz vorsichtig und dann mit mehr Nachdruck anal in mich rein. Er fühlte sich riesig an … Das musste Harrys Schwanz sein, denn der war schon mächtig groß. Ich hatte noch nie einen so großen anal in mir drin, aber es fühlte sich gut an.

Harry stieß sehr langsam und behutsam in mich und gönnte mir die Zeit, mich an seinen großen Schwanz zu gewöhnen. Bald schon nahm er einen guten Rhythmus an. Von vorn wurde mir ein Schwanz in die Mundhöhle gestoßen. Erst ganz leicht, dann immer tiefer in die Kehle.

»Schön tief blasen«, sagte Harry zu mir.

»Stefan, bläst sie auch richtig?«

»Nein, das geht bestimmt noch besser.«

Während ich versuchte, den Schwanz richtig tief in meine Mundhöhle aufzunehmen, stieß Harry immer weiter anal in mich rein. Das brachte mich völlig aus dem Konzept und machte mich nur noch umso gieriger. Dann glitt er aus mir raus, und auch Stefan ließ von mir ab und verschwand aus meinem Blickfeld.

Mich traf der erste Hieb auf den Arsch. So unerwartet, dass ich mich erst beschweren wollte warum, doch es folgten circa fünf weitere. Dann hörte ich Stefan sagen: »Ich würde ja lieber mitzählen.«

Das hätte er auch vorher sagen können. Jetzt hatte ich umsonst sechs Hiebe bekommen, und das Ganze fing wieder von vorn an. »Zehn … neun … acht … … drei … … eins … null«, zischte ich und zog bei jedem Hieb scharf die Luft ein.

Nachdem er mit den Hieben fertig war, half Harry mir, von der Strafbank aufzustehen. Ich wurde mit dem Oberkörper nach unten auf Stefans Schwanz gedrückt und musste ihn wieder sehr tief in meine Mundhöhle aufnehmen. Harry stieß wieder von hinten anal in mich rein, aber dieses Mal schon heftiger und wilder. Ich hielt mich mit beiden Händen links und rechts an Stefans Hüfte fest und versuchte, ihn immer wieder ganz tief aufzunehmen. Schließlich bekam ich das Würgen.

»Und? Macht sie es jetzt besser?«, fragte Harry.

»Ja, jetzt geht es besser.«

Ich nahm ihn immer tiefer auf und ließ ihn des Öfteren länger im Rachen, bis ich es nicht mehr aushielt und mich letztendlich übergeben musste – zwischen seine Füße.

»Das ist richtig … So ist es gut, mach weiter so«, sagte Harry. Auf einmal ließen beide von mir ab, und Harry führte mich zu einem Bett. »Knie dich mit dem Kopf zu mir darauf.« Ich kniete mich auf allen vieren aufs Bett, mit dem Kopf zu Harry und dem Hinterteil zu Stefan.

Stefan drang von hinten in mich ein und nahm mich in einem guten Rhythmus. Mein ganzer Körper stand in Flammen und wollte endlich erlöst werden. Während mich Stefan von hinten nahm, drang Harry von vorn in mich ein. Er stieß immer tiefer in die Mundhöhle und verweilte dort einige Sekunden, bevor er dann erneut zustieß. Nachdem beide von mir abließen, durfte ich mich an die Kante des Bettes setzen, und Harry fing an, mich zu fingern. Als er auch mit ihnen immer schneller zustieß, hielt ich es nicht mehr aus: »Darf ich kommen …? Bitte, ich halte es nicht mehr aus.«

»Ja«, sagte Harry.

Und ich spritzte eine Menge ab. Das war so gewaltig, dass ich leicht zitterte. Endlich wurde ich erlöst, und ich fühlte mich verdammt gut. Harry hielt mir auf einmal wieder seinen Schwanz hin und meinte nur: »Jetzt darfst du ihn aussaugen.« Ich fing ein weiteres Mal an, ihn tief in meine Mundhöhle zu nehmen, immer und immer wieder, bis er sich in mir ergoss. Leider ging etwas daneben. »Das war gut, aber das geht bestimmt noch besser«, meinte er nur zu mir. Ja, beim nächsten Mal, jetzt brauchte ich erst mal ein Bett zum Schlafen. Ich fühlte mich richtig gesättigt und befriedigt.

Doch Harry warf mir ein Handtuch zu und sagte: »Jetzt wischst du alles auf, was du verloren hast, bis ganz nach vorn.« Ich fing an, auf allen vieren den Fußboden aufzuwischen, stand schließlich mit immer noch gesenktem Blick auf und gab ihm das Handtuch. Er überreichte mir die Nippelklemmen und sagte: »Die bringst du jetzt so, wie du bist, nach oben zu der Dame, wo ich sie mir ausgeliehen habe, und bedankst dich ganz herzlich dafür.« Wird es denn noch schlimmer? Ich versuchte, den Weg zu finden, ging dann schließlich nach oben. Nachdem ich die Treppe gefunden hatte, suchte ich die Frau und fand dann sie in einem Raum auf der Couch sitzend und fernschauend.

»Sind das Ihre Nippelklemmen?«, fragte ich sie.

»Ja, sind sie.«

»Danke schön dafür«, erwiderte ich.

»Bitte doch«, sagte sie nur, und ich ging wieder runter zu Harry und Stefan.

»Hast du sie ordentlich abgegeben und dich ordentlich dafür bedankt?«, fragte mich Harry.

»Ja, habe ich getan.«

»Gut, gut«, sagte er nur.

Stefan übergab mir meine Sachen zum Anziehen. Nachdem ich mich wieder bekleidet hatte, umarmte er mich auf einmal für mehrere Minuten von hinten. Im ersten Moment war ich darüber sehr erstaunt, warum er das jetzt tat. Aber ich merkte, dass es mir nach dem Ganzen guttat, was sie mit mir gemacht hatten. Ich fing an, diese kurze Geborgenheit und Sicherheit zu genießen. Das hatte ich wirklich sehr gebraucht. Es war schön, nach einer Session so aufgefangen zu werden, und ich dankte Stefan innerlich dafür. Nachdem er sich wieder aus der Umarmung gelöst hatte, drehte ich mich um und mein Kopf wurde noch ein Stück weiter zu Boden gesenkt. Harry und Stefan verließen für einen Augenblick das Zimmer. Ich stand also mit gesenktem Blick da und wartete darauf, dass sie wiederkehrten und was noch kommen würde. Ich war so fertig, dass ich mich einfach nur noch nach meinem Bett und Marco sehnte.

Als sie zurückkehrten, nahm Stefan mich am Arm und führte mich aus dem Zimmer, den Flur entlang bis zum Treppenhaus, die ganzen Stufen wieder hinunter zum Ausgang und hin zum Auto, hielt mir die Tür auf, und ich stieg wieder hinten ein. Ich wartete ungefähr zehn Minuten, bis auch Stefan einstieg und wir losfuhren. Ich weiß nicht mehr, ob wir noch miteinander geredet hatten, denn ich war so damit beschäftigt, das gerade Erlebte noch einmal vor meinem inneren Auge ablaufen zu lassen und nachzufühlen, was ich dabei empfand. Es war überwältigend, was noch vor wenigen Minuten passierte und was alles mit mir gemacht wurde. Das musste ich erst mal verarbeiten. Ich hatte mich tatsächlich unterworfen und züchtigen lassen und das auch noch genossen. War das zu glauben?

Ich hatte keine Ahnung, wie lange wir fuhren. Waren es 15 oder 20 Minuten, bis wir wieder anhielten und Stefan mir die Tür öffnete und mich aussteigen ließ? Die Zeit rauschte vor meinem inneren Auge einfach vorbei. Meine Gedanken waren ganz woanders. Ich fühlte mich noch wie im Himmel und noch nicht wieder richtig angekommen. Es fühlte sich einfach so an, als würde ich leicht schweben, und das war ein sehr schönes Gefühl.

Da kam uns auf einmal Harry entgegen. Was hatten die zwei jetzt noch vor? Mehr hielt ich bestimmt nicht aus, ich schwebte doch schon. Stefan reichte mich schließlich an Harry weiter, und ich bedankte mich bei ihm. Anschließend ging ich mit Harry zu seinem Wagen. Dort stieg ich vorn ein und hielt immer noch meinen Kopf gesenkt.

Nachdem er ebenfalls eingestiegen war, fuhren wir los. Harrys Handy klingelte. Er nahm das Gespräch entgegen, und ich hörte nur: »Soso, sie hat sich also nicht richtig bedankt. Hmmm, warte, ich gebe sie dir, dann kann sie es richtig machen.« Wer war das? Was hatte ich falsch gemacht?

Es war Stefan. Ich hatte mich wohl nicht angemessen bei ihm bedankt. Ich nahm das Handy entgegen: »Danke schön für diesen schönen Nachmittag. Ich hoffe, wir sehen uns mal wieder.«

So in etwa sagte ich es. An den genauen Wortlaut kann ich mich nicht mehr erinnern, schließlich passierte gerade so viel in meinem Kopf. Ich reichte das Handy wieder an Harry.

»Hat sie es jetzt besser gemacht? … Okay, wir hören uns später wieder.«

Während der restlichen Fahrt unterhielt ich mich mit Harry über *Die Geschichte der O.* Er meinte, ich sollte das Buch lesen, denn es wäre viel besser als der Film.

Dann rief mein Meister Marco bei ihm an und erkundigte sich, wann wir wieder da wären und wie es lief. Ungefähr fünf Ortschaften vor unserem Endziel fragte ich Harry: »Darf ich meinen Kopf wieder heben und mich ordentlich ankleiden? Ab dem nächsten Ort kennen mich die Leute. Sie sollten mich besser nicht so sehen.«

Ich durfte meinen Blick wieder heben. Harry fuhr plötzlich in eine Straße rein und hielt an. »Komm rüber«, er zeigte auf seinen Schwanz und wollte, dass ich ihm noch einmal Vergnügen bereite. Ich schnallte mich ab und beugte mich zu ihm, um ihn ganz tief in meine Mundhöhle gleiten zu lassen. Immer und immer wieder sog ich ihn ganz tief herein. Auf einmal spürte ich seine rechte Hand an meinem Anus. Er drang immer wieder mit einem Finger in mich ein und machte mich so ganz gierig auf mehr. »Nimm ihn ganz tief rein«, hörte ich ihn sagen und nahm ihn bis zum Anschlag in meine Mundhöhle und behielt ihn für ein paar Sekunden dort, bis er sich in mir entlud. Ich schluckte alles gierig herunter und leckte seinen Schwanz sauber.

»Hast du alles geschluckt?«, fragte mich Harry.

»Ja, ich habe alles geschluckt.«

»Gut, ich wollte noch mal testen, ob es geht.«

Er verstaute seinen Schwanz wieder und gab mir meinen Slip zurück, den er wohl vorhin von Stefan bekommen hatte. Ich zog ihn wieder an und knöpfte meine Bluse wieder richtig zu, dann fuhren wir zurück zum vereinbarten Treffpunkt mit meinem Meister Março.

Als wir dort ankamen, stieg Harry aus. Ich wollte es auch erst, hielt es aber für richtig, zu warten, bis ich gebeten wurde. Harry unterhielt sich draußen noch mit meinem Meister und kam dann schließlich um das Auto herum, um mir die Tür zu öffnen. Nachdem ich ausgestiegen war, ging ich zu meinem Meister und kuschelte mich in seine Umarmung. Bevor wir zu unserem Auto gingen, bedankte ich mich noch angemessen bei Harry für den sehr aufregenden und spannenden Nachmittag.

Im Auto fragte mich Marco, wie es für mich war. Also erzählte ich ihm die ganze Geschichte, was Harry und Stefan alles mit mir gemacht hatten und wie ich es empfunden hatte. »Das musst du morgen alles aufschreiben, damit du es nicht vergisst. Ich möchte es so gern noch mal lesen. Es ist schon Wahnsinn, was du erlebt hast. Das macht mich ganz gierig. Meinst du, dass du noch mal kannst, gleich wenn wir daheim sind? Ich muss dich einfach haben, ich will in dich rein.« Wie könnte ich ihm das verwehren. Als wir daheim ankamen, schliefen unsere Kinder zum Glück schon. Es war gegen 20 Uhr und ich bereits über sechs Stunden unterwegs.

Etwas unangenehm war es mir schon, jetzt so vor meinem Bruder zu stehen, so aufgekratzt wie ich war. Wir blieben ungefähr noch eine Stunde mit ihm im Wohnzimmer auf der Couch und verabschiedeten uns dann. Hoffentlich hörte er uns gleich nicht. Wir hatten ihm zum Schlafen das Zimmer direkt neben uns gegeben. Aber das war mir, ehrlich gesagt, zu dem Zeitpunkt auch egal.

Kaum im Bett, fiel Marco über mich her. Ich musste ihm, während er in mich stieß, noch einmal alles erzählen, was die zwei Herren mit mir gemacht hatten. Danach schlief ich sofort total erschöpft ein und wachte am nächsten Tag mit einem Lächeln im Gesicht auf.

»Du schaust so verdammt glücklich aus. Das gefällt mir, dich so zu sehen, so zufrieden. Meinetwegen kannst du jeden Morgen so aufwachen.«

»Ja, ich fühle mich auch total glücklich, irgendwie so richtig ausgeglichen. Schon komisch eigentlich, wenn man bedenkt, was ich gestern alles zugelassen habe.«

»Willst du, dass wir es weiterführen oder reicht dir die Erfahrung von gestern?«

»Nein, ich würde es wirklich gern noch einmal erleben, wenn es dir wirklich nichts ausmacht. Es ist erstaunlich, was du mir alles schenkst. Ich bin dir wirklich richtig dankbar dafür. Ich liebe dich.«

»Ich liebe dich auch. Komm her, ich muss einfach noch mal in dir sein, bevor wir aufstehen. Die Kinder sind eh schon wach und nerven den Onkel.«

»Hmmm, nichts lieber als das. Schau, ich bin eh schon wieder feucht«, sagte ich zu Marco, grinste und war unschuldig.

In den darauffolgenden Tagen ging mir der besagte Tag immer und immer wieder durch den Kopf, und bei mir entstanden gemischte Gefühle. Auf der einen Seite fand ich es demütigend beziehungsweise erniedrigend, mich so von mir eigentlich fremden Personen behandeln zu lassen, ohne dass mein Meister körperlich zugegen war. Dann war ich wiederum überrascht, weil ich diesen zwei Personen, völlig und ohne es zu hinterfragen, vertraute, obwohl ich sie eigentlich nicht richtig kannte. Ich hatte mich bei den beiden einfach sicher gefühlt. Harry hatte ich vor der Session erst einmal gesehen, Stefan noch nie. Ich kannte bis jetzt noch nicht einmal Stefans Gesicht, nur seine Stimme. Allein, wenn ich an sie dachte, wurde ich schon feucht zwischen den Beinen. Wenn er wüsste, was er in mir auslöste.

Trotzdem war in mir das Gefühl des Vertrauens. Das war ganz neu für mich, denn so etwas hatte ich vorher noch nie getan, ohne dass Gefühle im Spiel waren. Ich war gespannt, wohin mich der Weg noch führen wird und inwieweit es meinen normalen Alltag mit einbezieht. Eigentlich führte ich bisher ein ganz normales Leben mit Kindern, Freunden und ehrenamtlichen Tätigkeiten. Ich war gespannt, ob es mich veränderte und ob die anderen in meinem Umfeld es mitbekamen.

Was für mich jetzt schwer war, war, es keinem zu sagen. Ich wollte es so gern jedem erzählen, weil ich momentan richtig glücklich war. Ich war mit mir selbst im Einklang. Das verdankte ich Marco. Manchmal fragte ich mich, womit ich ihn eigentlich verdient hatte. Ich hoffte, ich kann ihm genauso viel geben wie er mir. Auch wenn ich mich sexuell zu Harry und Stefan hingezogen fühlte, so bedeutete es nicht, dass ich Marco weniger liebte oder er mich sexuell nicht mehr reizte. Im Gegenteil, ich hatte das Gefühl, dass unsere Liebe dadurch noch stärker wurde, weil er mir auch so viel Vertrauen entgegenbrachte. Das war nicht selbstverständlich. Es verband uns einfach mehr miteinander.

Kapitel 4

ZWEI WOCHEN DANACH

Inzwischen waren fast zwei Wochen vergangen, und meine Gedanken kreisten immer noch um das Erlebte mit Harry und Stefan. Dauernd musste ich daran denken und bekam es einfach nicht aus meinem Kopf. Vormittags war es besonders schlimm. Die Kinder waren aus dem Haus, Marco arbeitete und ich war allein daheim. Zwar ging ich auch mal mit meinen Freundinnen Kaffee trinken, aber immer, wenn ich allein war, kam mir das erste Treffen mit den beiden in den Sinn. Dabei sollte ich die Zeit für den Haushalt und die Einkäufe nutzen. Ich bekam es nicht immer zu 100 Prozent hin. Ich versuchte, mich abzulenken, weil ich mich immer wieder fragte, wann ich die zwei wiedersehen würde und was sie dann mit mir machen würden. Würde Marco dabei sein, oder wäre ich dann wieder allein unterwegs? Ständig fragte ich Marco danach, aber er sagte mir einfach nichts. Das Einzige, was ich immer wieder hörte, war: »Üb dich in Geduld und warte es ab. Wir verraten es dir sowieso nicht, da kannst du mich noch so oft fragen. Du wirst immer das Gleiche von mir hören.« Wie ein Mann allein so verschwiegen sein konnte … Er trieb mich damit noch in den Wahnsinn. Und dann auch noch sein triumphierendes Lächeln …

Es war Sonntag. Ich räumte gerade den Frühstückstisch ab, als Marco sich ganz dicht hinter mich stellte. Ich dachte, er wollte kuscheln, dabei flüsterte er mir zu: »Gestern hat mich Harry angerufen und darum gebeten, dass ich dich heute auspeitschen soll, um dich für morgen vorzubereiten … denn morgen wird dich Stefan abholen.«

»Und was machen wir mit den Kindern?«

»Mach dir darüber keine Gedanken. Deine Mutter kommt doch in zwei Stunden. Ich habe ihr schon eine Nachricht geschickt, ob sie dann kurz aufpassen könnte. Also sind sie in der Zeit gut versorgt. Die Kinder sehen ihre Oma eh zu wenig, und jetzt, wo sie eine Woche hier ist, sollten wir es schon etwas nutzen.«

»Wenn das so ist, dann wird es wohl so sein. Du hast ja schon alles eingefädelt.«

»Ändern kannst du daran nichts. Es ist, wie es ist. Du willst dieses Spiel spielen, also musst du damit auch klarkommen.«

Ja, ich wollte dieses Spiel spielen, aber etwas komisch war mir schon dabei. Marco hatte mich vorher noch nie gezüchtigt, und nun wollte er es machen. Wie soll er es aber andererseits lernen, wenn nicht bei mir? Er gab mir auch so viel, das konnte ich ihm nicht verwehren. Und ich musste zugeben, der Gedanke, von ihm gezüchtigt zu werden, erregte mich irgendwie, auch wenn ich etwas Angst davor hatte, dass er nicht das richtige Maß dafür fand.

Gemeinsam fuhren wir gegen 15 Uhr los.

»Wo fahren wir jetzt hin?«

»Zur Scheune. Du erinnerst dich vielleicht noch an sie, wo wir vor einigen Jahren die ersten Aktfotos von dir gemacht hatten, oder?«

»Ja, dunkel.«

Da fuhren wir also hin, da wollte er mich also peitschen. Hoffentlich war dort, weil Sonntag war, kein Bauer in der Nähe.

Als wir ankamen, schaute ich mich um und fing an, zu widersprechen. Marco verlangte von mir, dass ich mich im Auto ausziehen sollte, um nackt zur Scheune zu gehen. Aus Angst, dass ein Jäger oder Bauer kommen und mich so sehen könnte, tat ich es nicht. So schnell hätte ich mich nicht wieder bekleiden können. Darüber war Marco zwar nicht sehr erfreut, aber ich hatte ein großes Schamgefühl, das verging nicht so einfach. Was dachte er sich auch? Nur, weil ich das Spiel der Unterwerfung spielte, dann auch alles tat, was er von mir verlangte? Es gab auch für mich Grenzen, und die konnte ich nicht so einfach brechen. Das musste er doch wissen. Oder war Marco selbst im Rausch des Spiels? Für ihn war es bestimmt nicht leicht, mir gegenüber so hart zu sein. Ich wollte zu gern wissen, was bei ihm im Kopf rumschwirrte, ob er sich freute, mich gleich zu züchtigen, oder ob er Angst davor hatte. Was war ich für eine schlechte Frau. Ich hätte ihn vorher fragen sollen, wie er sich damit fühlte. Ich konnte zwar nicht seiner Anweisung nachgehen, nackt zur Scheune zu laufen, aber ich wollte versuchen, die Züchtigung für uns beide zu ertragen. Hoffte ich zumindest.

Es war für uns beide nicht leicht, uns im Spiel fallen zu lassen. Marco wollte es so gern, dass ich es bei ihm genauso wie bei Harry und Stefan konnte. So leicht war es nur nicht. Vermutlich lag es an der Liebe zwischen uns. Er konnte mir gegenüber nicht so hart und dominant auftreten wie Harry und Stefan. Dafür war unsere Liebe einfach zu stark. Ich wollte ihn aber nicht enttäuschen und mein Bestes geben, seine Züchtigung zu ertragen. Doch ob ich es schaffte? Mir gegenüber war Marco nicht dominant genug. Ich wusste genau, wie ich ihn um den Finger wickeln konnte. Ihm war es genauso bewusst. Er liebte mich und konnte mir nicht wehtun. Auch wenn dieser Schmerz anders war, so konnte er es nicht einschätzen, ob er mich erregte oder mir wehtat. Ich wollte es dennoch für uns tun und versuchen, den Schmerz, den Marco mir zufügte, zu ertragen, wenigstens ein wenig. Ich hoffte für uns beide, dass wir in der Zukunft gemeinsam einen Weg fanden, um zusammen zu spielen.

In der Scheune suchte Marco einen Balken an der Decke aus, schleuderte ein Seil darüber und zog es auf der anderen Seite wieder herunter. Währenddessen zog ich mich aus und stellte mich anschließend zu ihm. Ohne ein Wort ließ ich mir von ihm die Handfesseln anlegen. Dann zog er meine Arme nach oben und fing an, die beiden Enden des Seils daran zu befestigen. Marco überprüfte, ob ich einen guten Halt beim Stehen hatte, und verband mir die Augen. Was kam als Nächstes? Es war das erste Mal für uns beide, dass er mich richtig peitschte. Ich war nervös und erregt zugleich. Warum erregte es mich bloß immer so dermaßen?

Ich wartete geduldig auf den ersten Hieb, der aber nicht so bald kam, wie ich ihn erwartete. Ich hörte, wie Marco um mich herumging. Worauf wartete er? Was hatte er vor?

»Kannst du endlich anfangen, anstatt so um mich herumzuschleichen?« Ich sagte es jedoch nicht laut, sondern behielt diese Gedanken für mich.

Auf einmal traf mich der erste Hieb. Scharf zog ich die Luft ein. Marco schlug sehr hart mit dem Rohrstock zu, der noch ganz neu war. Er musste ihn gestern extra gekauft haben. Nach dem dritten Hieb fing ich an, ihn zu beschimpfen.

»Schlag nicht immer auf die gleiche Stelle. Das schmerzt zu sehr«, und schon traf mich der nächste Hieb.

»Spinnst du? Das schmerzt höllisch! Du sollst nicht immer auf die gleiche Stelle schlagen«, schrie ich ihn nun etwas energischer an.

Ich gab mir innerlich eine Ohrfeige. Ich wollte es doch für uns beide aushalten, aber so wie er schlug, hielt ich es einfach nicht aus. Jetzt halt endlich deinen Mund und ertrage es, sagte ich mir selbst in Gedanken.

Marco meinte nur: »Sollen wir abbrechen? Ist dir das lieber?«

»Nein, ich habe noch nicht genug. Mach weiter, aber bitte nicht immer auf die gleiche Stelle.«

Plötzlich klingelte Marcos Handy. Er ging ran. »Ah hallo … Na genau zur rechten Zeit. Sandra ist genau zu diesem Zeitpunkt gestreckt und gefesselt in einer Scheune und spürt den Rohrstock.«

Er stellte das Telefon laut, damit ich mithören konnte. Es war Harry. Marco sagte ihm, dass ich zu zickig sei. Warum musste er ihm das jetzt erzählen? So ein Verräter. Ich wollte es ja nicht sein, es tat aber einfach weh, so wie Marco mit dem Rohrstock zuschlug. Ich wollte es aushalten, auch für ihn, damit er nicht das Gefühl hatte, er wäre nicht gut darin, aber er hatte einfach noch so viel zu lernen.

Nachdem das Telefonat beendet wurde, wechselte er zur kleinen mehrstriemigen Peitsche und fing damit an, auf meine Brüste zu schlagen. Aber auch dort traf er immer die gleiche Stelle. Meine linke Brustwarze stand in Flammen, während die rechte fast keine

Striemen abbekam. Nach ein paar weiteren Hieben und noch mehr Gejammer von mir sagte er: »Okay, dann höre ich eben auf.« Er war wohl etwas enttäuscht, dass ich so zickig war. Trotzdem war ich so erregt, dass ich um einen Orgasmus bettelte. Marco holte den Vibrator aus der Stofftasche, stellte die Vibration extrem stark ein und stimulierte meine Klitoris, bis ich von einem Höhepunkt überflutet wurde, obwohl ich ihn überhaupt nicht verdient hatte.

Er band mich wieder los. Ich fragte, ob ich ihm einen blasen dürfe, er gestattete es mir. Ich blies ihn tief, bis er sich völlig in meinem Mund ergoss. Ich schluckte alles bis zum letzten Tropfen und leckte Marcos Schwanz wieder sauber, so wie ich es bei Harry gelernt hatte. Wenigstens hatte ich nun eine Sache richtig gemacht. Aber das Züchtigen musste Marco einfach noch lernen. Ich hoffte, er bekam die Gelegenheit, bei einem Treffen mit Harry und Stefan dabei zu sein, um von ihnen die Technik zu lernen. Ich wünschte es mir für uns beide, denn ich wollte nach wie vor von ihm gezüchtigt werden, mit dem richtigen Maß.

Dann durfte ich mich endlich wieder anziehen. Wir gingen zurück zum Auto und fuhren wieder heim, mit einem leichten Beigeschmack. Als wir abends im Bett lagen, redeten wir über das, was heute passiert war. Ich wurde das Gefühl nicht los, ihn enttäuscht zu haben, weil ich ihm so viel widersprochen hatte. Warum musste ich auch immer widersprechen? Es fiel mir wirklich schwer, es nicht zu tun.

Ich wusste selbst nicht genau, warum es so war. Vielleicht lag es daran, dass so starke Gefühle im Spiel waren. Marco kannte mich sehr gut, ich ihn aber auch. Vieles konnte ich vorher bei ihm abschätzen, was für manche Situationen sehr positiv, für manche aber auch negativ war. Ich wusste, wie ich ihn um den Finger wickeln konnte, und hatte ihn dadurch natürlich auch leicht in der Hand. Er hatte auch noch nicht so viel Erfahrung mit dem Rohrstock und dadurch selbst noch viel zu lernen. Ihm fiel es bestimmt auch nicht leicht, mir Schmerzen zuzufügen, wo er mich doch liebte, obwohl er wusste, dass ich es brauchte und es ihn ebenfalls erregte. Trotzdem war es schwer, erzählte er mir. Doch ich war mir sicher, dass wir beide mit der Zeit noch eine Menge dazulernen würden.

Als wir zu Bett gingen, kuschelte ich mich ganz eng an Marco, schlief aber leider nicht wie sonst sofort ein. Ich machte mir Gedanken über den nächsten Tag. Was sie wohl wieder geplant hatten? Werden Stefan und ich uns wie beim letzten Mal irgendwo mit Harry treffen? Ob ich wohl dieses Mal Stefans Gesicht sehen kann? Ich war gespannt, wie er aussah. Hoffentlich passte sein Äußeres zu seiner sinnlichen Stimme. Jeder hatte ja doch so seinen Geschmack.

Nun lag ich neben meinem Mann im Bett und dachte an einen anderen. Dabei hatte es nichts mit Liebe zu tun. Ich fühlte mich momentan sexuell zu Stefan hingezogen, weil es für mich alles neu war und ich gerade so viele neue Eindrücke erlebte. Doch wo sollte das Ganze noch hinführen? Wird es jetzt immer so sein?

Die schlaflose Nacht war fast vorbei, und ich kam mit meinen Gedanken nicht weiter. Erst nach dem Frühstück nannte mir Marco die Uhrzeit, wann Stefan kommt, um mich abzuholen. Er konnte mich heute leider nicht zum Treffpunkt bringen, da er es zeitlich nicht schaffen würde. Ich musste also allein hingehen. Es waren nur noch knapp sechseinhalb Stunden bis dahin, und ich hatte noch viel zu tun. Wie sollte ich das bloß schaffen?

»Was soll ich denn eigentlich anziehen?«

»Du kannst dich heute ganz normal kleiden.«

Männer waren bei der Kleiderwahl irgendwie keine große Hilfe.

Hoffentlich merkte meine Mutter nicht, wie nervös ich war. Ich hatte keine Lust auf ihre nervigen Fragen. Meine Mutter war ein sehr neugieriger Mensch, was ich wohl von ihr geerbt haben muss. Aber ich konnte mich wenigstens ein wenig zurücknehmen, was sie überhaupt nicht tat. Das war schon in meiner Jugend so. Immer diese Fragen: Wo gehst du hin? Was macht ihr da? Bleib ja nicht zu lange weg. Selbst mit 18 Jahren stellte sie mir immer noch diese

Fragen. Ich war inzwischen erwachsen und hatte selbst Kinder, da konnte sie langsam damit aufhören. Hoffentlich werde ich später nicht so zu meinen Kindern.

Um die Zeit etwas zu überbrücken, ging ich mit meiner Mutter einkaufen. Unterwegs erzählte ich ihr, dass ich mich später in München mit einer Freundin treffe, die ich schon länger nicht mehr gesehen hatte. Wir wollten ein wenig plaudern und Kaffee trinken gehen, aber ohne Kinder. Ich fragte sie, ob sie auf die zwei aufpassen könnte, wenn sie vom Kindergarten heimkommen. Marco holte sie danach schnell ab, bevor er weiter zu einem Arbeitskollegen fuhr. Das Mittagessen wollte ich noch vorbereiten, selbst aber nicht mitessen. Das schaffte ich zeitlich nicht. Ich versuchte noch, meinen Haushalt ein wenig auf Vordermann zu bringen. So verging der Vormittag dann doch sehr schnell.

Ich hatte noch eine Stunde, ehe Stefan mich abholen kam. Langsam sollte ich mich umziehen und frisch machen. Aber was sollte ich anziehen? Vielleicht einfach nur eine Jeans und ein kurzärmliges Oberteil, schließlich hatte Marco gesagt, ich könne heute normal rumlaufen. Eine Jeans war für mich normal. Aber ich konnte mir vorstellen, dass er das nicht mit »normal« meinte. Sollte ich es trotzdem riskieren? Auf der einen Seite reizte es mich, herauszufinden, was dann passieren würde, aber ich entschied mich doch dagegen und suchte weiter in meinem Kleiderschrank. Ich entschied mich für mein Blusenkleid und halterlose Strümpfe und machte mich auf den Weg zu unserem Treffpunkt.

Auf dem Weg dorthin musste ich einen kleinen Berg hochgehen. Dabei rutschte mir immer wieder mein Kleid hoch, sodass man die Strumpfbänder sehen konnte. Hoffentlich sah mich so keiner. Ich hätte mir doch was anderes anziehen sollen, aber dafür war es nun zu spät. Noch dazu war es so warm, da wollte ich nichts Langes anziehen. Zum Glück hatte ich einen Strickpulli dabei. Den band ich mir um die Hüften, damit keiner mehr meine Strumpfbänder sehen konnte. Das war mir ein bisschen zu nuttig. Ich musste da jetzt durch und einfach hoffen, dass es keinem auffiel, wobei ich mir sicher war, Marco würde es so gefallen.

Als ich beim Treffpunkt ankam, wartete ich ungefähr fünf Minuten, bis Stefan kam. Da mir sein Gesicht unbekannt war, erkannte ich ihn nur an seinem Auto. Gleich würde ich wissen, wie er aussah, und fing an zu grinsen. Er parkte auf der anderen Straßenseite und stieg aus. Ich ging zu ihm hinüber und begrüßte ihn ganz freundlich. Er zündete sich eine Zigarette an und fragte mich: »Bist du heute auch wieder nervös, Sandra?«

»Ja, ein wenig schon.«

Stefan schaute mich in der Zeit, wo er seine Zigarette rauchte, laufend an. Gefiel ihm nicht, was er sah, oder warum betrachtete er mich so komisch? Ich kam mir vor wie ein Tier auf dem Tiermarkt, das verkauft werden sollte. Dabei hatte ich mir so viel Mühe gegeben, etwas Passendes zum Anziehen zu finden. Doch wenn er es nicht mochte, dann hätten er und Marco mir vorher sagen müssen, was heute mit mir gemacht wird, vor allem, was mich erwarten wird. Dann hätte ich mich dementsprechend gekleidet. So hatten sie selbst Schuld.

Dafür gefiel mir aber, was ich sah. Stefan war ein wirklich gut aussehender Mann um die 1,80 Meter, schlank, hatte dunkle Haare und einen Dreitagebart. Er trug Jeans und ein Hemd, was gut zu ihm passte. Vom Alter schätzte ich ihn auf Ende 30. Nur das Rauchen könnte er sich abgewöhnen. Das war ein richtiger Minuspunkt. Ansonsten ist er sicher ein richtiger Frauenschwarm.

Nachdem Stefan aufgeraucht hatte, ging ich auf die Beifahrerseite und fragte ihn, ob ich wieder hinten einsteigen sollte. »Nein, heute darfst du vorn sitzen.« Welch eine Freude, dann werde ich wenigstens nicht zu sehr durchgeschaukelt wie beim letzten Mal hinten. Ich sitze nämlich im Auto lieber vorn als hinten, und bei seinem Fahrstil wird mir leicht flau im Magen. Es sei denn, er würde heute weniger rasant als beim ersten Mal fahren.

Ich stieg also vorn ein, und wir fuhren los, wo auch immer das Ziel sein mochte. Auch dieses Mal wusste ich nicht, was passieren würde und wo es hinging. Dieses Nichtwissen, was als Nächstes kam, machte mich ganz verrückt, aber es war auch das Spannende und Erotisierende dabei. Gerade ich bin ein Mensch, der immer alles genau wissen will, und dann sollte ich mich darauf einlassen, nichts zu wissen. Es hatte aber auch etwas für sich, sich nicht immer Gedanken darüber machen zu müssen, was passiert. Trotzdem war es etwas, was mir noch ein wenig schwerfiel.

Stefan fragte mich: »Heute ist es sehr warm draußen. Möchtest du nicht deine Strümpfe ausziehen?«

»Nein, eigentlich nicht, aber wenn du es sagst, muss ich es wohl doch tun, oder?« Was für eine blöde Antwort. Natürlich war mir heiß, und ich war froh, diese Strümpfe los zu sein. Ich könnte mich selbst für meine Worte ohrfeigen. Wie kam ich darauf, ihm zu sagen, mir wäre nicht heiß? Draußen waren 23 Grad.

»Ja, so würde ich es auch sehen«, sagte Stefan, während er kurz den Blick in meine Richtung warf.

»Weißt du, was wir heute machen werden, Sandra?«

»Nein, aber du bestimmt.«

»Wir werden shoppen gehen.«

»Das kann ja lustig werden«, sagte ich und grinste.

»Warum lustig?«

»Weil ich noch nie mit einem fremden Mann einkaufen war. Suchst du die Sachen aus, oder darf ich es selbst?«

»Wir werden sie gemeinsam aussuchen.«

»Dann bin ich auf deinen Geschmack gespannt und ob er mir gefällt.«

»Es ist ja mein Geschmack, also muss er mir gefallen und nicht dir. Du weißt doch, was du zu tun hast, oder?«

»Ja, ich werde nichts mehr dazu sagen.«

Das hieß also, in Wirklichkeit suchte er die Sachen aus. Ich hatte da wohl kein Wort mitzureden. Allerdings bedeutet das auch, dass ich heute mit ihm allein unterwegs sein würde, ohne Harry. Doch zu welchem Zweck und vor allem warum wollte er mit mir shoppen gehen? Was hatte das mit der Ausbildung zu tun?

Wir unterhielten uns während der Fahrt sehr gut miteinander. Ich erfuhr, dass Stefan und Harry sich schon sehr lange kannten und aus demselben Ort kamen. Harry war Geschäftsmann, Stefan ebenfalls. Sie teilten damit nicht nur die gleiche Leidenschaft als Freunde, sondern auch den Beruf. Doch mehr verriet er mir nicht. Ich wollte es auch gar nicht so genau wissen. Es war gut so, wie es war, immerhin teilten wir nur die sexuelle Leidenschaft miteinander und nicht das Privatleben, was ich auch gar nicht wollte.

Ich fragte Stefan: »Wie ist es für dich, eine dir fremde Frau zur Sklavin auszubilden?«

Ich weiß seinen genauen Wortlaut nicht mehr, aber er sagte, dass gegenseitiges Vertrauen extrem wichtig sei. Ich stimmte ihm zu, dass das Grundvoraussetzung bei so etwas sei.

Dann sagte er noch: »Entschuldige diesen Ausdruck, aber es ist schön, zum Schluss das fertige Produkt wieder zurückzugeben.«

Wir unterhielten uns über den ersten Tag meiner Ausbildung, und er meinte, dass der Tag danach für mich wohl nicht so verlaufen wäre, wie ich gedacht hätte. – An dem Tag nach meiner ersten Session hatte ich meinen zweiten Gangbang. – Was aber nicht stimmte. Ich fand den Tag beziehungsweise den Abend danach trotzdem schön, doch ich war auch sehr müde vom Vortag, der schon sehr viel von mir abverlangte. Den Gangbang hatten wir schon Wochen vorher geplant, weil ich vom ersten so positiv überrascht war, dass ich unbedingt einen machen wollte, bei dem keine zweite Frau dabei war. Dass die Ausbildung dazwischenkam, wusste ich nicht. Marco zwar schon, aber er dachte sich, dass ich es zwei Tage hintereinander schaffte. Geschafft hatte ich es auch, aber nicht mit ganz so viel Energie wie sonst.

Kurz vor unserem Ziel hielt Stefan an einer Tankstelle an. Genau wie beim ersten Mal musste ich auch hier wieder hineingehen, um etwas zu trinken für uns zu holen. Er rauchte in der Zwischenzeit. Ich ging hinein, holte die Getränke, bezahlte sie und ging wieder zurück zum Auto. Irgendwie war ich ein wenig enttäuscht, weil mich keiner so richtig wie beim ersten Mal beachtete. Aber dafür hätte ich mich einfach anders anziehen müssen. Für eine Stadt war mein Outfit eher normal.

Wir stiegen wieder ins Auto und fuhren zum ersten Laden, den Stefan auf seiner Liste hatte. Ich war gespannt, was er sich ausgesucht hatte. Irgendwann meinte Stefan, dass wir da wären, und suchte einen Platz zum Parken. Vor mir befand sich ein großer Laden mit Schaufenstern. Stefan ging zur Parksäule, um ein Parkticket zu lösen, in der Zwischenzeit blieb ich vor dem Laden stehen und schaute mir die ausgestellten Sachen im Schaufenster mit Skepsis an. Da wollte er mit mir rein? Er legte das Parkticket ins Auto, und wir betraten zusammen den Laden. Er war voll mit Fetischsachen in Lack, Leder und Latex, Atemmasken und Ähnlichem. Ich hoffte, dass wir schnell wieder rausgingen und nichts kauften. Das war nicht meine Welt und hoffentlich auch nicht sein Geschmack. Ich wusste ja, dass ich nichts mitzureden hatte, aber dieses Zeug hier, es passte einfach nicht zu mir. Wir schauten uns etwas um, und zu meinem Glück verließ Stefan mit mir den Laden wieder, ohne etwas gekauft zu haben. Ich war sichtlich erleichtert darüber. Solche Sachen könnte ich nie tragen. Ich würde mich damit überhaupt nicht wohlfühlen.

Draußen entschied Stefan, einen Kaffee trinken zu gehen. Also suchten wir eine Cafeteria. Während wir unseren Kaffee tranken, versprach mir Stefan, dass es heute keine Schmerzen geben würde. Irgendwie war ich erleichtert darüber, auf der anderen Seite aber auch nicht. Ich hasste diesen Zwiespalt. Innerlich wünschte ich mir, seine Hand auf meinem Arsch zu spüren, bis er in Flammen stand und mich dann ordentlich durchfickte. Was hatte ich bloß für Gedanken … Ich war schon den ganzen Tag erregt.

Nachdem wir ausgetrunken hatten, gingen wir zum Auto zurück und suchten den nächsten Laden. Diesen fanden wir aber nicht, weshalb es weiter zum dritten ging. Dort stellten wir fest, dass es ihn nicht mehr gab. Erst jetzt wurde mir bewusst, dass Stefan nur Sexshops auf seiner Liste hatte. Das hätte mir eigentlich von Anfang an klar sein müssen. Wieso sollte er sonst mit mir shoppen gehen? Doch was sollten wir in so einem Laden kaufen? Mir fiel ein, dass es in der Nähe des Hauptbahnhofs noch einen gab, ein Stück weiter von einem Pornokino entfernt.

Während der Parkplatzsuche unterhielten wir uns über Pornokinos. Ich erzählte Stefan, dass ich das Atlantic City kenne, das Swing Movie Bali, welches inzwischen geschlossen war, und das Adel. Ihm war selbst nur das Adel bekannt. Ich erwähnte auch, dass ich nicht mehr gern ins Atlantic City gehe, weil es sehr unfreundlich und mir nicht persönlich genug war. Es gab dort mehrere Kinos. Eines davon war mittwochs und sonntags nur für Paare geöffnet. Das fanden Marco und ich am Anfang noch schön, aber mittlerweile nicht mehr. An der Bar war nie was los, da sie ziemlich unpersönlich war. Es war einfach zu weitläufig da drinnen.

Nach langem Suchen fanden wir endlich einen Parkplatz. Unser Weg führte genau am Atlantik City vorbei. Als wir davor standen, erzählte ich Stefan, dass es das Kino war, wo Marco und ich ganz am Anfang gern hingingen. Er warf einen kurzen unbeeindruckten Blick hinein, legte seinen Arm um mich und führte mich dann ein paar Hundert Meter weiter zu dem Laden. In den wollten Marco und ich schon immer mal, hatten aber leider nie die Zeit dafür gefunden. Ich glaubte noch zu wissen, dass er dort schon mal allein war, um mir ein neues Spielzeug zu kaufen.

Als wir den Laden betraten, stellte ich fest, dass er aus zwei Etagen bestand, wobei die untere wirklich nicht sehr groß war. Ich war gespannt, ob es oben größer war. Wirklich viel Auswahl hatten sie nicht. »Geh du dich schon mal oben umschauen, ich komme gleich nach«, sagte Stefan zu mir.

Während ich die Teppen hochging, sah ich noch, wie Stefan den Laden wieder verließ, warum auch immer. Vielleicht wollte er nur eine Zigarette rauchen, oder er plante etwas. Ich schaute mich in aller Ruhe um und begutachtete die verschiedenen Schlaginstrumente. Wie sie sich wohl auf der Haut anfühlen würden? Ich war schon neugierig darauf, es zu erfahren. Bis jetzt hatte ich nur mit einer kurzen Lederpeitsche und einem Rohrstock vorliebgenommen. Wer dachte sich all diese verschiedenen Peitschvariationen aus?

Ich blieb vor einer Peitsche stehen, die aus Pferdehaaren bestand, eine Rosshaarpeitsche. Als Stefan wiederkam, fragte ich ihn, ob die Peitsche sticht. »Nein«, war das Einzige, was er dazu sagte. Ich glaubte es ihm nicht und wollte es zu Hause mal genauer recherchieren.

Wir wurden in der oberen und unteren Etage fündig, und Stefan kaufte mir ein paar schöne Sachen zum Anziehen. Als wir den Laden verließen, sagte er zu mir: »Wir schauen uns jetzt doch mal das Kino da vorn an.« Warum jetzt doch auf einmal? Ich wollte dort nicht rein. Stefan gab mir die Einkaufstüte, und schon ging er mit mir zu dem Kino. Ein Gentleman war er ja nicht, sonst hätte er die Tüte getragen. Da merkte man gleich, wer welche Rolle hatte.

Nun standen wir wieder vor dem Kino. Stefan warf noch einmal einen Blick hinein und meinte, dass wir doch nicht reingehen würden. Da hatte ich noch mal Glück gehabt.

»Hast du Hunger?«, fragte Stefan.

»Oh ja! Ich habe das letzte Mal um elf Uhr etwas gegessen und bin schon etwas hungrig.«

Er kannte ein Lokal, wo wir etwas essen könnten. Es befand sich in einer Querstraße. Wir setzten uns draußen an einen Tisch. Ich bestellte mir einen Salat und etwas zu trinken. »Willst du gar nichts essen?«, fragte ich ihn. Aber er sagte nur, er hätte schon bei einem Kunden gegessen und sei noch satt. Also bestellte er sich nur was zu trinken. Während wir auf mein Essen warteten, nutzte Stefan die Zeit und sagte zu mir: »Sandra, ich möchte, dass du es dir jetzt hier selbst machst.«

»Das ist nicht dein Ernst, oder?«

»Doch, ich will, dass du es jetzt tust.«

Erst war ich etwas verunsichert, weil hier einfach so viele Leute an unserem Tisch vorbeigingen, direkt hier auf dem Bürgersteig. Aber ich schaute Stefan an und hatte das Gefühl, es lieber zu tun, denn wer weiß, welche Konsequenzen sonst auf mich zukämen. Da mein Rock eh ziemlich kurz war, brauchte ich ihn nicht mal hochzuschieben und glitt langsam mit meiner Hand zwischen meine Schenkel und fing an, mich dort selbst zu berühren. Ich schämte mich irgendwie ein klein wenig dafür, es hier zu tun. Das war so verrucht.

Während ich es also selbst tat, beobachtete Stefan mich sehr genau dabei. Ich versuchte, ihn dabei immer wieder anzuschauen, schaffte es aber nie lange und senkte oft den Kopf dabei. Mir war es so unangenehm und peinlich, dabei beobachtet zu werden. Ich mochte es schon als Kind überhaupt nicht, im Mittelpunkt zu stehen, und nun das. Es war einfach beschämend für mich. Ich musste wirklich noch viel lockerer werden und es einfach genießen, begehrenswert zu sein. Nach ein paar Minuten befahl Stefan mir aufzuhören. Ich war erleichtert, aber trotzdem erregt. Warum waren die Gefühle dabei immer so zwiespältig? Man empfand Schamgefühl und trotzdem erregte es einen. Wieso nur? Hoffentlich hatte es keiner mitbekommen. Mir war es peinlich. Warum brachte er mich in so eine Situation?

»Ist dir ein Gürtel oder der Rohrstock lieber?«, fragte mich Stefan.

Ich sagte nur: »Weiß ich nicht, denn den Schmerz, den ein Gürtel hinterlässt, kenne ich bisher noch nicht.«

Völlig unerwartet für mich, meinte Stefan plötzlich dazu: »Ich glaube, wir kaufen gleich doch noch einen Rohrstock.«

Warum das auf einmal? Erst sagte er mir beim Kaffeetrinken, dass es heute keine Schmerzen geben wird, und jetzt auf einmal doch. Hatte ich irgendetwas falsch gemacht? Eben verlangte er von mir, es mir selbst zu machen, nun kam er mit dem Rohrstock. Was sollte das Ganze? Es ergab für mich keinen Sinn. Alles, was er mich fragte oder mir antwortete, war immer kurz und direkt. Er legte es nicht erst in Seidenpapier, um es schöner zu gestalten, sondern blieb immer schlicht und einfach. Das wäre bei Marco ganz anders. Marco würde bei mir immer darauf achten, wie er etwas sagt. Er würde versuchen, es schön zu verpacken, und mich damit umschmeicheln, gerade weil er mich liebte und Stefan eben nicht. Doch vielleicht war es auch gerade das, was ich auf dem Gebiet brauchte: das Klare und Direkte und nicht das schön Verpackte, damit ich nicht so viele Möglichkeiten hatte, mich da rauszuwinden, wie ich es bei Marco versuchte. Aber ganz sicher war ich mir da noch nicht. Marco und ich mussten uns auf dem Gebiet auch erst gemeinsam finden. Ich musste lernen, mich bei ihm genauso zu verhalten wie bei Harry und Stefan, genauso musste Marco es lernen, konsequenter bei mir zu bleiben, wenn wir gemeinsam spielen sollten.

Bevor mein Essen kam, versuchte Stefan permanent, jemanden telefonisch zu erreichen.

»Du erreichst denjenigen wohl nicht, den du die ganze Zeit versuchst anzurufen?«

»Ich glaube, ich sollte jetzt lieber Marco anrufen«, sagte er zu mir.

»Ja, mach das doch«, grinste ich frech.

Mein Essen kam, und Stefan stand tatsächlich auf und ging. Ich konnte ihn noch von meinem Platz aus sehen. Er blieb zwei Meter davor stehen, nahm sein Handy und fing an zu telefonieren. Ob er wirklich mit Marco sprach? Was wollte er von ihm? Ich hatte doch gar nichts falsch gemacht. Immer diese Verschwiegenheit, das brachte mich noch zur Weißglut. Er konnte einen wirklich verwirren. Mal meinte er etwas so, und dann war es wieder anders. Er ließ sich einfach nicht in die Karten schauen.

Er kam wieder zurück und schaute mich nur an, während ich meinen Salat aß.

»Es ist schlimm, beim Essen beobachtet zu werden«, sagte ich ihm.

»Dann gehe ich eben kurz wohin«, meinte Stefan und ging. Ja genau, geh du mal für kleine Jungs. Das war wenigstens besser, als hier ständig beobachtet zu werden, sonst bekomme ich keinen Bissen mehr runter.

Nachdem ich fertig mit dem Essen war, ließ er sich die Rechnung bringen und sagte: »Wir gehen jetzt ins Kino, und währenddessen beschreibst du mir den Weg zur Scheune.«

»Welches Kino? Doch wohl nicht das Atlantic?«

»Nein, das andere.«

Gut, aber was wollte er mit der Scheune? Das konnte nichts Gutes heißen. Was hatte er mit Marco vereinbart? Das hatte doch hoffentlich nichts damit zu tun, wie ich mich gestern Marco gegenüber verhalten hatte. Ich hatte es beim Kaffeetrinken kurz angesprochen, aber er wird mir daraus doch keinen Strick drehen? Das wäre gemein. Obwohl, als ich genauer darüber nachdachte, reizte mich der Gedanke doch ein wenig. Und schon huschte mir ein Lächeln über die Lippen, was er hoffentlich nicht bemerkt hatte. Nicht, dass er dann wieder alles umschmiss.

Auf dem Weg zum Kino telefonierte Stefan wieder mit jemandem. Es fiel das Wort »Haken« und ob die betoniert waren oder so ähnlich. Auf einmal meinte er zu mir: »Du begrüßt ihn jetzt ganz lieb und sagst, du freust dich darauf, ihn bald mal kennenzulernen.« Wen sollte ich kennenlernen? Er reichte mir das Handy. Ich begrüßte den Anrufer und sagte ihm das, was Stefan von mir verlangte.

Als wir vor dem Kino standen, befahl Stefan mir, dass ich im Kino den Blick zu senken habe und keinen Mann anschauen sollte. Ich hatte bisher den ganzen Weg keine Zeit, mir darüber Gedanken zu machen, was wir eigentlich im Kino wollten, beziehungsweise was Stefan dort mit mir wollte. Und das nur, weil ich wegen des Telefonats, das er geführt hatte, abgelenkt war. Das hatte er ja super hinbekommen.

Wir gingen hinein, und ich senkte beim Eintreten sofort den Blick. Irgendwie war es schon komisch. Ich hatte das Kino bis jetzt noch nie ohne Marco betreten, und nun war ich hier mit Stefan, den ich eigentlich kaum kannte. Trotzdem fühlte ich mich in seiner Gegenwart sicher. Ich war gespannt, was er mit mir vorhatte. Wieder musste ich innerlich lächeln.

Stefan bestellte uns etwas zu trinken und ging dann mit mir zur hinteren Bar. Das Pornokino bestand aus drei Bereichen. Im Eingangsbereich befand sich eine Bar mit einer Sitzecke, im hinteren Bereich eine Bar mit einer großen Leinwand und im Keller zwei kleine SM-Räume.

In der hinteren Bar setzte er sich auf einen Barhocker, ich musste vor ihm stehen bleiben. Er streifte mir die Bluse an den Armen herunter und fing an, meine rechte Brust zu kneten und mit der Brustwarze zu spielen, was mich sofort entflammen ließ. Wenn man es richtig machte, dann war die Brustwarze bei mir eine sehr erogene Zone. Er schien sich damit wirklich auszukennen, was kein Zufall sein konnte. Er hatte den richtigen Punkt gefunden, und nur das war mir wichtig. Ich bemerkte, wie ich zwischen den Beinen feucht wurden. Bitte. Bitte bloß nicht aufhören damit. Hmmm, das … war … so … gut.

Plötzlich standen hinter und neben mir fremde Männer, die anfingen, mich anzufassen. Sie zogen mir mein Kleid aus und spielten mit meinen Brüsten. Der ein oder andere wollte mir auch immer wieder zwischen die Beine fassen, aber das erlaubte Stefan ihnen nicht, was ich gut fand, denn das würde mir selbst zu weit gehen. Aber das mit den Brüsten mussten sie eindeutig noch lernen. Konnte nicht Stefan damit weitermachen? Er konnte es so viel besser.

Stefan zog mich zu sich und flüsterte mir zu: »Du fragst jetzt höflich, ob du dem Mann hinter dir einen blasen darfst.«

Ich drehte mich um und fragte: »Darf ich dir einen blasen?«

Ich vernahm nur ein leichtes Nicken und begab mich sofort in die Hocke. Ich fing an, den völlig fremden Mann zu blasen, während die anderen Männer mich weiter anfassten. Irgendwie war die Situation total schmutzig und gleichzeitig geil, weil ich die Männer nicht sah, außer, was zwischen ihren Beinen war. Sie wussten zwar nicht, wie man richtig mit den Brüsten umging, aber diese Situation erregte mich gerade trotzdem. Also verzieh ich es ihnen.

»Nicht in den Mund spritzen«, hörte ich Stefan zu dem Mann sagen, wofür ich ihm dankbar war. Auch die anderen Männer kamen in den Genuss meiner Mundhöhle. Mein Mund war inzwischen so ausgetrocknet, dass ich mein Wasser austrank. Stefan schickte mich, so nackt wie ich war, an die vordere Bar, um ein neues zu bestellen. Stolz ging ich nach vorn und spürte die Blicke der anderen auf mir ruhen. Normalerweise mochte ich es nicht, im Mittelpunkt zu stehen, aber irgendwie genoss ich es dieses Mal doch ein wenig.

Neben der hinteren Bar gab es extra eine Couchecke für Pärchen, die durch eine Kette abgesperrt war. Solomänner dürften dort nur mit der Erlaubnis des Pärchens hinein. Stefan betrat mit mir diesen Bereich und fragte mich: »Wie viele willst du noch blasen, zwei oder drei?«

Ich überlegte und sagte dann: »Zwei.«

»Gut, dann sind es drei.«

Da hatte man die Auswahl und dann doch wieder nicht. Warum fragte er mich dann, wenn er es doch selbst entscheidet?

Ich suchte mir drei Männer aus und bereitete ihnen mit meinem Mund eine Freude. Irgendwann lieh sich Stefan von einem Mann einen Gürtel aus und verpasste mir damit ein paar nicht so starke Hiebe. Warum machte er es nur so leicht und nicht gleich richtig wie mit dem Rohrstock? Was wollte er damit bezwecken, beziehungsweise wollte er damit überhaupt etwas bezwecken? Dabei sehnte sich mein Hintern gerade so sehr danach. Warum wusste ich auch nicht, es war einfach so. Es gab so vieles, was ich bis dahin noch nicht beschreiben konnte. Es war für mich alles noch so neu und aufregend.

In meinem Kopf passierten so viele Sachen. Auf der einen Seite schrie mein Körper nach Schmerzen, aber mein Verstand sagte Nein, weil man so erzogen worden war. Ich hatte mal eine Freundin, die von ihrem Freund geschlagen wurde, was mein ganzer Freundeskreis verabscheute. Und nun war ich die, die sich danach sehnte, gezüchtigt zu werden.

Ich stand genau vor der Absperrung, über die die Männer nicht herüberdurften, aber von wo aus sie mich weiter anfassen konnten. Stefan erlaubte einem, dass er mich an der Klitoris berühren, aber nicht den Finger in mich reinstecken durfte. Endlich ein Mann außer Stefan, der wusste, wie man es anstellte. Er war wirklich sehr geschickt. In mir baute sich der Höhepunkt immer mehr auf. Sollte ich jetzt fragen, oder sollte ich nicht? Mach weiter so. Nicht. Auf… hören. Da…mit.

»Stefan. Darf. Ich. Bitte. Kommen?«

Ich konnte nicht mehr klar denken und stammelte nur so vor mich hin.

»Ja, du darfst kommen«, sagte er zu meinem Glück zu mir.

Ich ließ mich ganz in das Gefühl des nahenden Orgasmus fallen, und schon brach er über mich herein. Welch ein schönes Gefühl, seine Lust endlich freizulassen. Ich drehte mich zu Stefan und wollte ihm gerade dafür danken, da kam er mir zuvor und fragte mich, ob ich bereits gekommen sei. Ich wollte ihm schon ein »Sieht man das denn nicht?« an den Kopf knallen, unterdrückte es aber gerade noch und nickte stattdessen nur. »Dann komm jetzt noch mal«, meinte er zu mir.

So kurz nach dem ersten noch einmal zu kommen, war nicht ganz leicht. Der fremde Mann musste es mitbekommen haben, denn schon fing er erneut an, mich geschickt an den Rand des Wahnsinns zu treiben. Es überraschte mich, denn ich kam wirklich sehr schnell noch einmal durch die Hand des Mannes. Ich war wirklich satt und meine Klitoris nun sehr sensibel. Ich hoffte, ich musste nicht noch einmal kommen. Ob ich anbieten sollte, ihm auch Erleichterung zu verschaffen? Ich würde ihn jetzt wirklich gern mit meinem Mund verwöhnen.

Doch dazu sollte es nicht kommen. Ich kam gar nicht dazu, ihn das zu fragen. Er war mal wieder schneller als ich.

»Möchtest du, dass dich einer anal nimmt?«

»Klar, warum nicht. Aber nur wenn der Schwanz nicht allzu groß ist.« Und schon wieder musste ich grinsen.

»Such dir einen aus«, meinte Stefan nur.

»Nein, such du mir bitte einen aus.«

Er tat es, doch vorher musste ich den Schwanz steif bekommen. Ich fing mit meinem Mund an. Der war aber wirklich sehr winzig. Hätte ich ihn mir doch selbst ausgesucht. Als er steif genug war, streifte er sich ein Kondom über. In der Zeit drehte ich mich um, kniete mich auf die Couch und hielt mich an der Rückenlehne fest. Dann nahm er mich von hinten, aber leider nicht ganz so, wie ich es gern gehabt hätte. Es war mir etwas zu lasch, aber das machte nichts, schließlich war ich nicht da, um meine Wünsche zu äußern. Und den Mann bloßstellen wollte ich auch nicht. Ich wollte nicht schuld sein, dass er einen Komplex bekam. Also tat ich so, als würde es mir sehr gefallen. Somit hatte ich ihm wenigstens eine Freude gemacht. Ich hatte zuvor schon zwei Orgasmen, das reichte mir persönlich.

Obwohl ich eine Bitte hatte. Ich flüsterte Stefan leise ins Ohr, ob ich denn auch um Schläge bitten dürfe. Daraufhin sagte er laut: »*Sie bittet um Schläge.*« Ein Mann ließ mich nicht lange warten und gab mir mit bloßer Hand zehn etwas härtere Schläge auf meinen Po. Ich musste rückwärts mitzählen: »Zehn – neun – acht – sieben … zwei – eins.« Aber dieser Mann schlug nur zehnmal, die Zahl Null gab es bei ihm nicht, so wie es bei Stefan oder Harry normal war. Das irritierte mich ein wenig. Ich fragte mich auch, warum Stefan mich nicht anal fickte. Warum musste es ein anderer sein?

Die Situation war so prickelnd, dass keiner der Männer abspritzen wollte. Vielleicht hatten sie damit gerechnet, dass wir noch länger blieben und noch mehr machen würden. Doch die Zeit für uns war um und wir machten uns wieder auf den Weg. Nach dem Erlebnis im Kino war unsere Tour in der Stadt leider schon beendet. Wir gingen zu Stefans Auto zurück, stiegen ein und fuhren los.

Mitten während unserer Fahrt wollte Stefan von mir wissen, wie wir zur Scheune kommen. Das hätte ich fast wieder vergessen. Was hatte er vor? Was wollte er mit dieser Scheune? Innerlich freute ich mich schon sehr darauf, denn ich hoffte, er würde mich dort züchtigen. Aber vielleicht täuschte ich mich auch und er hatte was ganz anderes vor. Es fing an, mich etwas zu verwirren. Ich erklärte ihm den Weg, er gab es in sein Navigationsgerät ein. Es gab heute so viel, was mich verwirrte. Stefan schien die reine Verwirrung zu sein.

Während der Fahrt durfte ich ihn endlich mit meinem Mund verwöhnen. Das wurde aber auch Zeit. Im Kino hatte ich schon so sehr darauf gehofft. Ich wollte wissen, wie er schmeckte. Doch das wollte er wohl nicht, denn ich durfte ihn nicht zu Ende verwöhnen.

Nachdem wir ungefähr 20 Minuten unterwegs waren, hielt Stefan auf einem Rastplatz an einem Waldgebiet außerorts an. Er stieg aus, kam um das Auto herum und hielt mir die Tür auf, was wohl eine Aufforderung war, auszusteigen. Ich tat es und lehnte mich an einen Steintisch. Was wollte er jetzt hier? Sollte ich ihm Gesellschaft leisten, während er sich eine Zigarette ansteckte? Doch währenddessen ging er auf einen Baum zu. Ich sah ihn mit einem Zweig wiederkommen. Was wollte er mit dem Zweig? Er kam doch nicht auf dumme Gedanken, oder? Laufend grübelte ich, was er als Nächstes vorhatte. Wieder einmal schaffte er es, dass ich grinsen musste. Mich würde interessieren, ob er bei anderen auch so war. Ich glaubte, ich muss mal mit Harry sprechen.

Und er kam tatsächlich auf dumme Gedanken. Ich musste mich umdrehen und mein Kleid anheben, damit er freie Sicht auf meinen Hintern hatte. Stefan betrachtete erst die Striemen vom Vortag, die ich von Marco erhalten hatte. Es waren nicht so viele, man sah sie kaum noch. Dann schlug er ein, zwei Mal mit dem Zweig zu, schmiss ihn weg und sagte nur. »Wir nehmen doch lieber den Rohrstock.« Ab da war mir klar, dass es heute noch mehr Hiebe geben würde, und zwar in der Scheune.

Innerlich freute ich mich zwar auf die Züchtigung, aber irgendwie hatte ich doch etwas Muffensausen davor. Ich hoffte nur, dass sie nicht zu stark ausfiel. Wir stiegen wieder ins Auto und fuhren weiter. Plötzlich nahm Stefan einen Kugelschreiber, führte ihn an meinen Venushügel und strich damit erst leicht auf meine Klitoris, bis sich in mir ein Feuer entfachte und die Klitoris anschwoll. Dann drückte er so lange damit rum, bis ich es nicht mehr aushielt und wieder kurz vor einem Höhepunkt stand. Ich bat Stefan heute schon zum dritten Mal um einen Höhepunkt. In mir fing alles an zu zittern, als ich endlich kam, und das durch einen Kugelschreiber. Das hatte ich bisher noch nie. Dieser Mann erstaunte mich immer mehr. Eines war sicher: Er fand immer etwas, womit er mich reizen konnte, und meist bedurfte es gar nicht so viel.

Jetzt hatten wir noch circa 15 Kilometer vor uns. Ich sollte Marco anrufen und ihm mitteilen, wo wir gerade waren und dass er den Rohrstock einpacken solle. Ich war gespannt, wie hart die Strafe ausfallen würde. Irgendwie wurde ich das Gefühl nicht los, dass Stefan gern mit den Reaktionen einer Frau spielte.

Schließlich kamen wir an der Scheune an. Wie es sich für mich gehörte, wartete ich im Auto, während die zwei Herren sich begrüßten und unterhielten. Dann durfte auch ich endlich aussteigen. Wir gingen in die Scheune, und ich musste mich über einen Stapel mit Holzbrettern nach vorn beugen und daran festhalten. Jetzt ging die Bestrafung für mein Fehlverhalten vom Vortag gegenüber Marco los. Stefan setzte mehrere harte Hiebe mit dem Rohrstock auf meinen Hintern und auch Marco schlug paar Mal zielsicher auf mein Hinterteil. Allein die Vorstellung, dass Marco dabei war, ließ mich schon wieder feucht werden. Ich wünschte mir, Marco würde mich jetzt richtig hart nehmen.

Ich weiß nicht mehr, wie viele Hiebe es waren, aber die saßen gewaltig. Dann bekam ich auch noch fünf nicht ganz so starke Schläge mit der Peitsche zwischen meine gespreizten Beine. Ich dachte, ich hätte es endlich geschafft, aber ich bekam nochmals zehn sehr starke Hiebe mit dem Rohrstock, damit ich mir richtig verinnerlichte, Marco gegenüber nicht mehr zickig zu sein, wenn wir spielten. Die waren wirklich kaum noch auszuhalten. Ich zog dabei sehr oft scharf die Luft ein.

Mein Hintern stand schon richtig in Flammen, und ich war froh, als Stefan endlich aufhörte. Ich sehnte mich danach, von Marco genommen zu werden, doch das wurde mir dann leider nicht mehr gegönnt. Trotz allem musste ich auch dieses Mal Stefan angrinsen. Ich hatte es heute so oft und wusste eigentlich nicht warum. Oder wusste ich es doch? In mir war das Verlangen, ihn zu provozieren. Wie weit konnte ich gehen? Was passierte dann? Es reizte mich, es auszutesten. Vielleicht tat ich es beim nächsten Mal, wenn ich mich trauen sollte.

Marco wollte natürlich noch wissen, was wir Schönes in der Stadt gekauft hatten. Wir packten es aus, und er schaute sich die Sachen genau an. Zum Abschluss machte Marco noch einige Fotos von den an mir hinterlassenen Spuren. Mein Hintern stand wirklich ganz schön in Flammen. Ich hatte das Gefühl, dass es diesmal länger anhalten wird und nicht so schnell vergeht. Wir verabschiedeten uns von Stefan, und ich bedankte mich bei ihm für diesen schönen Nachmittag, obwohl ich mich trotzdem fragte, warum er heute nicht zum Höhepunkt gekommen war. War ich nicht gut genug, oder war das Taktik? Eventuell war er auch vergeben, beziehungsweise holte er sich nur Appetit und gegessen wurde zu Hause. Ich hatte einfach keine Ahnung warum.

Marco und ich fuhren ebenfalls wieder nach Hause, um unseren Babysitter abzulösen. Erst jetzt dachte ich wieder an unsere Kinder. Ich hatte sie den ganzen Tag nicht im Kopf. Deswegen war ich aber keine schlechte Mutter. Ich wusste, dass sie gut aufgehoben waren, und wenn etwas passiert wäre, dann hätte Marco Stefan angerufen und wir hätten das Treffen abgebrochen. Aber es war zum Glück nichts. Und wie sollen es andere Mütter machen, die ganz normal arbeiten gingen? Ich glaube nicht, dass sie dann die ganze Zeit an ihre Kinder dachten. Wie sollten sie sich dann auf die Arbeit konzentrieren? Ich sollte aufhören, so viel zu grübeln, ob es richtig war oder nicht.

Ich erzählte Marco von dem Tag heute. Allein bei dem Gedanken huschte mir wieder ein Lächeln über die Lippen.

»Warum lächelst du so?«, fragte mich Marco.

»Das erzähle ich dir nachher zu Hause, wenn die Kinder im Bett sind und meine Mutter auch.«

»Nein, ich will es aber jetzt wissen.«

»Gedulde dich ein wenig, ich muss es ja auch immer.« Schon wieder musste ich lächeln. Morgen würde ich Muskelkater im Gesicht haben.

Marco hielt kurz vor unserem Haus an, schaute mich sehr intensiv an und sagte: »Nein, ich will mich nicht noch länger gedulden.« Ich geduldete mich schon den ganzen Tag. Ich. Wollte. Es. Jetzt. Sofort. Wissen. Und nun lachte er.

»Also gut, dann erzähle ich mal.«

Wir saßen fast eine halbe Stunde im Auto, und ich erzählte ihm den gesamten Ablauf. Er rutschte auf seinem Sitz hin und her.

»Was ist los mit dir? Juckt dir dein Hintern?«

»Nein, aber ich habe einen Ständer und will jetzt sofort in dich rein. Es ist so unglaublich, was du bei den beiden Treffen alles erlebt hast. Da möchte Mann am liebsten auch gern eine Frau sein.«

»Aber damit musst du dich wirklich bis später gedulden. Die Kinder warten und meine Mutter bestimmt auch. Und zur Frau … Das bist du aber nicht, und das ist auch gut so«, sagte ich und lachte.

»Das sagte ich ja auch nur so. Natürlich bin ich froh, dass ich es nicht bin. Aber es ist für mich unglaublich, was du erlebst.«

»Und dafür danke ich dir von ganzem Herzen, denn ohne dich könnte ich es gar nicht erleben. So, jetzt aber ab nach Hause und später werde ich mich um den da …«, ich ließ meine Hand zwischen seinen Beinen auf seinem Schwanz leicht kreisen, »ganz intensiv kümmern«, sagte ich und hauchte ihm einen Kuss darauf.

Natürlich war meine Mutter neugierig, was meine Freundin und ich beim Kaffeetrinken geredet hatten. Wenn sie wüsste, was ich stattdessen gemacht hatte. Sie würde umfallen und behaupten, dass Marco mich dazu zwingen würde, was ja nicht stimmte. Deshalb erzählte ich ihr, dass wir uns nur über Belangloses unterhalten hätten und etwas in der Stadt herumgelaufen seien. Weil es spät wurde, hätte Marco mich am Bahnhof abgeholt. Deswegen seien wir zusammen nach Hause gekommen. Sie gab sich damit zufrieden, bohrte aber auch nicht nach, weil die Kinder noch wach waren.

Es war schon wieder 19 Uhr. Ich brachte die Kinder ins Bett und legte mich noch zu unserem großen Zwerg, wo mir in aller Ruhe erzählt wurde, was sie heute alles gemacht hatten, erst im Kindergarten und dann mit der Oma zusammen. Diese Zeit genoss ich sehr. Unser jüngstes Kind schlief immer sehr schnell ein, deswegen kamen wir nie dazu, uns noch zu erzählen, wie der Tag so war. Nachdem ich mir die Erzählungen angehört hatte, sang ich noch ein Schlaflied und verließ das Zimmer.

Marco saß mit meiner Mutter am Tisch. Die beiden waren gerade beim Abendessen. »Möchtest du auch was essen?«, wurde ich von meiner Mutter gefragt, aber ich lehnte dankend ab. Irgendwie hatte ich keinen Hunger. Ich ging viel lieber unter die Dusche. Später saßen wir gemeinsam auf der Couch und schauten zusammen einen Film. Gegen 22 Uhr richteten wir die Couch für meine Mutter zum Schlafen her und wünschten ihr eine gute Nacht. Wir zogen uns in unser Zimmer zurück.

»Endlich! Ich dachte schon, der Abend würde nie vergehen«, war das Erste, was ich von Marco zu hören bekam, als wir im Schlafzimmer waren.

»Komm her! Ich muss dich jetzt haben. Noch länger halte ich das Warten nicht aus. Ich habe schon, seit du heute Mittag mit Stefan weggefahren bist, einen Dauerständer.«

»Echt? Wie hast du das dann so lange bei dir im Büro ausgehalten?«

»Ja, was glaubst du denn? Ich musste ständig daran denken, was ihr jetzt macht. Da konnte ich nicht anders, als es mir selbst zu machen«, sagte er und grinste mich dabei an.

»Es freut mich, wenn es dich erregt, und ich fühle mich dadurch noch mehr von dir begehrt, weil ich die Frau bin, an die du denkst, wenn du es dir selbst machst.«

»Warum auch nicht. Du bist für mich einfach eine Hammerfrau, und jetzt komm endlich her, damit ich mich ganz tief in dir vergraben kann.«

Ein drittes Mal brauchte er es mir nicht zu sagen. Er fiel regelrecht über mich her, und dieser Sex war so intensiv, dass es der Wahnsinn war. Aneinandergekuschelt schliefen wir dann ein.

Kapitel 5

20 MÄNNER UND DIE EINZIGE FRAU

Lange konnte ich nicht schlafen. Die Schmerzen an meinem Hintern rissen mich aus dem Schlaf. Wie lange sollte das noch so gehen? Mein Hintern brannte sehr, und ich wusste nicht, wie ich liegen sollte. Lag ich auf den Rücken, schmerzte es schon beim Hinlegen, und eine Rücken- oder Seitenschläferin war ich nicht. Am liebsten schlief ich eigentlich auf dem Bauch, aber auch da brannte der Hintern, da die Decke daran rieb und Wärme abgab. Ohne Decke wiederum wurde mir aber kalt … Ich verzweifelte beinahe. Marco schlief im Gegensatz zu mir tief und fest, auch von den Kindern hörte ich nichts.

Es dauerte noch fast zwei Stunden, bis ich endlich einschlief. Der neue Tag brach leider sehr früh an. Müde quälte ich mich aus dem Bett, ging ins Bad und duschte ausgiebig. Beim Abtrocknen bemerkte ich diesen Schmerz auf meinem Hintern und schaute ihn mir im Spiegel an. »Wow, das schaut aber heftig aus. So viele Striemen und zwei große blaue Flecken. Wie soll ich den Schmerz beim Hinsetzen verbergen?« Meine Mutter war zu Besuch und fragte mich bestimmt, warum ich beim Hinsetzen mein Gesicht verziehen würde, obwohl es mir eigentlich egal sein sollte. Aber Fragen warf es nun mal auf. Am liebsten würde ich es allen sagen. Doch das ging leider nicht.

Kurz nach dem Mittag entschieden Marco und ich spontan, abends ins Pornokino zu gehen. Meine arme Mutter! Aber was sollten wir machen? Wir hatten nur die Möglichkeit wegzugehen, wenn ein Babysitter da war, und das waren leider nur meine Geschwister oder meine Mutter. Marcos Mutter könnte zwar auch aufpassen, doch wenn sie einmal eingeschlafen war, dann bekam man sie nicht mehr so leicht wach. Da hätte ich keine ruhige Minute. Also nutzten wir die Zeit für Sachen, die länger dauerten, wenn meine Mutter oder meine Geschwister zu Besuch waren.

Wir fuhren gegen 19 Uhr mit dem Zug in die Stadt und gingen ins Adel. Als wir dort ankamen, begrüßte uns die Bardame sehr herzlich. Sie freute sich, uns wiederzusehen. Wir waren gemeinsam erst zum zweiten Mal in diesem Kino und freuten uns, dass auch sie an diesem Abend wieder hinter der Bar stand. Wir unterhielten uns, und sie erzählte uns, dass es gestern Abend ziemlich voll war.

Marco lächelte und verriet ihr, dass auch ich gestern da war, aber ohne ihn. Sie wollte mehr wissen, also erzählten wir ihr von meiner Ausbildung. Sie schien wirklich beeindruckt zu sein, schaute uns sehr neugierig an und fragte oft nach, was es mit der »O« auf sich hatte, denn sie kannte die Geschichte nicht. Ich erzählte ihr, dass es ein Buch und einen Film darüber gab.

Marco freute sich sehr darüber, dass sie so neugierig war, und flüsterte mir etwas ins Ohr: »Du gehst jetzt zu ihr und fragst sie, ob der Tisch da drüben stabil genug ist. Wenn sie fragt warum, sagst du ihr, dass du dich darauflegen willst, um es dir vor allen Anwesenden hier selbst zu machen.«

»Nein, das kann ich nicht. Du verlangst zu viel von mir. Du weißt, wie schwer es mir fällt, es mir selbst vor so vielen Männern zu machen. Das sind mir einfach zu viele. Schau dich doch mal um.«

Er klang ein wenig enttäuscht, weil ich ihm wieder widersprochen hatte, obwohl ich ihm versprochen hatte, alles zu tun, was er wollte – und nun tat ich es erneut. Aber mir war es in diesem Moment einfach zu viel. Ich hätte nach seiner Bitte nicht über meinen Schatten springen können. Auch wenn man es mir oft nicht anmerkte, so war ich doch meist schüchtern und traute mich vieles einfach nicht.

Außer der Bardame war ich abgesehen von den ungefähr 20 Männern die einzige Frau und müsste es genießen, wenn ich die Männer damit geil machen konnte. Doch meine Schüchternheit und das Schamgefühl überwogen in dem Augenblick. Marco merkte mir an, dass ich mich unwohl fühlte, und gab mir eine zweite Chance.

»Du kannst dich jetzt entscheiden. Entweder du fragst sie danach, oder wir gehen jetzt in die Glory-Hole-Kabine und du besorgst es den Männern dort.«

»Ich würde dir deine Bitte liebend gern erfüllen, aber ich kann es nicht«, sagte ich zu ihm.

»Gut, dann gehen wir jetzt ins Glory Hole, und du tust, was ich dir gesagt habe.«

Beim Glory Hole befolgte ich Marcos Anweisung. Es waren, glaube ich, drei Männer. Ich nahm ihre Schwänze und massierte sie bis zum Schluss. Danach gingen wir zurück an die Bar. Dort bedankte sich ein Mann bei mir für den guten Handjob. Sein Abend sei doch noch gerettet. Das freute mich für ihn, dass ich ihm Freude machen konnte. Aber ich merkte, dass Marco nicht zufrieden war. Ich hätte ihm einfach nicht widersprechen sollen. Ich wollte ihn glücklich machen und nicht immer enttäuschen, weil ich nicht gehorchte. Ich musste einfach lernen, wenn etwas von mir verlangt wurde, meine Bedenken über Bord zu werfen und nicht immer alles zu hinterfragen oder zu lange darüber nachzudenken. Ich sollte es in dem Moment, wo etwas von mir verlangt wurde, einfach machen, auch wenn es mir schwerfiel, denn im Nachhinein wusste ich ja, dass es mich doch erregte. Aber das war meistens leichter gesagt als getan.

Wahrscheinlich hätten wir das ganze Spiel anders angehen müssen. Ich war mit Marco ganz normal in das Pornokino gegangen, nicht mit gesenktem Blick, und unterhielt mich normal mit der Bardame. Vielleicht war es auch deswegen, weil ich bei Marco nicht sofort in die Rolle verfallen konnte. Ich nannte ihn auch Marco und nicht Meister Marco. Wir redeten noch etwas mit der Bardame und verabschiedeten uns von ihr. Sie freue sich, wenn sie uns mal wieder begrüßen würde, und sagte, sie werde sich das Buch auf jeden Fall kaufen. Ich war gespannt, ob sie es wirklich tat.

Der nächste Tag brach an. Diese Nacht konnte ich wieder wenig schlafen. Mich quälte es, Marco am Abend zuvor im Adel widersprochen zu haben, und rang mit mir, ob ich es Harry und Stefan beichten sollte oder nicht. Ich beschloss, Marco zu fragen. Eine große Hilfe war er leider nicht. Ich sollte es selbst entscheiden. Leichter machte es das für mich auch nicht. Doch im Inneren fand ich es richtig, denn mein Verhalten war nicht korrekt.

Ich konnte mich trotzdem nicht überwinden. Ich hatte Angst vor den Konsequenzen. Hätte ich gestern Abend das getan, was Marco von mir wollte, dann wäre ich jetzt nicht in dieser Situation. Ich wusste selbst nicht so genau, warum ich mich nicht vor allen selbst befriedigt hatte. Ich wünschte mir wirklich von Herzen, dass wir auch so gut spielen konnten, wie ich es mit Harry und Stefan konnte, aber dafür mussten wir beide noch viel lernen. Marco musste sich bei mir einfach mehr durchsetzen und nicht alles durchgehen lassen. Er musste noch viel dominanter rüberkommen. Je mehr ich darüber nachdachte, desto mehr glaubte ich, dass es für ihn gut wäre, wenn er eine andere Frau dominieren dürfte, damit er ein besseres Gefühl dafür bekam. Mit einer anderen Frau würde er anders umgehen, denn sie würde nicht versuchen, sich laufend zu widersetzen.

Nach dem Frühstück machten wir uns mit meiner Mutter und den Kindern im Gepäck auf den Weg zum Bayerischen Meer, wie man den Chiemsee hier nannte. Ich musste meiner Mutter auch ein wenig von der Umgebung zeigen, schließlich wollte sie auch Urlaub machen und nicht nur babysitten. Dass sie auch etwas von ihrer Tochter haben wollte, konnte ich sehr gut verstehen. Marco nahm sich extra für den Familienausflug frei. Die Kinder freuten sich auf jeden Fall sehr, da wir uns dort ein Boot ausleihen wollten, um damit ein wenig rumzufahren.

Es war ein herrlich warmer Frühlingstag, da bekam man regelrecht Frühlingsgefühle. Nach der Bootsfahrt schlenderten wir noch ein wenig herum. Ich schmiegte mich ganz eng an Marco und flüsterte ihm zu: »Weißt du noch vor sechs Jahren hier am See, was wir in einem Boot gemacht haben?« Er sah mir tief in die Augen, und da war es wieder, dieses bezaubernde Funkeln in seinen Augen. Oh ja, er wusste genau, was wir damals getan hatten.

»Wenn wir jetzt nicht deine Mutter und die Kinder dabeihätten, dann würde ich es …«, raunte er mir leise zu.

»Ja, was würdest du dann?« Dabei wusste ich genau, was er würde. Ich hätte auch nichts dagegen, und schon erwachte meine Libido wieder, obwohl es sehr ungünstig war.

»Ich würde uns ein Boot mieten, mit dir etwas rausfahren, von dir verlangen, dich zu entkleiden und dann …«

»Was und dann?«

»Hör auf, sonst bekomme ich noch einen Ständer. Das geht nicht. Deine Mutter schaut uns eh schon so seltsam an. Komm, lass uns mit ihr noch einen Kaffee trinken gehen, ehe wir wieder losfahren. Im Übrigen kannst du deine Mutter gleich noch mal fragen, ob sie heute Abend noch einmal auf die Kinder aufpassen könnte«, meinte Marco mit einem alles sagenden Lächeln zu mir.

Was sollte ich ihr erzählen, warum sie wieder aufpassen sollte? Sie hatte die Kleinen doch schon zwei Abende.

»Was haben wir denn heute Abend vor?«

»Das erzähle ich dir später, aber nicht jetzt.«

Dieses Lächeln in seinem Gesicht … Was hatte er geplant? Und warum musste immer ich meine Mutter fragen? Das konnte er doch genauso gut. Ich wusste nicht, was ich mir einfallen lassen sollte, warum wir wieder weg mussten. Ich überlegte, was ich ihr erzählen sollte, und entschied mich dafür, ihr zu sagen, dass wir uns spontan mit Freunden zum Essen treffen wollten. Sie hatten uns vorhin angerufen und gefragt, ob wir Zeit hätten. Meine Mutter glaubte es zum Glück und sagte, wir sollten es genießen, etwas ohne die Kinder zu unternehmen. Es wäre gut für unsere Beziehung. Wenn sie wüsste, wie gut es uns tat, dachte ich mir mit einem Grinsen.

Ich war gerade dabei, Abendbrot für unsere Kinder herzurichten, da schlich Marco sich von hinten an mich, schlang seine Arme um mich und flüsterte mir zu: »Wir treffen uns gegen 20 Uhr mit Harry. Ich werde heute dabei sein, mich aber zurückhalten. Du tust nur das, was er von dir verlangt. Ich werde es beobachten. Iss bitte auch noch eine Kleinigkeit. Ich weiß nicht, ob wir später noch zum Essen kommen.«

Er hauchte mir einen Kuss in den Nacken und strich mir zärtlich über den Hals: »Ich liebe diesen Hals. Du wirst das Kleid anziehen, das du mit Stefan zusammen gekauft hast, und keine Unterwäsche drunter, nur die halterlosen Strümpfe.«

»Ich freue mich.« Mehr fiel mir in dem Augenblick einfach nicht ein.

Was hatten sie für heute geplant? In mir machte sich eine leichte Unruhe breit. Es war so schön, dass Marco heute mit dabei war. »Soll ich dich dann heute Abend auch mit Meister ansprechen, falls ich dich überhaupt ansprechen darf?«

»Sobald wir im Auto sitzen, beginnt das Spiel, und ab da bin ich für dich dein Meister«, sagte er und ging ins Kinderzimmer.

Heute brachte Marco unsere Kinder ins Bett, damit ich mich für den Abend in Ruhe herrichten konnte. Zum Glück ging das Kleid ein wenig über die Knie. Der Ausschnitt war zwar etwas gewagt, aber ich entschied mich wegen meiner Mutter erst mal, eine Bluse darunterzuziehen. Sie würde sonst nicht glauben, dass wir nur zum Essen ausgingen. Die Bluse konnte ich ja im Auto wieder ausziehen. Ich beschloss, meine Haare nicht ganz offen zu tragen, auch wenn Marco das sehr liebte. Ich steckte sie ein wenig hoch, damit sie mir nicht in die Augen fielen, trug etwas Lidschatten und Mascara auf, das musste reichen. Auch Marco zog sich seine Jeans an, die ich so an ihm liebte. Er sah darin einfach sexy und zum Anbeißen aus. Und dieser Hintern in dieser Hose ... Da lief mir das Wasser im Mund zusammen. Ich liebte diesen Arsch. Dazu trug er ein schwarzes Hemd. Am liebsten wäre ich über ihn hergefallen.

Gegen 19:30 Uhr machten wir uns auf den Weg. Wohin, das wusste ich nicht. Im Auto steigerte sich meine Nervosität und ich wagte es nicht mehr, Marco anzusprechen. Wir waren bereits im Spiel, und ich wollte, dass er stolz auf mich war. Ich riss mich zusammen, senkte automatisch meinen Blick und schwieg die gesamte Autofahrt. Das war wirklich nicht leicht für mich. Mir fiel so viel ein, was ich Marco fragen wollte. Was erwartete mich heute? Wohin fuhren wir eigentlich? Es war wirklich schwer, in unserem Auto zu sitzen und zu schweigen. Aber ich schaffte es … Ich schaffte es.

Werde ich wieder gezüchtigt? Ertrage ich noch mehr? Ich glaubte daran, denn ganz tief in mir sehnte ich mich danach, und mich durchfuhr von Kopf bis Fuß ein schönes Gefühl. Beim Gedanken daran fing es in meinem ganzen Körper an zu kribbeln. Mein Körper verlangte nach den Spuren, dem Lustschmerz, dem Gefühl danach, aber mein Kopf sagte mir immer wieder etwas anderes. Immer dieser Zwiespalt. Ich hasste ihn …

Auch Marco schwieg die gesamte Fahrt. Er schaute nicht einmal zu mir rüber. Ich hoffte, ich machte alles richtig. Oder wollte er doch, dass ich mit ihm sprach? Dann hätte er sicher etwas gesagt. Ich sollte endlich mit diesen Fragen aufhören. Ich drückte meine Hände auf meinem Schoß die restliche Autofahrt unruhig zusammen.

Wir kamen an dem Treffpunkt an und warteten fast zehn Minuten auf Harry. Als er kam, stieg Marco aus. Ich wartete noch. Gemeinsam gingen sie zu unserem Auto, und ich war etwas überrascht, dass Stefan auch dabei war. Davon hatte mir Marco nichts erzählt. Ich begrüßte die beiden. Wir gingen gemeinsam auf die andere Straßenseite zu einem Pub, stellten aber fest, dass es geschlossen hatte. Also entschieden die Herren, drei Häuser weiter in ein Eiscafé zu gehen. Wir setzten uns draußen auf der Terrasse an einen Tisch. Ich nahm neben Harry Platz, mir gegenüber saß Marco, neben ihm Stefan. Wäre ich mit Marco allein gewesen, würde ich auf dem Tisch meine Hand in seine legen, tat es aber unter diesen Umständen nicht. Das kostete mich sehr viel Überwindung. Ich liebte ihn, doch wusste ich nicht so recht, wie ich mich verhalten sollte. Er hatte zwar gesagt, ich sollte heute nur auf Harry hören, dennoch war ich mir unsicher. Ich wollte Marco gegenüber auch nichts falsch machen.

Wir bestellten uns etwas zu trinken. Zum Glück fingen Harry und Marco an, sich normal zu unterhalten, in deren Unterhaltung Stefan und ich uns einklinkten. Das nahm mir etwas die Angst, mich gegenüber Marco nicht falsch zu verhalten, der in diesem Moment Meister Marco für mich war. Ich bemerkte, wie Harry mich immer wieder anschaute. Ich glaubte, er überprüfte, ob ich richtig saß und meine Beine nicht überkreuzte. Kurz bevor wir zahlen wollten, sagte Stefan plötzlich: »Harry hat dir noch was Schönes mitgebracht.« Wie schaffte Stefan es nur, in einer normalen Unterhaltung so etwas einzuwerfen und das Thema abrupt zu ändern? Auch sein Blick war auf einmal anders. Mir kam es vor, als wären seine Augen dunkler als vorher.

Harry gab mir etwas in die Hand und sagte: »Du gehst jetzt auf die Toilette und tust sie dir richtig rein.« In meinen Händen befanden sich Liebeskugeln. Ich gehorchte, ging auf die Damentoilette und führte sie in meine Mitte. Es fühlte sich gut an und störte nicht. Nur beim Gehen bemerkte ich eine Art Vibration in meiner Mitte, die meine Libido erweckte. Ob man diese Liebeskugeln mit einer Fernbedienung, so wie bei dem Vibro-Ei, das Marco vor Kurzem mal gekauft hatte, bediente? Ich war gespannt, wann er es mal einsetzte. Das könnte für die Männer schön sein, wenn die Frau immer leicht aufspringt, sobald die Vibration einsetzt. Als ich zum Tisch zurückging, hatte ich das Gefühl, von anderen Gästen beobachtet zu werden, und errötete leicht im Gesicht. Ging ich anders? Merkte man mir an, dass ich erregt war? Ich setzte mich etwas beschämt wieder auf meinen Stuhl zurück.

Die Herren bezahlten, und wir gingen zu unseren Autos zurück. Ich stieg hinten in Stefans Auto und setzte mich in die Mitte, wo Harry neben mir Platz nahm. Wir fuhren los. Plötzlich spürte ich Harrys Hand zwischen meinen Beinen. Er tastete nach den Liebeskugeln. Bestimmt wollte er wissen, ob sie auch richtig lagen. Er zog an dem Band, das von den Liebeskugeln ausging, und zog sie somit immer wieder etwas raus und wieder rein. Es machte mich wahnsinnig, und ich wurde immer feuchter. Bitte lass mich kommen. Du brauchst mit deiner Hand nur etwas höher zu wandern. Ich halte es nicht mehr aus, waren nur noch meine Gedanken. Ich war so erregt und wollte, dass er mich sofort nahm.

Harry verlangte von mir, seinen Schwanz tief in den Mund zu nehmen. Ich liebte es, wenn ich damit die Männer erregen konnte und ihre Lust dadurch gesteigert wurde. Auch wenn es mir bei Harrys Prachtstück nicht leichtfiel, weil es einfach so dick und groß war, aber irgendwie machte es mich trotzdem an. Ich nahm ihn wieder tief in meine Mundhöhle auf, bis zum Anschlag, und bekam dabei oft das Würgen. Gleichzeitig Luft zu holen und zu blasen, den Dreh hatte ich beim Deepthroating irgendwie immer noch nicht raus, hoffte aber, dass ich es bald noch besser hinbekam. Harry zog nun die Liebeskugeln wieder ganz aus mir heraus. Auf der einen Seite war ich erleichtert darüber, aber ich fühlte mich trotzdem irgendwie wieder leer. Das Spiel hätte er ruhig noch etwas weitermachen können. Aber wie würden die Herren sagen? »Hier geht es nicht darum, was du willst.«

Die drei entschieden, dass wir noch etwas trinken gingen, da der Platz am See, wo sie mit mir hinwollten, noch zu sehr von Anglern besucht war. Stefan parkte das Auto vor einem Restaurant, und wir stiegen aus. Bevor ich die Autotür schließen konnte, verlangte Stefan von mir, ihm die Striemen zu zeigen, die ich zwei Tage zuvor von ihm erhalten hatte und mir eine schlaflose Nacht bescherten. Sie waren die Strafe dafür, dass ich Marco, meinem Meister, gegenüber so widerspenstig war. Ich zog mein Kleid etwas hoch und zeigte ihm meinen Po. Striemen und zwei schöne blaue Flecken zierten meinen Hintern. Stefan strich darüber und schon entflammte wieder alles in mir. Konnten sie mich nicht einfach nehmen? Wie lange sollte meine Libido das noch aushalten? Es war eine Qual für mich. Ich zog mein Kleid wieder herunter. Wir gingen zu viert ins Restaurant und setzten uns auf die Terrasse an einen Tisch im hinteren Teil. Dieses Mal saß mein Meister neben mir, Stefan mir gegenüber und Harry neben ihm.

Wir unterhielten uns gut miteinander, aber dann lenkte Stefan das Gespräch in eine andere Richtung. »Sandra kann uns ja zeigen, was sie beim letzten Mal beim Essen gemacht hat.« So ähnlich formulierte Stefan es.

»Sicher?«, sagte ich darauf nur und blickte erst zu Harry und dann zu Stefan.

»Ja«, sagte Stefan.

Erst wollte ich mich widersetzen, aber Stefans Blick sagte etwas anderes. Ich wurde aus ihm nicht schlau. Erst schaute er normal, wenn man sich mit ihm unterhielt, plötzlich änderte er den durchdringenden Blick seiner dunklen Augen. Ich hatte das Gefühl, er schaute bis in mein Inneres und verunsicherte mich dadurch. Es war verwirrend. Ob er merken würde, wenn ich log? In mir regte sich erneut der Wunsch, ihn zu provozieren. Ich wusste nicht einmal, warum und ob ich es wirklich könnte.

Ich schaute noch einmal kurz zu Harry, dessen Blick mir verriet, es lieber nicht zu tun. So gehorchte ich und tat, was mir befohlen wurde. Mein Verstand und meine Libido begannen, innerlich zu kämpfen. Der Verstand sagte: Das kannst du doch unmöglich hier tun. Es ziemt sich nicht. So bist du nicht erzogen worden. Doch meine Libido wollte es, weil es verrucht und verboten war. Es war erregend. Sandra wollte die Blicke der drei Männer auf sich spüren.

Ich schob mein Kleid etwas hoch, sodass meine Mitte frei zu sehen war, und fing an, mich dort selbst zu berühren. Ich strich erst ganz zart über meine Klitoris, die darauf sofort reagierte und anfing, anzuschwellen. Ich war einfach zu leicht zu erregen. Ganz langsam schob ich einen Finger in mich rein und wieder raus. Das wiederholte ich einige Male, bis ich merkte, dass sich meine Lust immer mehr entfachte und in mir ein Feuer zu brennen begann. Meine Libido gewann und der Verstand musste die Niederlage in Kauf nehmen. Meine Klitoris pochte. Ich zog meinen Finger, der schon ganz von meinem eigenen Saft benetzt war, wieder heraus und rieb damit erst sanft, dann mit mehr Druck über meine Klitoris. Ich roch meinen eigenen Intimduft, was mich noch mehr erregte, so sehr, dass ich fast vergaß, wo ich eigentlich saß. Ob die anderen es auch riechen konnten? Mir war so wahnsinnig heiß, und das, obwohl es eigentlich etwas kühl war. Ich musste mich zusammenreißen, nicht laut zu stöhnen.

Auf einmal war mir alles egal. Es störte mich nicht, dass mit mir am Tisch noch drei weitere Personen saßen. Ich war in einem sehr erregten Zustand. Harry hatte vorhin im Auto schon gute Vorarbeit geleistet und dass Marco, mein Meister, neben mir saß und all das beobachten konnte, erregte mich einfach noch mehr.

Noch dazu war ich sehr dankbar, dass Harry und Stefan nicht von mir verlangten, sie dabei anzuschauen, denn ob ich das gekonnt hätte, wusste ich nicht. Ich hatte wieder dieses Schamgefühl. Es fiel mir verdammt schwer. Ich wusste nicht so richtig warum. Aber solange ich sie nicht anschauen musste, war alles gut und ich konnte mich auf mich konzentrieren. Trotz allem interessierte mich, was die Männer in dem Moment dabei dachten. Machte es sie an, mich so zu sehen? Erregte es sie selbst so sehr wie mich? Und vor allem, wie war es für Marco, mich so zu sehen? Ich wollte gern wissen, ob er deswegen einen Ständer bekam.

Mein Höhepunkt baute sich immer weiter auf, dass es nicht mehr lange dauerte, bis ich fragte: »Darf ich bitte kommen?« Es war eher ein Flüstern, das aus mir rauskam. Ich erhielt aber zu meinem Leidwesen ein »Nein«. Wie lange wollten sie das noch durchziehen? Ich hielt es wirklich nicht mehr lange aus und wusste nicht, wie lange ich den Höhepunkt selbst noch hinausziehen konnte. Es war eine Qual.

»Bitte, darf ich kommen?«, fragte ich noch einmal.

»Ja«, hörte ich jemanden sagen. Das ließ ich mir nicht zweimal sagen und merkte, wie der Höhepunkt sich seinen Weg bahnte und schließlich ausbrach.

Nachdem mein Orgasmus abgeklungen war, schämte ich mich für das, was ich gerade getan hatte. Noch dazu hatte ich alle Blicke von ihnen auf mir. Bitte, Erde, gehe auf und lass mich ins Loch kriechen. Warum mussten sie mich jetzt auch so anstarren? Ich nahm meine Hand von der Klitoris und versuchte, mir etwas Mut anzutrinken.

»Wer hat gesagt, dass du aufhören sollst?«, hörte ich Stefan sagen.

Ich versuchte, mein Schamgefühl beiseitezuschieben, und schaute Stefan in die Augen und erwiderte nur: »Ich.«

Woraufhin Harry sagte: »Wir brauchen wohl langsam ein Strafbuch.«

Dabei lachte er. Was sollte ich machen? Sie hatten mich doch schon dazu gebracht, hier im Restaurant einen Orgasmus zu haben. Noch einen bekam ich selbst nicht hin. Wenn es jemand anderes bei mir machte, konnte es funktionieren, auch wenn es eine Qual für mich wäre, weil die Klitoris dann zu gereizt und empfindlich war. Aber ich könnte mich dann nicht selbst weiter reizen. Das ging einfach nicht.

Wir tranken aus und verließen das Restaurant, wobei ich total vergessen hatte, mein Kleid wieder herunterzuziehen. Jeder, der wollte, konnte, da ich kein Höschen trug, meinen Hintern mit den Spuren sehen. Stefan und Marco gingen hinter mir und unterhielten sich darüber, wie ich herumlief. Mir war es aber nicht unangenehm, was komisch war, wenn man bedachte, dass ich mich bei anderen Kleinigkeiten sofort widersetzte. Ich fühlte mich einfach noch zu erregt von dem, was eben passiert war. Marco erzählte mir später, dass mir einige im Restaurant sitzende Gäste hinterhergeschaut und getuschelt hätten. Mir war es egal, denn die Gäste werde ich eh nicht wiedersehen.

Wir stiegen ins Auto und fuhren los, was auch immer die Herren geplant hatten. Die Fahrt dauerte nicht lange. Harry bat mich, mein Kleid auszuziehen. Ich gehorchte. Ich sollte mich am Auto anlehnen und die Beine etwas zu spreizen, da folgten schon die ersten Hiebe. Ich zog scharf die Luft ein. Plötzlich versuchte jemand, mir etwas in meine Mitte zu schieben, was sehr mächtig war. Deshalb ging es auch nicht leicht einzuführen. Währenddessen bekam ich weitere Hiebe und konnte gar nicht mehr drüber nachdenken, was es eigentlich war. Irgendwie wollte es nicht hinein, worüber ich auf der einen Seite erleichtert war. Meine Kinder waren bei der Geburt wirklich sehr klein und trotzdem bin ich unten etwas gerissen. Ich war einfach zu eng gebaut. Für den Sex fand ich es schön. So fühlte ich jeden Mann, der in mir steckte, noch intensiver.

Plötzlich wurde die vordere Autotür geöffnet. Ich wurde gebeten, einzusteigen. Es geschah sehr schnell. Vielleicht kam jemand, der nicht sehen sollte, was wir da trieben. Ich blieb völlig nackt auf dem Beifahrersitz sitzen, als wir zu einer anderen Stelle fuhren. Am Weiher angekommen, öffnete Harry mir die Tür. Ich stieg aus und stellte mich zu ihm, wollte auf Stefan und Marco warten, aber Harry sagte zu mir: »Wir gehen schon mal vor. Die zwei kommen gleich nach.« Dennoch interessierte mich, was die beiden beredeten. Alles erfuhr ich aber nicht. Harry ging mit mir ein Stück um den Weiher herum, bis wir an einer Sitzbank ankamen. Dorthin folgten uns auch mein Meister und Stefan.

Was dann alles geschah, war sehr viel auf einmal. Ich beugte mich nach vorn und hielt mich an der Rückenlehne der Bank fest. Es folgten die ersten Hiebe, weitere mit dem Rohrstock, mit der kleinen Peitsche und mit dem Gürtel. Ich wusste nicht, wie viele es waren. Harry und Stefan taten es auch von beiden Seiten gleichzeitig. Ich vergaß vollkommen das Hier und Jetzt. Ich befand mich in Trance. Der Schmerz, der mir zugefügt wurde, war erst unerträglich, und ich fragte mich, ob ich das überhaupt aushielt. Doch dann änderte es sich. Ich merkte, wie ich dadurch ganz feucht wurde und meine Erregung weiter wuchs. Es begann, sich in Lust umzuwandeln.

Diese ganze Situation war wie ein Rausch. Harry nahm mich anal, Stefan drängte sich zwischen meine Arme, lehnte sich an die Bank und hielt mir sein Prachtstück entgegen. Ich öffnete meinen Mund und versuchte, während Harry mich hemmungslos von hinten nahm, Stefan mit dem Mund zu verwöhnen, hielt dem aber nicht lange stand. Er erlöste mich davon, weiter zu blasen. »Wer hat ihr gesagt, dass sie mit Blasen aufhören soll«, hörte ich Harry im Dunkeln sagen.

»Ich – lass sie«, glaubte ich von Stefan vernommen zu haben. Irgendwann spürte ich einen brennenden Schmerz am Rücken. Wurde mir wirklich Wachs auf den Rücken gegossen? Ich verfiel immer mehr dem Lustschmerz und versank immer mehr in den Rausch aus Schmerz und Lust. Ich wurde auf einmal von hinten nach oben gezogen und von Stefan gut festgehalten. Er gab mir in dem Moment einen sicheren Halt. Doch plötzlich schlug Harry mit der Peitsche von vorn zu, mehrere Male. »Halt sie besser fest – sonst müssen wir sie festbinden«, hörte ich Harry zu Stefan sagen. Stefan hielt mit der einen Hand meinen Kopf hoch, mit der anderen drückte er meine Arme bei sich hinten fest. Ich krallte mich an Stefans Hose, um mir selbst noch mehr Halt zu geben.

Ich wusste nicht, wie oft mich die Peitsche traf oder womit ich geschlagen wurde. Ich spürte nur den beißenden Schmerz, der sich in meine Haut fraß. Irgendwann kam wieder das Wachs ins Spiel. Dieses Mal jedoch nicht auf dem Rücken, sondern auf den Brüsten und abwärts. Es waren einfach viele verschiedene Schmerzarten, die ich auf meiner Haut spürte, und ich verlor vollkommen die Kontrolle. Ich merkte kaum, was alles geschah, ich spürte nur noch. Innerlich bettelte ich darum, gefickt zu werden und dann den erlösenden Orgasmus zu bekommen.

Plötzlich saß ich auf einer Bank und wusste nicht, wie ich dort hingekommen war. Ich spürte, wie mir wieder jemand versuchte, etwas Mächtiges in meine Mitte zu schieben, was aber kaum gelang. Doch das Gefühl, etwas in mir zu haben, ließ mich noch feuchter werden, und der Lustschmerz nahm eine enorme Intensität an. Ich dachte nur noch, dass ich endlich erlöst werden wollte. Ich konnte wirklich nicht mehr. Ich kam an meine Grenzen und hielt es nicht mehr länger aus. Meine Klitoris pochte ununterbrochen. Wann kam endlich die Erlösung?

Harry und Stefan merkten, dass ich an meine Grenzen erreichte, und erlösten mich, indem Harry mich zu einem enormen Höhepunkt fingerte, sodass ich sehr viel abspritzte. Doch plötzlich nahm Harry wieder Besitz von meiner Mundhöhle, und ich versuchte, ihn sehr tief zu blasen. Das Würgen jedoch blieb auch dieses Mal nicht aus. Dafür war sein Schwanz einfach zu enorm. Harry stieß einige Mal zu und ergoss sich schließlich in meinem Rachen. Schnell und gierig schluckte ich alles runter und bedankte mich bei ihm dafür.

Harry zog mich für einen Moment an seine Schulter, und Stefan tat es ihm dann gleich, wofür ich ihnen sehr dankbar war. Dann nahm mich Marco liebevoll in den Arm und gab mir die Geborgenheit, die ich nach dem Erlebten brauchte. Nachdem ich mich wieder angekleidet hatte, gingen wir gemeinsam zum Auto zurück. Ich verabschiedete mich bei Harry und Stefan und bedankte mich für den wunderschönen und aufregenden Abend, setzte mich in unser Auto und wartete auf Marco. Er unterhielt sich noch kurz mit Harry und Stefan, stieg dann ebenfalls ein. Wir fuhren wieder nach Hause. Ob wir uns während der Fahrt unterhielten, daran kann mich nicht mehr erinnern. Ich war noch nicht wirklich wieder ganz da.

Was an dem Abend alles passierte … Was erlebte ich gerade? Mein Körper verlangte nach den Schmerzen, die mir gegeben wurden, und empfing sie sogar willig. Aber mein Kopf sagte etwas anderes. Was tat ich da? Warum ließ ich es zu, dass andere mir solche Schmerzen zufügten? Warum durfte ich schon zum zweiten Mal nicht Stefans Saft bekommen? Was wollte er damit bezwecken? All das ging mir bei der Heimfahrt durch den Kopf. Es war einfach ein wahnsinniges Gefühl … Ich war zugleich geschockt und beeindruckt von mir selbst.

Kapitel 6

MEHR LUSTSCHMERZ

Nun sind schon zwei Tage vergangen und wieder bekam ich das zuletzt Erlebte nicht aus meinem Kopf. Die Spuren auf meinem Körper sprachen für sich, und immer, wenn Marco leicht über meinen Körper streichelte, entflammte es sofort in mir und verlangte nach mehr Lustschmerz. Bei jeder leichten Berührung über meinen Po reckte er sich ihm entgegen und wartete auf Hiebe. Warum war das so? Warum verlangte mein Körper nach mehr? Wo er doch momentan genug bekommen hatte, sagte mein Kopf. Und warum erregte mich die Vorstellung so sehr? Auch Marco war total hin und weg von dem Abend am Weiher. Er war erstaunt, wie viel ich aushalten konnte und was ich alles mit mir machen ließ. Er war angetan und hatte es sehr genossen, mich so zu sehen. Ich merkte es auch, denn er ließ die letzten zwei Tage abends im Bett nicht die Finger von mir, ich aber genauso wenig von ihm. Ich war in einem Dauerzustand der Erregung. In mir fuhr gerade alles Achterbahn.

Leider, aber auch zum Glück, konnte ich meinen Gedanken nicht weiter nachhängen. Ich hatte das Haus voll mit Besuch, weil am nächsten Tag mein runder Geburtstag anstand und die Gäste bedient und bewirtet werden wollten. Außerdem musste ich ihnen noch die Unterkunft zeigen. Einige schliefen bei uns, der Rest in einer Pension, die nicht weit von uns entfernt war. So blieb keine Zeit, darüber nachzudenken.

Der Tag verging sehr schnell, und ich war froh, als ich abends endlich im Bett lag. Ich bekam kein Auge zu, obwohl ich richtig müde und geschafft war. Irgendwie war ich innerlich unruhig. Doch warum war das so? Ich konnte nicht sagen, was mich so quälte.

Am liebsten hätte ich mich, nachdem ich immer noch wach im Bett lag und mich hin und her wälzte, ins Wohnzimmer auf die Couch gelegt, aber die war belegt. In allen Räumen schlief jemand, nur das Bad war noch frei. Es war bereits fünf Uhr morgens und ich konnte immer noch nicht schlafen. Also ging ich mit einer Tasse Kakao auf den Balkon, schaute zu, wie die Sonne aufging, genoss die Ruhe und atmete mehrmals tief die morgendliche Luft ein. Alles war so still und friedlich hier, nur in mir herrschte Chaos. Ich überlegte, was ich noch alles für die große Feier am Abend machen musste, dachte aber auch ständig daran, was ich gerade erlebte, und ließ vor meinem inneren Auge die ganzen letzten Tage Revue passieren.

In diesen Momenten fehlte mir eine andere Frau, die mir sympathisch war und die das Gleiche erlebte oder schon erlebt hatte. Ich brauchte jemanden, der mich verstand, verstand, warum ich das machte, und der das Gleiche durchgemacht hatte, mit dem ich einfach über all das reden konnte. Natürlich redete ich viel mit Marco darüber, aber konnte er wirklich meine Empfindungen nachvollziehen? Ich glaubte es nicht. Das konnte nur jemand, der in meiner Position steckte, und dieser Mensch fehlte mir gerade. Ich hatte so sehr das Bedürfnis, mich jemandem, der mich verstehen konnte, anzuvertrauen, damit ich diese innere Unruhe loswurde.

Doch ich sollte die Gedanken beiseiteschieben, denn heute war mein Tag und den wollte ich richtig genießen und mich feiern lassen. Meine Party war bereits voll im Gange. Ich hatte schon ein wenig Alkohol getrunken, da tauchte mein Schwager mit seiner Frau auf. Ich begrüßte sie herzlich und ging zu Marco. »Irgendwie reizt es mich gerade enorm, bei deinem Bruder mal eine Anspielung auf SM zu machen. Es interessiert mich zu wissen, was er dachte, wenn er erfährt, dass wir es für uns entdeckt haben«, sagte ich ihm leise ins Ohr, damit es keiner mitbekam. Marco hatte mir vor längerer Zeit erzählt, dass er glaubte, sein Bruder hätte schon mal etwas in diesem Bereich gemacht. Mich interessierte, ob es wirklich so war. »Frag ihn doch einfach«, sagte Marco mit einem heißen Lächeln zu mir. Ob ich das wirklich wagen sollte? Ich wollte es versuchen, wenn seine Frau nicht dabei war, und ihn allein erwischen. Das war heute etwas schwierig.

Ich kam nicht mehr dazu, weil ich laufend von meinen Freundinnen und meiner Familie abgelenkt wurde. Aber eines musste ich ja sagen, diesen Mann würde ich auch nicht von der Bettkante werfen. Warum musste ich immer an Sex denken? Konnte ich nicht wie so viele Frauen sein und einfach nur meine Kinder großziehen und für meinen Ehemann da sein? Musste sich denn immer alles um Sex drehen? Seit ich Marco kannte, drehten sich meine Gedanken die meiste Zeit um Sex. Wie hatte ich das früher nur ohne ausgehalten? Manchmal fragte ich mich, wenn das Schicksal Marco und mich nicht zusammengeführt hätte, was dann gewesen wäre. Würde ich jetzt mit einem anderen Mann zusammen sein? Wie wäre der Sex dann? Würde ich merken, dass mir etwas fehlte, oder wüsste ich es gar nicht, weil ich nicht auf den Geschmack wie mit Marco gekommen wäre?

Der Besuch reiste wieder ab. Ich war ein Jahr älter geworden und versuchte, nicht so oft daran zu denken, was ich bis jetzt in der Ausbildung erlebt hatte, und unterdrückte auch die Sehnsucht danach ein wenig – obwohl es schwierig war. Tagsüber ging es, weil ich mit den Kindern und dem Haushalt genug zu tun hatte, aber am Abend, da schaffte es Marco immer wieder, meine Libido zum Leben zu erwecken. Sie war einfach eine Verräterin. Manchmal glaubte ich, sie besaß ein eigenes Gehirn. Wie schafften es bloß andere Frauen, die in meiner Lage waren, alles unter einen Hut zu bekommen? Gab es da ein Geheimrezept, von dem ich noch nichts wusste?

Ich merkte selbst, wie unruhig ich innerlich wurde, sobald eine Session mehr als eine Woche zurücklag. Es war diese Sehnsucht, mehr zu erleben, zu schauen, wie weit ich in diesem Bereich selbst kommen würde. Harry nannte es immer »die Anderwelt der O«. Das passte, denn es war für mich die Anderwelt. Zu Hause war meine normale Welt, und die Anderwelt war mein zweites anderes Leben, das nichts mit Kindern und Haushalt zu tun hatte. Aber es war trotzdem etwas von Marco und mir, denn auch er gehörte sowohl in mein normales Leben als auch in die Anderwelt. Doch ich musste etwas in meinem normalen Leben finden, um diese innere Unruhe loszuwerden, damit es sich nicht auf meine Kinder und mein Umfeld negativ auswirkte, denn das war etwas, was ich definitiv nicht wollte. Aber wie fand ich einen Ausgleich, wenn ich nach einer Session immer wieder für ein paar Tage diese Unruhe spürte? Ich brauchte ein Hobby, eine Beschäftigung, wo ich Freude dran hatte.

Als hätte der Himmel mich gehört, flog nur zwei Wochen später genau die richtige Beschäftigung zu mir ins Haus. Ich wurde von anderen Müttern gefragt, ob ich nicht in einem Förderverein für Kinder und Jugendliche tätig sein möchte. Ich hatte zwar mit meinen eigenen Kindern genug zu tun, aber so konnte ich mich mit meinen Ideen für alle Kinder und Jugendlichen in der Gemeinde einbringen. Ich war sehr kreativ und konnte es endlich umsetzen. Ich brachte mich aktiv im Förderverein ein und merkte, wie ich innerlich wieder ruhiger wurde, weil es genau der richtige Ausgleich für mich war.

Wenig später bekam Marco einen Anruf von Harry. Anschließend teilte er mir mit: »Um 20 Uhr kommt Harry und holt dich ab. Ihr fahrt heute ins Pornokino. Er hat noch eine Aufgabe für dich. Du sollst eine Frau finden, die entweder in der Szene ist oder neugierig darauf ist, und ihm zuführen.«

»Das geht aber nicht von heute auf morgen. Das braucht Zeit. Das ist euch doch hoffentlich klar?«, sagte ich dann zu Marco.

»Ja, das ist uns klar, dass es etwas Zeit braucht. Aber du kannst schon mal mit der Suche anfangen.«

Diese Aufgabe war wirklich schwer, wo ich mich doch selbst so schwertat, andere anzusprechen. Ich war mir immer unsicher, ob ich es richtig machte oder nicht, und bei dem, wo Marco immer behauptete, ich sei so natürlich, zog ich alle in meinen Bann. Als ich wegen des Fördervereins gefragt wurde, sagte er zu mir: »Schau, dir fällt es so leicht, neue Leute kennenzulernen. Du wirst von allen sehr für deine Natürlichkeit geschätzt. In unserem Ort kennst du inzwischen so viele, viel mehr als ich, dabei komme ich von hier und du nicht. Du kennst fast jeden, und dann sagst du immer, du seist schüchtern. Ich bin mir sicher, auch wenn es Zeit braucht, du wirst diese Aufgabe schaffen.« Er hatte recht. Ich war ein positiv denkender Mensch. Da fiel mir was ein ... Ich kannte eine Frau ... Genau, die war es. Ich hatte sie im Pornokino kennengelernt. Diese hübsche Bardame, mit der Marco und ich uns beim letzten Besuch so nett unterhalten hatten. Ob ich sie dazu überreden konnte? Ich wollte es auf jeden Fall versuchen. Ich wusste zwar noch nicht genau wie, aber das würde mir auch noch einfallen.

Um 20 Uhr holte mich Harry ab. Ich stieg in sein Auto, und wir fuhren los. Auf dem Weg zum Pornokino unterhielt ich mich mit ihm über das Buch *Die Geschichte der O.* Obwohl ich eine Leseratte war, so war es für mich doch sehr schwierig, dieses Buch zu lesen. Ich musste es wirklich zweimal lesen, um alles genau zu verstehen, weil es sprachlich ein hohes Niveau hatte und dadurch keine einfache Lektüre war. Dennoch war ich überrascht, dass in dem Buch Szenen vorkamen, die ich nicht kannte, weil sie im Film, den ich vor dem Lesen gesehen hatte, nicht erwähnt wurden. Und dann tauchte man beim Lesen auch noch in eine ganz andere Zeit und Welt ein. Ich fand das Buch wirklich viel besser als den Film und mochte es sehr.

Harry sagte zu mir das Gleiche, was ich zuvor schon von Marco gehört hatte. »Deine Aufgabe ist es, eine Frau, wie sie auch die ›O‹ in dem Buch gefunden hatte, zu finden und mir vorzuführen.« Ich antwortete ihm, was ich Marco schon erzählt hatte, dass diese Aufgabe Zeit bräuchte und nicht so einfach umzusetzen war. Er war sich dessen bewusst, schließlich hatte »O« auch diese Zeit gehabt. Ich wollte es versuchen und mein Bestes geben, um diese Aufgabe zu erfüllen, damit ich alle zufriedenstellen konnte.

An einer Ampel mussten wir warten, und Harry holte etwas hinter meinem Sitz hervor, legte es in meinen Schoß und sagte mir: »Den steckst du dir jetzt ganz tief rein.« Ich bekam einen Vibrator von ihm und sollte ihn mir reinstecken? Warum nicht, es war ja nicht mein erster. Ich hatte selbst fünf zu Hause, schließlich brauchte Frau die auch, wenn der Mann mal auf Geschäftsreise war. Und lachte innerlich.

Ich spreizte meine Beine noch weiter auseinander, führte den Vibrator zu meiner Mitte. ch war bereits extrem feucht, zog meine Schamlippen vorsichtig mit den Fingern auseinander und führte den Vibrator langsam in meinen heißen Spalt hinein. Ich ließ ihn immer tiefer in mich gleiten und zog ihn immer wieder ein Stückchen raus, um ihn dann wieder ganz tief einzuführen. Ich merkte, wie ich immer feuchter und gieriger wurde. Harry nahm meine Hand vom Vibrator, stellte die Vibration ein und stieß selbst ein paar Mal mit dem Vibrator in mich. Wenn dazu noch eine Reizung auf meine Klitoris käme, dann würde ich explodieren. Zu meinem Bedauern zog Harry den Vibrator wieder ganz heraus und legte ihn an meinen Mund. »Lecken«, sagte er zu mir. Ich tat es und schmeckte mich selbst. Es schmeckte intensiv und süßlich und machte mich an, meine eigene Lust zu schmecken. Wie schafften es die Männer nur immer wieder, mich so gierig zu machen? Das machte mich wahnsinnig.

Wir parkten den Wagen nicht weit vom Pornokino entfernt. Als wir hineingingen, begrüßte mich wieder die hübsche Bardame. Ich durfte mich auf einen Barhocker setzen und wir bestellten uns etwas zu trinken. Eine andere Dame begrüßte Harry und unterhielt sich etwas wirr mit ihm. Sie war sturzbetrunken und hatte irgendwie Probleme. Sie redete davon, dass sie es nicht mochte, so von den Männern betrachtet zu werden, dass die Männer es sich hier in dem Kino selbst machten und schmutzige Videos anschauten. Aber was wollte sie dann hier? Glaubte sie, es wäre eine normale Bar, wo man hinging, nur etwas zu trinken und sich nett zu unterhalten? Allerdings redete sie mit der Bardame so, als wäre sie öfter hier, Warum hatte sie dann noch nicht mitbekommen, wo sie war? Was ging denn bei ihr im Kopf ab? Auch in dieser Welt begegnet man seltsamen Menschen …

Zum Glück befasste Harry sich nicht weiter mit ihr. Er nahm mich am Arm und forderte mich auf, mit ihm zur hinteren Bar zu gehen. Ich bemerkte, wie uns alle Männer folgten. An der Bar sagte mir Harry, dass ich ihm gleich meinen Respekt zeigen sollte. Wir gingen hinter die Absperrung, hinter die nur Paare durften. Dort setzte er sich auf die Couch, ich kniete mich mit leicht gespreizten Schenkeln, meine Handrücken auf die Knie gelegt und den Blick gesenkt, vor ihn und wartete geduldig darauf, was jetzt kommen würde.

Auch wenn ich ein sehr neugieriger Mensch war und immer alles wissen wollte, so fand ich es im Spiel sehr schön und erregend, nicht zu wissen, was auf mich zukam und keine Entscheidungen treffen zu müssen, es für diese paar Stunden abzugeben und mich einfach nur fallen zu lassen, es so hinzunehmen, wie es von mir verlangt wurde.

Irgendwann führte mich Harry wieder zur vorderen Bar. Die ganze Zeit über hielt ich meinen Blick gesenkt. Dort befanden sich eine Couch, ein Sessel und ein passender Tisch dazu. Harry setzte sich in den Sessel und ich kniete mich wieder vor ihn hin, wie zuvor in dem abgesperrten Bereich schon. Es kam mir wie eine kleine Ewigkeit vor.

»Sandra, hast du in deiner Handtasche zufällig die Handfesseln?«

»Ja, habe ich.«

Da nichts weiter von Harry kam, war es wohl auch gleichzeitig ein Befehl, sie aus der Handtasche zu holen, und ich reichte sie Harry. Er nahm meine Tasche, legte sie auf den Sessel zu seinem Jackett und befestigte dann die Handfesseln an meinen Handgelenken. Er führte mich zum Andreaskreuz, das gegenüber der Couch an der anderen Wand befestigt war. Er hob meine Arme hoch und fixierte mich am Kreuz. Im ganzen Raum wurde es totenstill. Keiner der anwesenden Gäste redete mehr. Jetzt würde man sogar eine Stecknadel fallen hören, so still war es. Ich spürte sehr intensiv alle Blicke auf mir ruhen. Welch ein Gefühl!

Da … traf mich der erste Hieb. Ich vernahm ein Raunen der anderen Gäste, doch ich konnte mich nicht weiter darauf einlassen, denn es folgten weitere mit dem Rohrstock. Harry setzte sie zielgenau auf meinen Oberschenkel und auf den Bauch, einige setzte er sogar auf meine Brüste. Mein Puls fing an, schneller zu schlagen. Bei jedem Treffer wollte ich aufschreien, konnte es aber nicht. Ich wollte diesen Schmerz, aber irgendetwas blockierte mich innerlich noch so sehr, es auch rauszuschreien, mich noch mehr auf den Schmerz einzulassen.

Ich wartete schon auf die nächsten Hiebe, aber sie kamen nicht. Harry ließ von mir ab, und ich hob meinen Kopf wieder höher, behielt jedoch den Blick stets gesenkt. Meine Atmung ging sehr unruhig und schnell. Um sie wieder etwas zu normalisieren, holte ich sehr oft tief Luft, bis ich wieder ganz normal atmete. Ich wartete auf das, was noch passieren würde und merkte, wie einige Männer an mir vorbeigingen, aber keiner mich berührte oder streifte. Einige fingen an zu tuscheln. Ich dachte an Marco. Wie es ihm wohl ging? War er mit seinen Gedanken bei mir? Ich war gespannt darauf zu erfahren, ob er wieder sein Kopfkino eingeschaltet hatte und es sich jetzt auf der Couch zu Hause selbst machte.

Immer dieses Warten … Hoffentlich hatte Harry mich nicht vergessen, obwohl ich ihm das nicht wirklich zutraute … Ich schüttelte innerlich den Kopf … Nein, das würde er nicht machen. Endlich erlöste er mich vom Kreuz und brachte mich wieder zum Sessel, wo er sich hinsetzte, während ich mich vor ihm hinkniete. Er reichte mir mein Glas, ich trank es gierig leer. Neben mir war eine Couch, auf der ein anderer Herr saß. Er unterhielt sich mit Harry über mich. Der Fremde lobte mich, was für eine tolle Sklavin Harry hatte und wie brav ich sei. Harry erzählte ihm von meinem Meister und dass er ihn ausgesucht hatte, um mich auszubilden. Der Herr war sichtlich erstaunt darüber, wie ein anderer Mann seine eigene Frau in andere Hände geben konnte. Dass da keine Eifersucht entstand, erstaunte ihn sehr. Der Fremde hörte gar nicht mehr auf mit dem Lob. Es war wie Balsam für meine Seele, und ich genoss es. In dem Moment war ich stolz darauf, was ich war. Aber es war auch Marco zu verdanken. Er gab mir schließlich diese Möglichkeit.

Harry erhob sich und deutete mir an, ebenfalls aufzustehen. Er reichte mir mein Kleid, um mich wieder anzuziehen. Doch warum? War die Session schon beendet? Er führte mich zum Treppenhaus und dann ein paar Stufen hinunter in den Keller, wo sich ein kleiner SM-Raum befand. Ich lachte innerlich, weil die Session doch noch nicht beendet war. Harry wollte lediglich vermeiden, dass ich krank wurde, weil es im Treppenhaus sehr kalt war. Ich bemerkte, wie uns einige Männer begleiteten. Im Raum angekommen, verlangte er von mir, mich wieder zu entkleiden und über einen Strafbock zu lehnen. Mich traf der erste Hieb, und ich musste schnaufen. Da hörte ich Harry sagen: »Schrei.« Ich wollte so gern schreien, aber irgendetwas blockierte mich immer noch. Ich wusste nicht, was es war, dennoch versuchte ich, wenigstens etwas zu schreien, leider nicht so sehr, wie ich wollte.

Nach ein paar Hieben auf meinen Rücken und Hintern reichte Harry den Rohrstock einem anderen Herrn. Nun durfte mich ein Anfänger schlagen ... Ich war nicht sehr begeistert davon. Der andere Herr setzte zum ersten Schlag an, es folgten circa fünf weitere. Ich merkte sehr deutlich, dass er ein blutiger Anfänger war und noch nie zuvor einen Rohrstock in den Händen hatte. Ich empfand es nicht mehr als Lustschmerz, sondern als richtigen Schmerz, und war sehr froh, dass Harry es beendete und den Stock selbst wieder nahm.

Harry befahl mir, einem Mann mit meinem Mund zu Diensten zu sein, während er mich von hinten anal nahm. Seit ich bei ihm in der Ausbildung war, hatte er mich immer nur von hinten anal genommen, nie vaginal. Er schien eine Vorliebe dafür zu haben. Warum war das so? Ich hatte es schon von einigen Männern gehört, dass sie eine Frau gern anal nehmen, fragte ich mich aber nach dem Grund.

Mir fiel es immer schwerer, diesen Herrn mit meinem Mund zu befriedigen, weil Harrys Stöße wilder und geiler für mich wurden. Wenn er so weitermachte, dann kam ich. Ich schaffte es nicht mehr, den Schwanz des Herrn zu blasen, und machte mit meiner Hand weiter, bis er sich in meiner Hand entlud. Ich liebte es, hart und wild genommen zu werden. In mir baute sich immer mehr etwas auf, doch dann zog Harry seinen Schwanz aus meinem Hintern. Ich musste mir einen Seufzer unterdrücken. Warum? Ich war so nahe dran, einen Orgasmus zu bekommen. Das war Folter …

Harry verlangte von mir, mich umzudrehen und mich auf den Strafbock zu setzen. Ich gehorchte brav und wartete auf die Hiebe. Es folgten einige auf meinen Oberkörper und meine Schenkel. Ich war außer Atem und merkte bei jeder leichten Berührung die Striemen auf meinem Körper. Es breitete sich ein wohliges Gefühl in meinem Inneren aus. Dieses Gefühl war schwer zu beschreiben. Für mich fühlte es sich einfach nur gut an.

Harry half mir vom Strafbock runter und führte mich ein paar Schritte weiter über einen kleinen Abfluss. Er übte einen leichten Druck auf meine Schulter aus, was mich wissen ließ, in die Hocke zu gehen. Ich hockte mich über den Abfluss, und schon fing Harry an, mich zu fingern. Er verstand sein Handwerk einfach. Es dauerte überhaupt nicht lange, bis ich mich »Bitte, darf ich?« sagen hörte.

»Nein, noch nicht«, erwiderte Harry. Wenn er mich in dem Tempo weiter fingerte, dann konnte ich für nichts garantieren. Ich konnte es nicht länger zurückhalten, und bat erneut darum, endlich abspritzen zu dürfen. Dieses Mal gab er mir die Erlaubnis, und es spritzte nur so aus mir raus. Mein ganzer Körper fing zu zittern an. Endlich die ersehnte Erlösung.

Harry gab mir genug Halt, dass ich nicht umfiel, und half mir wieder auf die Beine. Er gestattete mir, mich anzukleiden, und führte mich wieder nach oben in die vordere Bar. Dort durfte ich mich für einen Moment auf einen Barhocker setzen und etwas trinken. Mir gegenüber stand plötzlich der fremde Herr, der mir zuvor ein paar Hiebe gegeben hatte.

Harry und ich unterhielten uns ein wenig mit ihm. Er erzählte uns, dass er eigentlich selbst Sklave wäre und sich auch mal peitschen lassen möchte. Harry sagte ihm, dass es möglich wäre. Er kannte einen Herrn, der sicher gern einen Mann peitschen würde. Er meinte damit Stefan, obwohl ich mir das bei ihm nicht vorstellen konnte. Ich glaubte nicht, dass er es bei einem Mann machen würde. Harry band ihm bestimmt nur einen Bären auf.

Plötzlich beendete Harry das Gespräch, indem er erzählte, dass ich jetzt meine Belohnung erhalten würde. Ich wusste genau, was er damit meinte. Ich stand von meinem Hocker auf und ließ Harry darauf Platz nehmen. Dann kniete ich mich vor ihm hin und nahm sein mächtiges Teil in den Mund und saugte ihn immer wieder ganz tief in meine Mundhöhle. Das wiederholte ich mehrere Male, bis er zu mir sagte: »Mach deinen Mund weit auf und streck die Zunge heraus.« Ich tat, wie mir befohlen. Er nahm seinen Schwanz selbst in die Hand, und ich wartete gierig auf seinen Saft. Dann kam er endlich. Ich schluckte alles herunter, damit nichts verloren ging, und leckte sein Prachtstück wieder sauber.

Anschließend half er mir wieder auf die Beine und fragte den fremden Herrn, ob ich ihm mit meinem Mund noch schnell zu Diensten sein soll, als Dankeschön dafür, dass er mir die Hiebe gegeben hatte. Der Herr fragte, ob wir nach hinten gehen könnten, aber Harry sagte, dass es nicht gehe, wir müssten aufbrechen und es wäre nur etwas Schnelles möglich. Doch so wollte es der Fremde nicht. Harry sagte nur »Dann beim nächsten Mal«, obwohl ich hoffte, den Fremden nicht wiederzusehen. Ich hatte keine Lust darauf, dass er mir wieder Hiebe geben durfte. Er konnte es einfach nicht, und ich war kein Versuchsobjekt für andere Anfänger. Obwohl jeder klein anfängt und man es nur lernen kann.

Harry gab mir meine Jacke. Ich ging noch zur Bardame, um mich bei ihr zu verabschieden. Leider kam ich nicht dazu, mit ihr zu reden. Ich musste also schauen, so schnell wie möglich wieder mit Marco hierherzukommen, damit ich mich noch ein wenig mit ihr unterhalten konnte. Ich wollte ja wissen, wie ihr das Buch gefiel, wenn sie es inzwischen gelesen hatte. Noch dazu musste ich mit dem Werben um sie langsam anfangen, damit ich meine Aufgabe erfüllen konnte.

Ich wusste nicht genau, was es war, aber diese Frau reizte mich. Sie war so natürlich im Umgang mit den Gästen, immer freundlich und gab jedem das Gefühl, gemocht zu werden. Noch dazu hatte sie eine gewisse Ausstrahlung, die mich magisch anzog. Ich wusste, es würde nicht leicht werden, sie zu bekommen, zumal ich auch nicht wusste, ob sie überhaupt auf Frauen stand oder doch eher nur auf Männer. Genauso gut konnte es sein, dass sie schon vergeben war. Es würde auf jeden Fall schwierig werden.

Harry hatte mich heute wirklich sehr erstaunt. Ich wusste nicht, dass er so liebevoll sein konnte. Er fing mich heute immer wieder auf und gab mir den ganzen Abend über den Halt, den ich brauchte. Ehrlich gesagt, wusste ich gar nicht, dass er diese Seite überhaupt besaß. Nach diesem Abend wusste ich mit Sicherheit, dass ich ihm wirklich vertrauen konnte. Er würde nie zulassen, dass mir irgendetwas passierte. Ich genoss jede Session mit ihm sehr, auch mit Stefan. Auch wenn ich nicht immer brav war, so glaubte ich doch, dass Harry und Stefan es ebenfalls genossen.

Ich war geschockt und erstaunt von mir selbst, wie leicht es mir fiel, in die Rolle der Unterwürfigen zu schlüpfen. Ich dachte, sobald ich ins Auto zu Harry oder Stefan stieg, keine einzige Sekunde an meine Kinder. Das erschrak mich ein wenig. Normalerweise sollte eine Mutter doch nie aufhören, an sie zu denken. Und doch war es so, als wenn eine andere Persönlichkeit von mir Besitz ergriff. Ich hatte darüber auch mit Marco geredet und ihm diesbezüglich meine Ängste geschildert, weil ich wirklich Bedenken hatte, deswegen keine gute Mutter zu sein. Er beruhigte mich und sagte mir, dass es mir bestimmt nur so leichtfiel, weil ich wusste, dass unsere Kinder in diesem Moment sehr gut aufgehoben waren. Marco glaubte, es wäre anders, wenn es nicht so wäre. Je öfter ich darüber nachdachte, desto mehr glaubte ich, dass er recht hatte. Die Zwerge waren immer sehr gut aufgehoben, sobald ich mich auf eine Session einließ. Nur deswegen konnte ich mich so leicht und so schnell fallen lassen und in diese Rolle schlüpfen, weil ich mir keine Sorgen um sie machen musste.

Wäre es wirklich anders, dann würde ich das Ganze nicht machen. Meine Kinder waren mir das Wichtigste überhaupt und standen bei mir an erster Stelle, und dann kam Marco. Er und die Kinder waren mein ganzes Leben. Erst neulich abends im Bett sagte Marco mir wieder: »Immer, wenn du von einer Session nach Hause kommst, dann hast du so ein Leuchten in deinen Augen und strahlst. Das macht mich selbst sehr glücklich, und das liebe ich so an dir.«

Ich war sehr froh, dass es Marco gab, denn ohne ihn wüsste ich in Sachen Sex nichts. Vor seiner Zeit war ich noch sehr unerfahren. Ich war Jungfrau, bevor ich ihn kennenlernte. Es gab vor Marco nie den Richtigen, aber wenn ich ganz ehrlich war, hatte ich davor auch nichts verpasst. Die Jungs in meinem Alter hatten mich damals nie interessiert. Alles, was ich vor der Zeit mit Marco nie erlebt hatte, erlebte ich jetzt umso intensiver mit ihm, und wer weiß, was noch alles kommen wird. Ich wollte versuchen, ihm das Gleiche zu geben, was er mir gab und mir ermöglichte. Dieses Geschenk sagte viel mehr als Worte. Ich spürte seine Liebe sehr deutlich. Bei jeder Session, die ich machte, bei der ich mich unterwarf, spürte ich sie in einem enormen Ausmaß. Egal, ob er körperlich dabei war oder nicht, er war immer bei mir. Ich spürte ihn wirklich jede Sekunde, weil unsere Seelen miteinander verbunden waren. Früher hatte ich immer gedacht, dass es so etwas nicht gibt, dass es bloß ein Märchen wäre, das erzählt wird. Klar gab es die Liebe, aber dass Seelen miteinander verbunden sein sollten, daran glaubte ich nicht. Auch Marco war früher dieser Ansicht.

In den darauffolgenden Tagen gingen mir wieder sehr viele Dinge durch den Kopf. Ich dachte über sehr vieles nach, und einige Sachen ließen mich einfach nicht los. Was zum Beispiel empfanden die Herren dabei, wenn sie einer Frau Schmerzen zufügten? Und woher wussten sie immer genau, wann Schluss war? Wie sahen oder merkten sie, dass eine Grenze erreicht war? Was genau erregte sie dabei, wenn sich eine Frau unterwarf? Was für Gedanken hatten die Herren währenddessen? Es war erstaunlich, wie sehr die Herren auf die Frauen eingehen mussten und welch enorme Verantwortung auf ihnen lastete.

Das Ganze nahm immer mehr Besitz von meinem Leben, von mir selbst. Auch wenn ich mir einen Ausgleich im normalen Leben geschaffen hatte, so dachte ich sehr oft darüber nach, wann immer ich Zeit dafür fand, denn es fing an, mich zu verändern. Ich strahlte von innen heraus und wurde viel selbstbewusster. Wenn ich mit Marco in der Stadt einkaufen war, dann spürte ich die Blicke anderer auf mir und saugte sie regelrecht ein. Ich fühlte mich einfach begehrt und nach den zwei Schwangerschaften endlich wieder hübsch. Ich wusste, dass Marco mich immer begehrt hatte und es noch immer tat, aber es war doch etwas anderes, es auch von anderen zu spüren.

Ich war auf jeden Fall sehr froh darüber, dass mich auf diesem Weg mein Meister Marco, Harry und Stefan begleiteten. Bessere Herren für diese Aufgabe konnte ich mir für mich selbst nicht vorstellen. Die drei waren so unterschiedlich, und doch spielte jeder dabei für mich eine enorm wichtige Rolle.

Kapitel 7

IM RESTAURANT

Marco und ich hatten uns die letzten Abende wieder sehr viel und eingehend über die letzten Treffen unterhalten. Er meinte, dass ich noch süchtiger nach Sex geworden wäre, sofern das bei mir überhaupt möglich war, da ich eh sehr viel Lust hatte. Er erzählte mir auch, dass er noch nicht genau wüsste, wo er selbst in dem ganzen Spiel stand. In ihm war das Gefühl, nicht voranzukommen. Er sah, dass ich mich weiterentwickelte, aber er blieb auf der Strecke. Das machte mir Angst. Ich wollte nicht, dass es unsere Beziehung belastete. Was brachte es mir, wenn ich mich weiterentwickelte und er sich nicht? Ich war ernsthaft am Überlegen, das Ganze abzubrechen. Dafür liebte ich ihn einfach viel zu sehr. Ich wollte nicht, dass es schlecht für unsere Beziehung war. Das sagte ich ihm auch.

Wir redeten noch Tage später darüber. Ich sollte es nicht abbrechen, sondern weitererleben. Marco beteuerte mir, dass es uns nicht schaden würde, sondern eher noch mehr zusammenschweißte. Ich hoffte, er hatte damit recht. Ich versprach ihm, dass ich ihm bei seinem Weg helfen würde, damit er ihn fand. Ich war der festen Überzeugung, dass er dominant war, er musste es selbst nur noch richtig fühlen. Noch dazu glaubte ich, dass es ihm bewusst würde, wenn er das Spiel bei einer anderen Frau ausprobieren würde, wie ich es ihm schon einmal vorschlug.

Ich war froh, so offen mit Marco über all dies zu reden. Es war wichtig, dass wir uns unsere Empfindungen, Wünsche und Sehnsüchte gegenseitig erzählen konnten, dass wir so offen zueinanderstanden. Marco war einfach alles für mich, mein bester Freund, mit dem ich plauschen und bei dem ich mich ausheulen konnte. Meine zweite Hälfte, ohne die ich nicht mehr leben konnte. So war es wirklich. Keiner kannte mich und meinen Körper so gut wie er. Er kannte alles an mir, meine noch so kleinsten Empfindungen. Er würde mich sofort durchschauen, wenn ich ein Geheimnis hätte. Unsere Seelen waren miteinander verflochten. Irgendwie beängstigend, aber irgendwie auch schön.

Das letzte Treffen mit Harry lag schon wieder eine lange Zeit zurück, aber Marco hatte in dieser Zeit ein Treffen mit Stefan vereinbart, und ich freute mich schon sehr darauf. Leider musste ich das Treffen an dem Tag jedoch absagen. Ich wachte in der Früh mit einem eingeklemmten Nerv auf und musste zum Arzt. Ich hätte fluchen können, weil ich mich schon so sehr darauf gefreut hatte. Ich war so neugierig, was Stefan geplant hatte. Marco meinte zu mir: »Ich sehe es dir an, du sehnst dich doch wieder nach dem Lustschmerz.«

»Ja, ich sehne mich danach.« Was schon irgendwie komisch war. Wie konnte man sich nach Schmerzen sehnen? Es war nicht nur der Schmerz, sondern das Ganze, was dazugehörte, die ganze Atmosphäre, das Unerwartete und die Art der Dominanz, die Harry und Stefan ausstrahlten. All das reizte mich immer wieder aufs Neue. Mich hatte das Spielen mit Stefan an dem Tag so sehr gereizt.

Zwei Tage später war ich gerade dabei, das Abendessen der Kinder in die Küche zu stellen, als mein Handy anfing zu summen. Es war der Klingelton für eine eingehende Mitteilung. Ich schaute auf die Uhr, es war gerade 18 Uhr. Wer könnte mir um diese Zeit eine Nachricht schicken? Ich nahm es vom Tisch, schaute auf das Display. Eine Nachricht von Marco: *Harry will dich heute für eine kurze Kino-Session mit einer zweiten Anfänger-Sub mitnehmen.*

Warum das jetzt? Ich bräuchte ewig, um mich herzurichten. Ich schrieb ihm Folgendes zurück: *Wann würde er mich denn abholen?*

So gegen 20 Uhr.

Ich schrieb erneut zurück: *Ok, gut.*

Das nannte ich sehr kurzfristig. Ich musste privat noch etwas erledigen, ging dann schnell unter die Dusche und machte mich etwas chic. Viel Zeit hatte ich nicht. Ich war gespannt, was Harry vorhatte, wenn es nur eine kurze Session sein würde, denn so belastbar war ich an dem Tag nicht. Es war einfach ein zu stressiger Tag heute.

Kurz vor 20 Uhr kam endlich Marco von der Arbeit nach Hause. Ich fragte ihn, ob ich so hergerichtet rausgehen könnte, denn auf die Schnelle hatte ich nichts anderes aus dem Schrank greifen können. Dann erhielt Marco einen Anruf von Harry, dass er sich wegen des Verkehrs auf der Straße ein wenig verspätete. Ich musste mich also abhetzen. Ich hatte noch nicht einmal etwas gegessen, so groß war der Zeitdruck. Mit Kindern war es nicht immer leicht. Harry war heute wirklich sehr spontan, und dann sollte ich alles unter einen Hut bekommen. Aber ich schaffte es. Ich machte mir noch schnell ein Brot, damit mein Magen nicht zu leer war.

Ich bat Marco, noch schnell meine Gedanken zur zweiten Session, die ich niedergeschrieben hatte, auszudrucken. Marco wollte, dass ich jede Session, die ich mit Harry und Stefan erlebte, aufschrieb. So konnte ich es selbst noch einmal lesen. Es war für mich gut, das Erlebte noch einmal Revue passieren zu lassen. Selbst für Stefan und Harry war es ein Vorteil, da sie dadurch meine Gedanken und Empfindungen besser einschätzen konnten und mich besser kennenlernten.

Harry hatte sie zwar schon auf Marcos passwortgeschütztem Onlinespeicher zu lesen bekommen, aber Stefan noch nicht. Daher wollte ich sie Harry geben, der sie Stefan mitnehmen konnte. Marco und ich gingen gemeinsam vor die Tür, um auf Harry zu warten. Ich hoffte nur, dass meine Schwiegermama nicht rauskommen würde. Sie war immer sehr neugierig. Wenn sie mich dann in einem fremden Auto ohne Marco sehen würde, was würde sie dabei denken? Das wollte ich lieber nicht wissen.

Als Harry dann kam, war ich ein klein wenig überrascht, auch Stefan im Auto sitzen zu sehen, doch innerlich freute ich mich sehr darüber. Ich stieg hinten ins Auto ein, begrüßte die zwei Herren, und wir fuhren los. Im Auto legte ich mir mein Halsband um und sagte zu Stefan: »Ich habe noch etwas für dich.« Ich reichte ihm meine Gedanken, die ich zusammengetragen hatte – vom Treffen mit ihm allein in der Stadt –, zum Lesen nach vorn.

Er las sofort, und ich registrierte, wie er über das schmunzelte, was ich geschrieben hatte. »Du willst also provozieren«, äußerte sich Stefan. Was genau hatte ich eigentlich geschrieben? Warum musste Marco von mir auch verlangen, nach jedem Treffen alles aufzuschreiben, was passierte und was ich dabei gefühlt oder gedacht hatte? Nun kannten die Herren meine Gedanken. Ob das so gut war? Ich wusste es nicht so recht. Ich glaubte, ich legte mir damit selbst ein Ei.

Stefan las beim Autofahren alle neun Seiten in sehr kurzer Zeit. Er legte die Zettel beiseite und meinte anschließend zu mir: »Über den letzten Satz reden wir später noch.«

»Okay, aber was genau steht noch mal im letzten Satz? Das muss ich wohl wieder vergessen haben.«

Er reichte mir den Zettel nach hinten, und ich las ihn noch einmal durch. Darin fragte ich mich, warum ich bis jetzt noch nie Stefans Saft bekam, so wie bei Harry. Ich fragte mich, ob es daran lag, dass Stefan eventuell vergeben war und es sonst auffallen würde, oder ob er sich einfach nur Appetit holte und den Rest zu Hause bekam. Ja, darüber mussten wir wirklich noch reden. Das interessierte mich nämlich sehr.

Wir unterhielten uns noch ein wenig weiter, bis Harry plötzlich zu mir sagte: »Heute ist Stefan für dich zuständig. Du hast also das zu tun, was er von dir verlangt.«

»Ja, ist okay«, erwiderte ich nur.

Ich erfuhr von Harry auch, dass wir zuerst ins Millennium fuh ren. Er war dort mit einem Pärchen verabredet, das ihn auf einer Internetseite angeschrieben hatte. Dazu musste wohl die zweite Frau gehören, von der Marco mir erzählte. Später würden wir dann noch ins Pornokino gehen.

Da wir leider etwas Verspätung hatten, versuchte Harry, das Pärchen telefonisch aus dem Auto zu erreichen, es nahm aber niemand ab. Es war komisch für mich. Was war das für ein Pärchen, das noch nicht mal an ihr Telefon ging?

Kurz vor unserem Ziel fragte mich Harry: »Hast du den Stock dabei?«

»Nein, den habe ich nicht mit. Auf die Schnelle habe ich ihn nicht gefunden.«

»Wie, du hast ihn nicht dabei?«

»Ja, ihr seid selbst schuld. Ihr habt das Ganze so kurzfristig geplant.«

»Auch noch frech sein, Sandra. Es ist doch wohl klar, dass du dafür noch eine Bestrafung bekommst. Und den Stock hast du immer mitzunehmen, egal, wie kurzfristig wir etwas ausmachen. Es sei denn, wir sagen es dir vorher, dass du ihn nicht brauchst«, sagte Stefan zu mir.

Was sollte das? Ich wollte schon aufbegehren, doch was würde es bringen, außer, dass es Stefan nur noch mehr reizte? Ich atmete tief durch … Und dann begann es auch noch, draußen zu regnen.

»Hat einer von euch zufällig einen Regenschirm dabei?«

»Ja, warte.« Harry holte einen aus dem Kofferraum und gab ihn Stefan.

»Denn könnt ihr euch teilen. Ihr könnt auch schon mal vorgehen, ich komme dann gleich nach. Ich muss erst noch ein Parkticket holen.«

Ich ging zu Stefan unter den Regenschirm und wollte mich gerade bei ihm einhaken, da gab er doch tatsächlich *mir* den Schirm in die Hand. Er legte seinen Arm um meine Hüfte und wir gingen los. Ein Gentleman war er wirklich nicht. Er ließ mich genau spüren, wer von uns die Macht hatte. Es war wieder das Gleiche wie vor ein paar Wochen, als ich mit ihm in der Stadt war. Da musste auch *ich* selbst die Einkaufstasche tragen. Aber ich will mich jetzt nicht auflehnen.

Im Millennium suchten wir uns einen Tisch und setzten uns. Noch bevor unsere bestellten Getränke kamen, nahm ich die Konversation wieder auf. »Wir wollten uns doch noch über den letzten Satz aus meinen Aufzeichnungen unterhalten«, sagte ich zu Stefan.

Wie aus der Pistole geschossen sagte er nur: »Das wird wohl an dir liegen.«

»Nein, das glaube ich nicht.«

»Bist du sicher?«

»Ja, bin ich.«

Das kann doch nicht wirklich sein Ernst sein, zu behaupten, ich sei selbst schuld daran. Das glaube ich ihm nicht. Da steckte mehr dahinter. Stefan war ein Buch mit sieben Siegeln. So leicht konnte ich ihn nicht durchschauen. Nun war ich genauso schlau wie vorher. Schon bei den zwei letzten Treffen bekam ich nicht seinen Saft. Aber warum? Ich wollte weiter nachhaken, leider ließ es Stefan nicht zu und wechselte abrupt das Thema. Warum spielte er immer wieder mit mir?

»Was für einen BH trägst du?« Was sollte diese Frage?

Etwas entsetzt entgegnete ich: »Keinen. Warum fragst du?«

»Zeig her.«

War das sein Ernst? Wir waren nicht allein in dem Restaurant. In mir fing ein Gedanke an zu keimen. Was wäre, wenn ich Stefan einfach provozieren würde? Ob ich es wagen sollte? Ich schaute ihm in die Augen und wollte gerade etwas erwidern, da durchbohrte mich sein stechender Blick, als würde er ahnen, was ich vorhatte. Er schaffte es schon wieder, mich einzuschüchtern. Also knöpfte ich meine Bluse etwas weiter auf und zeigte ihm, dass ich wirklich keinen BH trug. Irgendwie reizte es mich, zu wissen, was er tun würde, wenn ich wirklich einen BH anhätte. Ob er von mir verlangt hätte, ihn im Restaurant auszuziehen und ihm zu geben? Ich traute ihm alles zu

Noch dazu wurde ich das Gefühl nicht los, dass mich alle anstarrten. Einige hatten sicher die Szene mit der Bluse mitbekommen. So wie ich Stefan einschätzte, wollte er genau das bezwecken. Was sich wohl jetzt in den Köpfen der anderen abspielte? Ob einige schockiert waren, dass ich öffentlich ein Halsband trug? Selbst Freunde von Marco und mir, die wir aus dem Internet kannten, waren es. Sie würden ihre Frauen nie einfach Fremden überlassen, ohne dass sie selbst dabei anwesend wären. »Ihr kennt die zwei doch gar nicht richtig. Die könnten wer weiß was mit ihr anstellen.« All das wurde uns gesagt. Auf der einen Seite hatten sie recht, denn wir kannten sie wirklich kaum, aber wenn sie die beiden sehen würden, dann wüssten sie, warum wir ihnen vertrauten. Auch gerade fühlte ich mich mit Stefan gut und vertraute ihm, auch wenn er mich immer wieder einschüchterte.

Nach einer halben Stunde kam auch Harry zu uns an den Tisch. Hatte das Pärchen ihn versetzt? Sie hätten wenigstens anrufen können. Das fand ich unhöflich. Solche Leute mochte ich nicht, die erst ein Treffen vereinbarten und dann nicht erschienen, geschweige denn wenigstens absagten.

Ich unterhielt mich mit Harry und Stefan über ganz alltägliche Dinge. Dann schaute mich Stefan auf einmal wieder mit diesem stechenden und ernsten Blick an. Mein Puls beschleunigte sich, und ich fing an, mich innerlich darauf einzustellen. Er wollte etwas von mir. Wie schaffte er es nur, von einem Moment auf den anderen seinen Blick so zu verändern? Dazu immer wieder dieser abrupte Themenwechsel. Erst unterhielt man sich noch normal, dann schmiss er alles auf einen Schlag um. Was sollte dieses Spiel? Auch dieser Blick sagte mir sofort: Du tust jetzt das, was ich von dir verlange.

»Sandra, wir gehen gleich raus. Dann gehst du allein in ein Lokal. Dafür geben wir dir 15 Minuten …«

»Nein«, kam wie von selbst aus meinem Mund.

»Was hast du gesagt?«

»Nein.«

Stefan klang total empört darüber, dass ich mich widersetzt hatte, und tauschte einen langen Blick mit Harry aus. Das hieß nichts Gutes für mich. Warum hatte ich auch Nein gesagt? In mir zog sich alles zusammen und ich wartete auf das, was nun folgen würde.

Harry sagte zu mir: »Lass ihn jetzt bitte ausreden, Sandra.«

Stefan ergriff das Wort. Bei seinem Blick hatte ich das Gefühl, dass er bis in mein Inneres hineinsehen konnte, und er verunsicherte mich damit total.

»Sandra, du gehst allein in ein Lokal. Wir geben dir 15 Minuten Zeit, dann kommst du mit einem Mann wieder heraus. Wie du das machst, ist uns egal.«

Ich schüttelte den Kopf: »Nein, das kann ich nicht.«

»Sie widersetzt sich doch tatsächlich. Bist du dir da wirklich ganz sicher, Sandra?«

»Ja, bin ich.«

Sein Blick daraufhin und die Härte, wie er redete, machten mir Angst. Auch wenn er mich mit seinem Blick etwas verunsicherte, das, was er gerade von mir verlangte, war einfach noch zu viel für mich. Das konnte und wollte ich einfach noch nicht. Ich war keine Frau, die so einfach einen fremden Mann ansprach und ihn fragte, ob er mit mir vor die Tür gehen würde. Das konnte ich einfach nicht.

Harry und Stefan unterhielten sich darüber. Es war meine Gelegenheit, um mich etwas zurückzuziehen, ohne die Blicke der beiden laufend auf mir zu spüren. Diese Gelegenheit ergriff ich auch, indem ich so tat, auf die Toilette zu müssen. Stefan und Harry tüftelten jetzt bestimmt aus, wie sie mich dafür am besten bestrafen könnten. Eigentlich sollte ich Angst davor haben. Ein wenig hatte ich sie auch, da ich die Härte der Strafe nicht einschätzen konnte. Genauso wenig, wann und wie sie diese ausführen würden. Aber ich wollte sie tapfer hinnehmen. Allein die Vorstellung erregte mich. Es war nicht nur der Schmerz, sondern das, was Harry und Stefan mit mir machten.

Auf dem Weg zum Kino fragte mich Stefan, ob es eben im Millennium schon Provokation war. Ich erklärte ihm, dass es keine war, denn diese Aufgabe konnte ich einfach noch nicht erfüllen. Ich konnte nicht genau sagen warum. Es war wie vor ein paar Wochen mit Marco im Kino, wo er mich darum bat, mich vor all den

Männern – und es waren wirklich viele, sicherlich 20 – selbst zu befriedigen. Es war einfach eine Grenze, die ich noch nicht überschreiten konnte oder wollte. Auch wenn Marco und ich schon viel zusammen erlebt hatten, auch im Swingerclub, so musste ich es mir noch nie vor so vielen Männern selbst machen.

Stefan verstand mich ein wenig und sagte mir, dass wir es schon hinbekommen würden. Ich war froh, dass er es nicht noch mal von mir verlangte und weiter nachhakte. Wir betraten das Kino, mussten aber noch vor der Tür warten. Anscheinend war die Bardame gerade weg. Stefan nutzte die Zeit und knöpfte meine Bluse etwas weiter auf. Er griff an meine Brüste und fing an, leicht die Brustwarzen zu drehen. Schon fing meine Klitoris an zu pochen. Wie sollte ich das auch aushalten? Stefan legte seine Hand zwischen meine Schenkel und berührte mich an meiner Klitoris. »Du bist gemein«, sagte ich zu ihm. Er hörte nicht auf, mich weiter zu reizen, drehte mich mit dem Rücken zu ihm um und drehte weiter an meinen Brustwarzen. Wieder wanderte die andere Hand zwischen meine Schenkel und umkreiste dort erneut mit seinen geschickten Händen meine Klitoris. Aus meinem Mund vernahm ich selbst ein leises Wimmern und Stöhnen.

»Schau in den Spiegel«, sagte Harry. Während ich es tat, streifte mich Stefans Blick. Ich konnte dem nicht lange standhalten und schaute wieder weg. Irgendwie überkam mich in dem Moment ein Schamgefühl, wenn ich mich selbst beobachten musste und mich dabei andere beobachteten. Dennoch wurde mir total heiß. Ich wollte gerade darum betteln, kommen zu dürfen, da merkte ich, wie sich mein Höhepunkt immer mehr aufbaute. Genau da kam mir leider die Bardame dazwischen, die gerade zurückkehrte. Stefan entzog sich mir genauso schnell wieder, wie er angefangen hatte.

Ich gab Harry Marcos und meine Karte, mit der wir als Paar umsonst ins Kino kamen. Er zeigte sie bei der Bardame vor, die uns daraufhin reinließ.

»Darf ich sie schnell begrüßen gehen, da ich sie kenne?«, fragte ich Stefan.

»Ja, geh nur.«

Ich ging zu ihr und begrüßte sie herzlich. Diese Frau reizte mich so sehr. Diese Natürlichkeit und Unschuld, die sie ausstrahlte, fand ich umwerfend. Ich wollte nur einmal gern von ihren Lippen kosten, sie einmal richtig küssen und zwischen den Schenkeln schmecken … Das wäre jetzt schön. Es war schwierig, an sie heranzukommen. Ob sie überhaupt auf Frauen stand? Ich wusste es nicht.

An der Bar begrüßte mich eine weitere Frau, die ich hier kürzlich mit Marco zusammen kennengelernt hatte. Ich wimmelte sie allerdings schnell ab, da ich Stefan nur darum bat, die Bardame begrüßen zu dürfen. Es sollte keine Konsequenzen nach sich ziehen. Außerdem wollte ich ihn nicht so lange warten lassen.

Ich kehrte zu Stefan zurück, und wir gingen gemeinsam zur hinteren Bar. Dort setzte er sich auf einen Barhocker und ich stellte mich wieder vor ihn hin. Genauso wie beim letzten Mal, als ich mit ihm im Pornokino war. Ich schaute ihm in die Augen, und er fing an, mich zu ermahnen: »Wo ist dein Blick?«

»Entschuldigung«, sagte ich zu ihm.

Mich interessierten sein Blick und sein Gesichtsausdruck sehr. Ich hatte selten einen Menschen getroffen, bei dem es schwierig war, anhand des Gesichtsausdrucks oder der Augen zu wissen, was er vorhatte. Stefan war sehr schwer zu durchschauen. Das fiel mir bei Marco und bei Harry um einiges leichter.

Er zog mich an der Bluse zu sich. »Hast du Durst?«

»Ja, schon.«

»Und wer holt es?« Das war keine Frage, sondern ein Befehl, da war ich mir sicher, denn der Ausdruck in seiner Stimme war für mich eindeutig.

»Ich hole es«, sagte ich ein wenig schnippisch zu ihm.

»So nicht, Sandra.«

Wie meinte er das jetzt?

»Gib mir deine Bluse.« Ich verstand.

Ich sollte obenrum vollkommen nackt zur Bar gehen und uns was zu trinken holen. Ich zog also meine Bluse aus und gab sie ihm in die Hand. Mit gesenktem Blick, aber stolz, ging ich an die Bar und bestellte für uns was zu trinken. Als ich auf die Getränke wartete, stand zu meiner Linken Harry und zu meiner Rechten ein anderer Herr. Er fragte Harry, ob er meine Brüste berühren dürfte, was Harry ihm erlaubte. Er berührte zaghaft meine Brustwarzen und strich genauso zaghaft mit seiner Zunge darüber. Dabei empfand ich leider nichts. Es kitzelte eher.

Als unsere Getränke endlich fertig waren, sagte Harry zu dem Herrn: »Ich glaube, Sie müssen sie wieder gehen lassen, sonst bekommt sie noch Ärger.«

Mit den Getränken kehrte ich zu Stefan zurück und nahm ein paar Schlucke. Als ich mein Glas abstellte, fingen die ersten Männer an, sich um uns herum zu versammeln und meine Brüste anzufassen. Wenigstens sie machten es richtig. Ich genoss es, aber plötzlich wurden es immer mehr. Stefan beendete das Ganze und führte mich hinter die Absperrung, hinter die nur Paare durften. Er setzte sich auf die Couch und zog mich mit. Ich setzte mich zwischen seine Beine und lehnte mich an seine Schulter. Während er mit meinen Brustwarzen spielte, fragte er mich, ob es mir gut ging.

»Was willst du?«

»Ich weiß es nicht«, sagte ich leise zu ihm, aber in Gedanken wusste ich, was ich wollte. Ich wollte richtig genommen werden, nur ging es dieses Mal leider nicht.

»Hier geht es eh nicht darum, was du willst.«

Dann brauchte er mich doch nicht erst zu fragen, wenn es doch nicht darum ging, was ich wollte.

Stefan fragte die Männerrunde, wer alles im April Geburtstag hatte. Warum April? Einer wurde ausgesucht, und ich musste ihn fragen, ob ich seinen Schwanz blasen dürfte. Kein Solomann würde dazu hier im Pornokino Nein sagen. Warum dann aber immer diese Fragen? Irgendwie verstand ich es nicht.

Ich begann, dem Fremden eine Freude mit meinem Mund zu machen, und erhielt dafür Hiebe von Harry oder Stefan. Wer sie mir gab, konnte ich nicht sagen. Sie hatten Glück, dass sich mein Körper danach sehnte. Aber woher hatten sie plötzlich die Schlaginstrumente?

Der Fremde stand kurz vor seinem Höhepunkt.

»Wohin darf ich dir meinen Saft geben?«

»Spritz ihn mir auf meine Brüste, bitte.«

Und schon ergoss er sich auf mir. Ich bedankte mich.

Stefan schickte mich ins Bad, damit ich mich etwas waschen konnte. Ich ging ins Bad, und als ich gerade dabei war, mich aufzufrischen, tauchte hinter mir der Fremde auf, dem ich zuvor eine Freude gemacht hatte. Er stellte mir Fragen, aber ich antwortete ihm nicht. Als ich gerade zur Tür rauswollte, fragte er mich, warum er mich nicht schon vor meinen Begleitern getroffen hätte. Das war sein Pech. Mein Meister hatte schon die richtige Wahl getroffen.

Ich kehrte wieder zu Stefan zurück und kniete mich in der richtigen Haltung vor ihm hin. Er reichte mir mein Glas, damit ich etwas trinken konnte. Ich fand es immer wieder erstaunlich, wie hart und doch liebevoll meine beiden Herren sein konnten.

Während ich da kniete, spielte Stefan wieder mit meinen Brustwarzen. Erst ganz vorsichtig, dann ließ er wieder von mir ab. Es folgte ein Hieb mit der Peitsche. Ich wusste nicht, wie oft er das wiederholte, aber ich merkte, wie meine Brustwarzen immer empfindlicher wurden.

Nun kam der zweite Fremde, der Gebrauch von meinem Mund machen wollte. Er hatte zwar nicht im April, sondern im November Geburtstag, war aber frech genug, um auch dranzukommen. Ich fing an, ihm seinen Schwanz zu blasen, da merkte ich schon wieder Hiebe auf meinem Rücken. Auch der November ergoss sich mit einem kurzen Tittenfick auf meinen Brüsten. Dieses Mal durfte ich mich nicht waschen und kniete mich so wieder in meine Position. Es dauerte nicht lange, da meldete ein weiterer Herr, dass er im April Geburtstag hatte. Er sagte, er hätte am 28. April Geburtstag, also an dem Tag, an dem auch ich meinen Geburtstag hatte.

»Glaubst du ihm, Sandra?«, fragte mich Stefan.

»Nein, weil es auch mein Geburtstag ist. Aber wenn ich ihm nicht glaube, dann glaubst du ihm erst recht.«

Harry musste bei meiner Aussage lachen. Stefan nahm immer das Gegenteil von dem, was ich sagte oder machte. Manchmal wusste ich wirklich nicht, warum er mich dann immer fragte. Er war ein Spieler, und es reizte mich.

Auch dem anderen Fremden blies ich schließlich einen. Allerdings fragte er mich immer wieder, ob er mich auch ficken dürfte, aber ich schüttelte dabei immer nur den Kopf. Er verlangte von mir wirklich, beim Blasen in seinen Schwanz zu beißen. Ich tat, was er sich wünschte. Zum Schluss durfte er sich auf meinen Brüsten ergießen. Danach wurde ich wieder ins Bad geschickt, um mich wieder sauber zu machen.

Als ich zurückkam, wollte ich mich wieder in meine Position begeben, als Stefan mich an den Brustwarzen zog. Mit einer Hand reizte er erneut meine Klitoris, mit der anderen spielte er mit einer meiner Brustwarzen, die inzwischen schon sehr gereizt waren. Bitte nicht aufhören! Ich merkte, wie sich in mir mein Höhepunkt aufbaute. Ich hielt es nicht mehr lange aus.

»Darf ich bitte kommen?«, flüsterte ich nur noch.

»Ja.«

Und ich kam. Doch Stefan hörte nicht damit auf, mich weiter zu reizen, obwohl meine Klitoris so empfindlich war. Aber er schaffte es, mich so lange weiter zu reizen, bis ich merkte, dass sich ein neuer Höhepunkt ankündigte.

»Bitte, darf ich?«

Auch diesmal erlaubte er es mir. Für einen dritten Orgasmus war meine Klitoris nun aber zu sehr gereizt. Stefan hielt mich noch ein wenig fest, wofür ich ihm jedes Mal sehr dankbar war, denn den Halt brauchte ich. Es war schön, hinterher aufgefangen zu werden. Das gab mir die Sicherheit, die ich brauchte.

Ich war immer wieder verblüfft, wie gut Stefan oder auch Harry ihre Art ändern konnten, von zärtlich bis hart, von einer Sekunde auf die nächste. Das erstaunte mich immer wieder und faszinierte mich zugleich. Sie gaben mir jedes Mal genau das, was ich gerade brauchte, ohne dass ich etwas sagen musste.

Dann durfte ich endlich Harry einen blasen. Er zeigte mir mit viel Geduld, wie ich seinen Schwanz besser ganz tief in meinen Mund nehmen und dabei trotzdem durch den Mund atmen konnte. Mir fiel es immer noch schwer, ganz tief zu blasen und gleichzeitig Luft zu holen. Aber Harry hatte zum Glück sehr viel Geduld mit mir. Meine Belohnung erhielt ich aber noch nicht.

Harry verlangte von mir, die Bardame zu fragen, ob sie für das Kreuz Handfesseln hätte. Ich ging zu ihr und fragte sie. Sie wühlte in ihrem Schrank und fand schließlich in der hintersten Ecke welche, die sie mir gab. Damit ging ich zurück zu Stefan und Harry. Stefan verband mir daraufhin die Augen, und beide legten mir die Handfesseln an.

Schließlich führten sie mich ans Kreuz und banden mich dort fest. Was geschah als Nächstes? Während ich es dachte, traf mich schon der erste Hieb. Es folgten noch einige, doch dann hörten sie plötzlich auf. Was hatten Harry und Stefan jetzt vor? Nichts geschah. Es war nervenaufreibend, so dazustehen und zu warten und nicht zu wissen, was passierte. Es war sehr laut in dem Kino. Überall unterhielten sich die Leute, die laute Musik tat ihr Übriges dazu. Und dann dieser Song … Ich wusste nicht, worauf ich mich konzentrieren sollte. Über die Leute, die sich unterhielten, über den Song, der gerade abgespielt wurde, oder darüber, was die beiden mit mir vorhatten? Ich hielt es nicht mehr lange aus, so ignoriert zu werden. Warum nahm mich nicht einfach jemand?

Plötzlich hielt mir jemand etwas zu trinken an die Lippen, endlich wurde ich von den Fesseln befreit. Meine Hände schliefen langsam ein. Nur von der Augenbinde wurde ich noch nicht erlöst. Stefan führte mich an die Bar, wo ich mich auf einen Hocker setzen durfte. Er reichte mir etwas zu trinken.

»Geht es dir gut?«, fragte Stefan.

»Ja, mir geht es gut.«

Lange durfte ich mich aber nicht ausruhen. Ich wurde wieder ans Kreuz geführt, dieses Mal mit dem Oberkörper zum Kreuz hin befestigt. Anschließend ließen Harry und Stefan von mir ab. Ich wartete auf den ersten Hieb, aber der kam nicht. Ein paar Minuten geschah gar nichts. Dann fing auf einmal jemand an, mich behutsam zu streicheln. Was sollte das auf einmal? Vor allem: Wer war das, der mich da streichelte? Das langsame Streicheln verursachte bei mir eine leichte Gänsehaut. Der Unbekannte fing an, sich fester an mich zu drücken, und rieb sich an meinem Hintern.

Was wohl Harry und Stefan durch den Kopf ging, mich so zu sehen? Aber warum fickten sie mich nicht einfach? Sie waren Barbaren, meine Lust immer so anzustacheln und mich dann unbefriedigt zu lassen. Ich glaubte, Marco würde es sehr gefallen, wenn er mich so sehen würde. Noch schöner wäre es jetzt, von ihm gefickt zu werden.

Nach einer Weile erlösten mich die beiden endlich vom Kreuz und von der Augenbinde. Aber irgendwie sah ich danach alles verschwommen. Ich musste mich erst wieder an das Licht gewöhnen.

»Du setzt dich jetzt an die Bar und trinkst was. Achte darauf, dass dich keiner berührt. Wir kommen gleich wieder«, befahl mir Stefan. Das sollte nicht so schwer sein. Ich setzte mich an die Bar und trank in sehr großen Schlucken mein Glas leer. Die Männer um mich rum fingen an, sich mit mir zu unterhalten. Was sollte ich jetzt machen? Ich antwortete immer nur sehr kurz und knapp. Ich wollte nicht unhöflich sein. Sicher war ich mir nicht, ob ich überhaupt antworten durfte. Ich wollte keine Schwierigkeiten bekommen, weil ich antwortete oder nicht antwortete.

Harry und Stefan kamen zurück. Sie waren sicher eine Zigarette rauchen.

»Ich muss mal eben kurz wohin«, sagte ich zu Stefan.

»Jetzt noch nicht. Jetzt gehen *wir* erst mal noch wohin«, war seine Antwort.

Stefan nahm mich bei der Hand und führte mich an der hinteren Bar vorbei zum Treppenhaus hinunter in den Keller zu den zwei kleinen SM-Räumen. Zusätzlich nahmen sie auch den Mann mit, der im November Geburtstag hatte. Wir gingen in einen der zwei Räume. In dem war ich mit Harry schon beim letzten Mal gewesen. Stefan verlangte von mir, den Rock auszuziehen und mich über die Strafbank zu beugen.

Ich folgte seinen Befehlen, wie er es von mir verlangte, und schon bekam ich den ersten Hieb mit dem Stock auf meinen Hintern. Ich musste rückwärts mitzählen, bei zehn angefangen, was nicht immer so einfach war. Ich wusste dabei oft nicht, auf was ich mich konzentrieren sollte, auf das Zählen, dass ich die Zahl nicht vergaß, auf den Schmerz, den der Stock hinterließ, oder auf die Lust, die der Schmerz in mir entfachte. Es brannte wenigstens. Dieses Gefühl liebte ich. Es fühlte sich gut an.

»Jetzt fragst du den, der im November Geburtstag hat, ob du ihm einen blasen darfst«, sagte Stefan zu mir.

Ich richtete mich an den Fremden und fragte ihn: »Darf ich dir einen blasen?«

»Nicht so, Sandra! – November, darf ich dir bitte einen blasen?« Wir verlängerten den Satz also.

»November, darf ich dir bitte einen blasen?«, fragte ich daraufhin den Fremden erneut.

Er nickte nur, was ich als ein Ja deutete. Ich kniete mich vor ihn und blies. Dann wurde mir befohlen, mich wieder hinzustellen. Harry stieß von hinten in meinen Anus, erst bedächtig, zog sich wieder etwas raus, um dann erneut einzudringen, bis er einen guten Rhythmus annahm. Ich versuchte in der Zeit, den fremden Mann, der im November Geburtstag hatte, weiter zu blasen, bis Stefan mich von ihm wegzog und zu sich riss, um ihn zu blasen. Während ich das tat, legte Stefan meine linke Hand auf den Schwanz vom November, den ich dann zu wichsen begann. Somit musste ich drei Sachen gleichzeitig machen. Ich wurde von Harry anal gefickt, musste den Mann, der im November Geburtstag hatte, mit einer Hand wichsen, und gleichzeitig Stefan einen blasen.

Doch in meinem Kopf war auf einmal nur noch der Gedanke, Stefan richtig einen zu blasen. Ich wollte so sehr, dass er zufrieden mit mir war und mir seinen Saft endlich gab. Aber ich bekam ihn leider nicht. Irgendwas musste ich falsch machen. Aber was? Warum spielte er so mit mir? Das, was man gerade am meisten will, bekommt man wohl nicht. So waren es ja schon zwei Sachen, die ich gerade nicht bekam. Ich wollte vaginal gefickt werden und Stefans Saft schmecken dürfen. Beides bekam ich nicht. Was musste ich richtig machen, um ihn endlich schmecken zu dürfen?

Harry und Stefan ließen von mir ab, und ich fing wieder an, dem Mann, der im November Geburtstag hatte, einen zu blasen, aber er schaffte es nicht, noch einmal zu kommen. Trotzdem bekam ich meine Belohnung von Harry. Ich nahm seinen Schwanz ganz tief in meinem Mund auf. Kurz bevor er kam, musste ich meinen Mund ganz weit öffnen und die Zunge rausstrecken. Er ergoss sich darauf. Brav schluckte ich alles runter und bedankte mich bei ihm. Ich dachte, dass damit der schöne Abend zu Ende ging, aber dem war nicht so.

Stefan nahm mich und führte mich zu einer Art Gynstuhl. Ich legte mich darauf, und schon fing er an, mich an meiner Klitoris zu reizen. Sie war immer noch so empfindlich. Ich wusste nicht, ob ich es noch mal schaffte, zu einem Orgasmus zu kommen. Doch durch die Reibung entstand ein schöner Lustschmerz, der meine Erregung wieder aufs Neue anfachte und in mir das Feuer zum

Lodern brachte. Mein Höhepunkt baute sich immer weiter auf, bis ich es nicht mehr aushielt.

»Bitte darf ich kommen?«

»Ja.«

Ich kam, doch Stefan hörte zu meinem Leidwesen nicht damit auf, meine Klitoris weiter zu reizen. Er machte immer weiter und weiter. Ob ich das noch länger aushielt? Diese süße Qual … Ich wusste nicht, worauf ich mich konzentrieren sollte. Warum musste er mich so quälen? Ich hatte doch schon einige Orgasmen und war eigentlich gesättigt. Ganz langsam baute sich der Orgasmus auf. Ich schaffte es gerade noch, ein »bitte« über meine Lippen zu bringen, aber hörte nicht mehr, was Stefan sagte. Es war mir auch egal, denn ob er Nein sagen würde oder nicht, diesen Orgasmus konnte ich nicht aufhalten. Er fegte einfach so über mich hinweg. Alles in mir zuckte. Ich wollte Stefan in den Arm beißen, aber konnte mich gerade noch beherrschen. So etwas Heftiges hatte ich seit Langem nicht mehr gespürt. Noch einen Orgasmus hielt ich wirklich nicht aus.

Nachdem die Erregung abnahm und ich langsam wieder zur Ruhe kam, half mir Stefan vom Gynstuhl herunter. Mir wurde ein bisschen schummrig, und ich war noch etwas zittrig auf den Beinen. Stefan umarmte mich ganz fest von hinten. Woher konnte er nur immer einschätzen, wann genau ich das gerade brauchte? Ich bedankte mich bei ihm, und wir gingen zu dritt wieder nach oben zur vorderen Bar zurück.

Ich wollte gerade etwas trinken, da begrüßte mich auf einmal jemand. Ich musste schmunzeln, denn den Herrn kannte ich vom Gangbang. Ich war sehr überrascht, ihn hier anzutreffen. Ich machte Stefan und ihn miteinander bekannt, aber sie hatten sich heute schon unterhalten, während ich am Kreuz hing. Und das sagte mir keiner? Ich war ein wenig verunsichert. Auf der einen Seite wollte ich mich mit ihm unterhalten, auf der anderen Seite wusste ich nicht, ob ich das überhaupt durfte. So blieb es nur bei einer sehr kurzen Unterhaltung.

Schließlich verabschiedete ich mich bei der hübschen Bardame. Wir verließen das Kino und gingen zum Auto zurück. Harry und Stefan gaben eine Strecke in das Navi ein, wo sie noch mit mir hinwollten, fanden aber den Weg dorthin nicht. Was sie genau suchten, wusste ich nicht. Sie sprachen in Rätseln. Wir fuhren los. Nach ungefähr 15 Minuten fragte mich Stefan, ob mir kalt wäre. Nach einem Nein bat er mich darum, meinen Mantel auszuziehen und ihm meine Bluse nach vorn zu reichen. Ich folgte den Anweisungen. Dann befahl er, dass ich ihm meine Hände nach vorn geben sollte. Ich lehnte mich ein Stück weiter vor und reichte ihm von beiden Seiten meine Hände, die er in seine nahm. Jeder, der jetzt an uns vorbeifuhr oder uns an einer Ampel stehen sah, konnte mich oben ohne im Auto sitzen sehen.

Stefan deutete Harry plötzlich an, auf den nächsten Parkplatz zu fahren, einen Lkw-Parkplatz. Harry hielt an, und Stefan verlangte von mir, genau so auszusteigen und mich so vor das Auto zu stellen, dass sie mich besser betrachten konnten. Harry wollte, dass ich mir wenigstens einen Mantel anzog, weil es draußen etwas kühler geworden war, doch Stefan bestand darauf, darauf zu verzichten, und da ich an dem Tag Stefan gehörte, gehorchte ich ihm, stieg aus und stellte mich vor das Auto. Dann verlangten beide von mir, den Rock zu heben. Ich tat es, drehte mich um, wackelte etwas keck mit dem Hintern und stieg wieder ins Auto.

Ich wusste nicht, wie lange wir unterwegs waren, aber Stefan deutete Harry noch einmal an, den Wagen anzuhalten. Wir fuhren in einen Waldweg. Dort stieg Stefan aus. Ich dachte, dass er mal musste, täuschte mich aber. Er öffnete meine Tür und ordnete mir an, ebenfalls auszusteigen. Mein Oberkörper war noch immer nackt, und inzwischen nieselte es ein wenig. Was hatte er vor? Als er seine Hose etwas aufknöpfte, wusste ich, was er wollte. Ich ging in die Hocke und fing an, seinen Schwanz ganz tief in meinen Mund aufzunehmen und zu blasen. Ich musste mir viel Mühe geben, dachte ich, denn ich wollte ihn endlich schmecken dürfen.

Stefan unterbrach das Ganze und fragte mich, ob ich mir seinen Saft überhaupt verdient hätte. Leider musste ich zugeben, dass ich es nicht hatte.

»Beim nächsten Mal dann«, sagte er zu mir, drückte mich aber wieder runter, um dort weiterzumachen, wo ich aufgehört hatte. Ich verwöhnte ihn weiter mit meinem Mund und glaubte, ihn endlich so weit zu haben. Doch plötzlich zog er mich wieder hoch und sagte: »Nicht jetzt.« Ich seufzte, fand es aber auch bewundernswert, seinen eigenen Orgasmus so zurückzuhalten.

Er nahm mich am Arm, führte mich vor dass Auto und drückte mich etwas barsch mit dem Oberkörper auf die Motorhaube. Jetzt zeigte er eine andere Facette von sich. Sie gefiel mir irgendwie. Ich musste meinen Rock hochziehen. Was hatte er nun vor? Was wollte er? Ich sah aus dem Augenwinkel, wie er seinen Gürtel aus der Hose zog.

»Wie viele?«, fragte er mich.

»Weiß ich nicht.«

»Fünf oder sechs?«

Ich überlegte kurz.

»Fünf.«

»Gut, dann sechs. Du kennst es ja, wie beim letzten Mal.«

Irgendwie wurde ich das Gefühl nicht los, dass er heute total nach dem ging, was ich in meinen Ausführungen zur letzten Session aufgeschrieben hatte. Er benutzte meine Gedanken. Warum gab ich ihm das bloß zum Lesen?, schimpfte ich innerlich mit mir selbst. Wiederum erregte mich seine Art so sehr

Er schenkte mir sieben sehr starke Hiebe mit seinem Gürtel. Ich beschwerte mich nie wieder, dass er zu leicht mit dem Gürtel umging, denn das stellte er gerade deutlich klar. Was musste ich mich auch immer in meinen Gedanken beschweren? Das hatte ich davon.

Stefan zog mich wieder zu sich hoch. Ich wusste nicht warum, aber es kam über mich, ich grinste ihn einfach an.

»Du grinst ja schon wieder.«

»So bin ich halt.«

Er ging mit mir zur hinteren Autotür. Ich dachte, er ließ mich wieder einsteigen, aber er drückte mich mit dem Rücken gegen das Auto und reizte mich erneut an meiner Klitoris. Bitte nicht schon wieder. Wie schaffte er es nur, mich immer so zu erregen?

»Frag mich«, meinte er dann nur zu mir.

Aber was sollte ich ihn fragen? Was wollte er?

»Frag mich, ob ich dich unten berühre.«

»Bitte berühre mich dort, fester«, sagte ich zu ihm.

Es ging so schnell, und schon fragte ich: »Darf ich kommen … bitte?«

»Ja.«

Und ich kam sehr heftig. So oft wie heute bin ich allein durch die Reizung der Klitoris noch nie gekommen. Was machte er bloß mit mir?

Kurz vor dem Einsteigen ins Auto sagte Stefan mir: »Hast du jetzt die Antwort auf deinen letzten Satz?«

Ich brachte nur noch ein »Ja« raus.

Er öffnete mir die Tür, ich stieg ein und zog meine Bluse wieder an. Dann fuhren mich die beiden überaus beeindruckenden Herren nach Hause.

Ich war gespannt, ob ich beim nächsten Mal endlich Stefans Saft schmecken durfte und was er sich wieder einfallen ließ, ihn nicht zu bekommen. Ich würde mir noch sehr viel mehr Mühe geben müssen, aber das war bei ihm gar nicht so einfach.

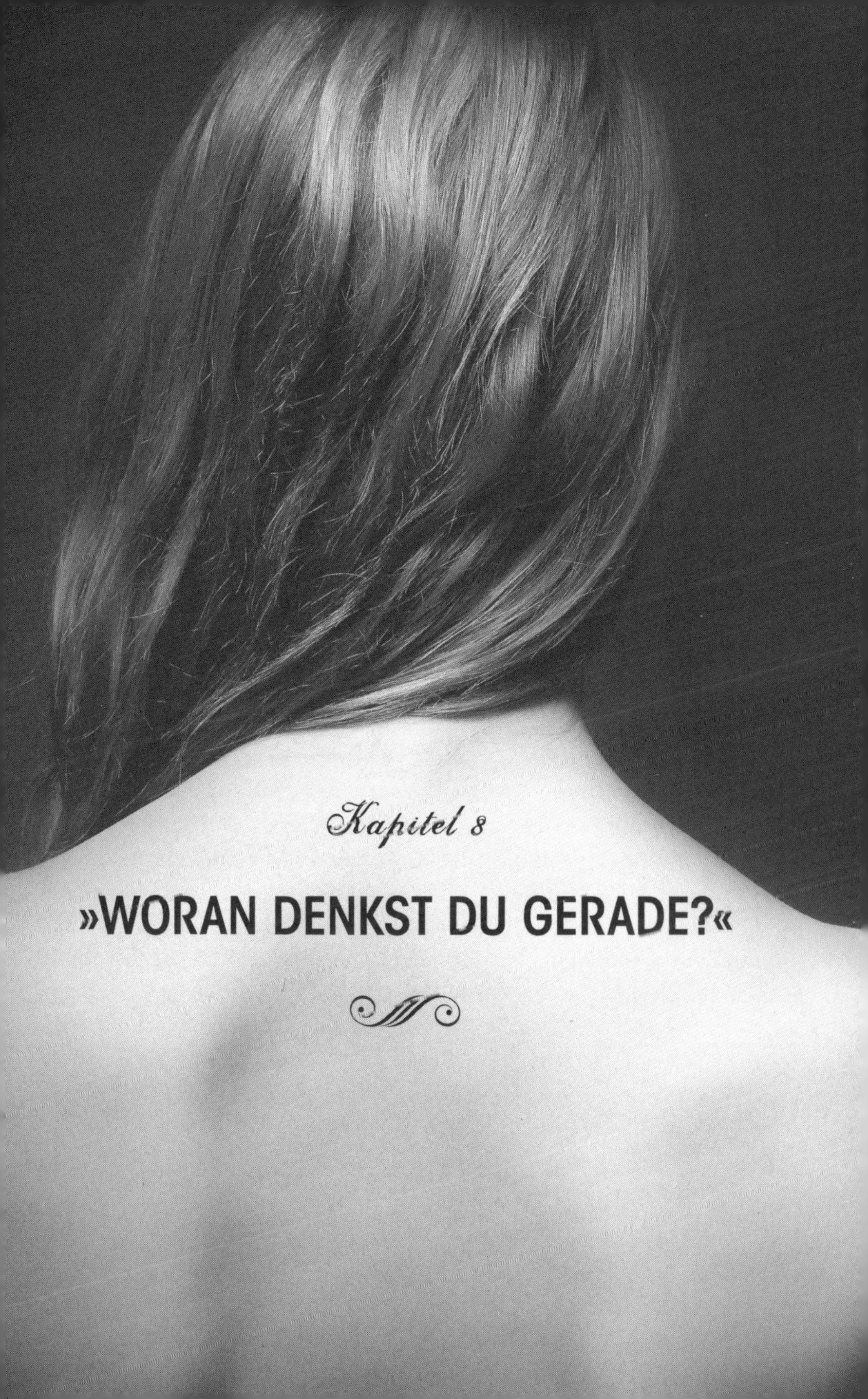

Kapitel 8

»WORAN DENKST DU GERADE?«

Warum bekam ich die ganzen Treffen mit Harry und Stefan nicht aus meinem Kopf? Die Gedanken daran verfolgten mich regelrecht und ließen mir keine Ruhe. Ich konnte mich nur schwer auf etwas anderes konzentrieren, weil in meinem Kopf zu viele Sachen herumschwirrten. Wenn Marco und ich abends auf der Couch saßen, fragte er mich oft: »Woran denkst du gerade?«

»An nichts Besonderes«, sagte ich dann bloß, aber er ließ nie locker.

»Das glaube ich nicht. Ich sehe dir an, dass dich etwas beschäftigt. Komm, erzähl es mir.«

Vor Kurzem erzählte ich es ihm dann: »Ich denke über Harry und Stefan nach, über das, was sie alles mit mir machen.«

»Und was wünschst du dir gern, was sie noch mit dir machen sollen?«

»Wenn ich das wüsste.«

»Erzähl mir von deinen Fantasien. Dir spukt doch irgendwas im Kopf rum. Das sehe ich dir an.«

»In meiner Fantasie spielt ihr alle drei eine große Rolle«, sagte ich etwas zögerlich.

Ich machte eine Pause und überlegte erst mal, wie ich es ihm erzählen sollte, aber bevor ich dazu kam, fing er schon an, zu fragen.

»Erzähl weiter. Welche Rolle haben wir in deiner Fantasie?«

»Ich möchte gern, dass ihr drei mich gleichzeitig benutzt, also so richtig. Du sollst meine Mitte ficken, Harry mich anal und Stefan meinen Mund. Aber so richtig meinen Mund, so, als wäre es meine Mitte. Stefan muss das Tempo angeben, nicht ich. Bis jetzt hatte immer noch ich einen kleinen Teil der Kontrolle darüber, wie weit ich blase, und konnte mich immer wieder selbst zurückziehen. Aber ich würde gern wissen, wie es ist, dort die Kontrolle ganz abzugeben. Ich weiß zwar nicht, ob mein Kreislauf das aushalten würde, wenn ihr drei mich gleichzeitig benutzt, aber mich reizt es, zu wissen, was ich dabei empfinde. Ich hatte ja schon mal ein Sandwich ausprobiert, musste den aber nach kurzer Zeit wieder abbrechen, weil ich das Gefühl hatte, dass mein Kreislauf nicht mitmachte. Ich bin mir nicht so sicher, ob es wirklich der Kreislauf war. Es könnte auch etwas anderes gewesen sein.«

»Ja, aber dir muss klar sein, dass es für dich dann extrem hart wird. Wie hatte es sich denn beim Sandwich angefühlt, wenn du dir nicht sicher bist, ob es der Kreislauf war oder eher nicht?«

»Wenn ich das wüsste. Aber ich würde es gern herausfinden, ob bei mir dann wirklich der Kreislauf spinnt, oder ob es doch eher so ist, als wenn man in einem Rauschzustand ist. Das liegt nahe beieinander. Ich will mich in diesem Punkt so richtig fallen lassen können, die komplette Kontrolle abgeben und sie in eure Hände legen.«

»Und warum hast du es dann beim Sandwich nicht ausprobiert, sondern abgebrochen?«

»Weil ich Angst hatte, dass es der Kreislauf war und ich dann zusammenbreche. Ich wollte darüber nicht die Kontrolle abgeben, sondern selbst noch die Oberhand behalten. Aber euch dreien vertraue ich, und ich weiß, dass ihr merken würdet, wenn es mir nicht gut geht oder irgendetwas nicht stimmt. Ich bin mir darüber auch im Klaren, dass es hart wird, aber es schwirrt nun mal in meinem Kopf rum, und ich würde diese Erfahrung gern machen.«

»Wir werden sehen.« Das war sein letzter Satz zu meiner Fantasie. Mehr sagte er nicht dazu.

Manchmal war es komisch, was für Fantasien im Kopf waren, aber ich wollte, dass sie real wurden. Mich ließ der Gedanke nicht los, was ich dabei empfinden, in welchen Lustrausch ich verfallen könnte. Es wären sehr viele Reize, die auf mich einwirken würden. Ich war mir sicher, dass ich es wollte, doch es war immer noch nicht alles. Es gab noch eine Fantasie, die für mich bisher noch unvorstellbar war. Ich hatte schon seit fast einem Jahr die Vorstellung, mich richtig auszuliefern, nicht nur für ein paar Stunden, sondern ein ganzes Wochenende oder eine ganze Nacht. Ich wollte wissen, wie es ist, angekettet zu schlafen und einfach aus dem Schlaf gerissen zu werden, weil man benutzt oder gepeitscht wird, wie es auch bei der *Geschichte der O* in Roissy vorkam. Das war ein Gedanke, der mich in letzter Zeit nicht losließ. Marco hatte ich gesagt, dass ich mir das Ganze mit ihm, Harry und Stefan vorstellen könnte, weil das volle Vertrauen da war. Das waren zwei meiner Fantasien, die mich sogar in meinen Träumen verfolgten, genau wie die ganzen Sessions, die ich bis jetzt mit Harry und Stefan erleben durfte.

Jeden Tag wartete ich darauf, dass Harry oder Stefan sich bei Marco meldeten, um wieder eine Session anzukündigen. Dieses Warten machte mich fast wahnsinnig. Eigentlich hatte Marco momentan selbst beruflich sehr viel zu tun und ich auch, trotzdem war ich sehr ungeduldig. Marco sagte mit witzigem Ton zu mir: »Du bist einfach eine Schlampe.« Doch was sollte ich machen? Ich war gierig nach einer Session. Es erfüllte mich immer mehr, und ich merkte, wie es mich veränderte. Ich wurde selbstbewusster, meine Körperhaltung aufrechter. Selbst meine Freunde bemerkten das und bewerteten es als positiv. Sie sagten, egal, was es wäre, ich sollte nicht aufhören damit, weil es mir guttäte.

Wir packten gerade unsere Badesachen zusammen, weil wir am Nachmittag mit unseren Kindern ins Freibad wollten, als Marco einen Anruf von Harry bekam. Er würde sich gern am nächsten Tag mit mir treffen und hätte eine Überraschung für mich. Marco wollte nicht damit rausrücken, was für eine Überraschung es war, und blieb verschwiegen. Dieses Ungewisse, nicht zu wissen, was als Nächstes kam und passierte, erregte mich sehr.

Am Nachmittag meinte Marco zu mir: »Wir müssen reden.«

»Worüber willst du mit mir reden?«

»Harry hat eben noch mal angerufen, als du gerade mit unserem großen Zwerg schwimmen warst. Es wird eine kleine Änderung geben, wenn du es willst.«

»Was denn für eine Änderung?«

»Stefan würde dich morgen um 13:45 Uhr am Bahnhof abholen und gegen 17 Uhr Harry übergeben.«

»Das heißt, dass ich erst etwas mit Stefan und dann mit Harry machen würde?«

»Ja, so sieht es aus, aber es wird dann ein verdammt langer Tag für dich, denn mit Harry wird es bis mindestens Mitternacht gehen.«

»Was machen wir jetzt? Wer passt so lange auf die Kinder auf?«

»Das musst du entscheiden, ob du beides willst oder nur eins. Ich könnte schauen, dass ich morgen zu Hause bei den Kindern bin. Ich sehe dir an, dass es dich reizt, mit Stefan und Harry etwas zu machen, oder?«

»Schon irgendwie, aber ich weiß nicht, wie viel Stefan mir abverlangt. Ich brauche ja meine Kräfte auch noch für Harry, oder?«

»Ja, bei Harry geht es wieder darum, Grenzen zu erweitern.«

»Was mache ich jetzt? Hilfst du mir bei der Entscheidung? Ich will dich auch nicht von deiner Arbeit abhalten, wenn du morgen den ganzen Tag wegen der Kinder zu Hause bleiben musst.«

»Was war dein erster Gedanke? Wegen der Kinder brauchst du dir keine Gedanken zu machen. Ich habe momentan nicht so viel zu tun.«

»Ich will beides, das Treffen mit Stefan und mit Harry.«

»Dann steht fest, was du machst.«

»Ich glaube schon.«

»Dann sage ich es so Harry.«

Ich freute mich sehr auf die Treffen, auch wenn es dadurch ein langer Tag werden würde. Mir ließ es keine Ruhe mehr, dass ich bis jetzt nicht Stefans Saft haben durfte und er ihn mir bisher verweigerte. Ich war mir sicher, dass er es genau wusste. Manchmal hatte ich sogar das Gefühl, er machte es mit Absicht. Normalerweise müsste *er* bestraft werden, weil er es immer wieder schaffte, mich damit zu provozieren. Er war und blieb ein Schuft.

Endlich war der lang ersehnte Tag da. Ich packte meine Tasche mit den Sachen, die ich für die Treffen mit Stefan und Harry brauchte, zog mir mein weißes Sommerkleid an, setzte meinen

Hut und die Sonnenbrille auf. Heute war es wirklich heiß draußen. Auch in mir herrschte eine Hitze. Ich war sehr nervös. Was wird mich heute erwarten? Die Angst und die Gier danach vermischten sich miteinander. Es war komisch. Normalerweise lässt man es und tut nicht das, wovor man Angst hat, wenn man sie verspürt, sondern zieht sich eher zurück. Aber in der Welt, in die ich eintauchen durfte, da löste die Angst bei mir was ganz anderes aus. Sie erregte mich bis aufs Äußerste, was mir wiederum noch mehr Angst machte. Doch ich konnte davon nicht ablassen, weil es mich wie ein Magnet anzog.

Marco fuhr mich zum Bahnhof, wo mich Stefan abholte. Ich verabschiedete mich und stieg bei Stefan ins Auto ein. Als wir losfuhren, merkte ich, wie meine Anspannung zunahm. Unglaublich, wie nervös ich war. Es gab so viel, was ich Stefan fragen wollte, aber mir fiel in dem Moment nichts mehr ein. Ich war mir unsicher, ob ich überhaupt reden durfte. Ich wollte nichts falsch machen. Bei Harry war ich mir immer sicher, wie ich mich zu verhalten hatte, bei Stefan nicht. In seiner Gegenwart war ich oft nervös. Seine ganze Art reizte mich und machte mich wahnsinnig. Dabei rutschten mir oft Sachen raus, die nicht brav waren. Er schaffte es immer wieder, mich aus der Fassung zu bringen. Dabei bedurfte es bei ihm leider nicht viel. Das war mir unerklärlich. Ich war sonst sehr ruhig und hatte wirklich sehr viel Geduld. Ich wollte ihn gern richtig provozieren, aber ich wusste nicht, wie er darauf reagieren würde. Davor hatte ich etwas Angst, auch wenn mich das ziemlich erregte. Der Gedanke, es einfach auszutesten und darauf zu warten, wie er reagieren wird. So war es auch gerade und ich merkte, wie feucht ich zwischen meinen Beinen wurde.

Ich fing an, mich mit Stefan zu unterhalten, und erfuhr, dass wir nach Tirol fuhren, um uns dort mit jemandem in einem Hotel zu treffen. Ich war neugierig und fragte, wer diese Person sei und was er mit mir vorhabe, aber wie immer sagte er nur: »Das sage ich dir nicht.« Es ließ mich unruhig werden. Dazu brauchte es nicht viel.

Eigentlich sollte es mir sagen: Lass die Finger von diesem Kerl, du hast es nicht nötig, dass er so mit dir spielt. Aber ich konnte es nicht. Stefan hatte etwas an sich, was mich magisch anzog. Das sagte ich Marco auch schon. Er musste immer lachen, wenn ich von Stefan sprach. Wenn ich nur von ihm redete, trieb er mich zur Weißglut. Das amüsierte Marco sehr. Wenigstens lachte einer von uns.

Dann fragte Stefan mich: »Hast du ein Höschen an?«

»Nein, habe ich nicht. Das wurde mir ja verboten.«

Was sollte diese blöde Frage.

»Das ist brav«, sagte er.

Er fragte mich auch, ob ich erregt wäre, worauf ich mit Ja antwortete. Ich konnte bei ihm einfach nicht schwindeln. Warum eigentlich nicht? Und warum erregte er mich? Ich hasste diese Art, wie er mit mir umging, doch genau das machte mich an. Ich verstand meinen Körper nicht mehr. Stefan fing an, mich zwischen meinen Beinen zu berühren, wo er sich doch eigentlich aufs Autofahren konzentrieren sollte. Er stimulierte meine Klitoris so sehr, dass ich es nicht lange aushalten würde. Es machte mich wahnsinnig. Wenn er nicht aufhörte, konnte ich nicht dafür garantieren, darum zu bitten, endlich kommen zu dürfen. Ich merkte, wie der Höhepunkt immer näher kam, aber Stefan schenkte ihn mir nicht. Ich war so nahe dran, doch er ließ einfach ab von mir. Ich hätte fluchen können. Warum machte er das mit mir? Aber damit war es noch nicht genug.

Kurz bevor wir auf die Autobahn fuhren, verlangte Stefan von mir, es mir selbst zu machen, während er mit 180 Stundenkilometer auf der Autobahn unterwegs war. Er wusste, dass ich es nicht mochte, wenn jemand so schnell fuhr, und dann verlangte er auch noch das von mir.

»Das ist nicht dein Ernst, oder?«, fragte ich ihn.

»Oh doch.«

Ich wollte Nein sagen, aber in seiner Stimme lag so viel Kraft, dass ich es nicht schaffte und tat, was mir befohlen wurde. Ich spreizte meine Schenkel noch ein Stück weiter, so weit wie es mir hier im Auto auf dem Beifahrersitz möglich war, und ließ langsam meine Hand zum Venushügel wandern. Ich tauchte meinen Zeigefinger in meine wirklich schon sehr heiße Mitte und zog ihn wieder heraus, um ihn anschließend auf meine Klitoris zu legen. Ich ließ meinen Finger, benetzt von meinem eigenen Saft, erst sachte über meine Klitoris kreisen, beließ es nicht dabei und ließ ihn immer wieder in meine Mitte tauchen. Ich versuchte, meinen G-Punkt und meine Klitoris abwechselnd zu reizen. Ich war so erregt, dass ich Stefan fragte: »Darf ich bitte kommen?«

»Nein, noch nicht, aber höre nicht auf damit.«

War das sein Ernst? Wie lange sollte ich das aushalten? Bevor ich Ärger bekam, tat ich besser daran, weiterzumachen. Dieses Mal nicht so fest, damit sich mein Höhepunkt langsam aufbaute. Es dauerte nicht lange. Ich war einfach zu erregt. Ob ich ihn erneut fragen sollte? Ich war mir unsicher: Würde er mich lassen oder nicht? Vielleicht sollte ich einfach heimlich kommen. Aber was wäre, wenn er es doch merkte? Er machte mich wahnsinnig. Mir entwich dann doch noch ein: »Bitte darf ich?«

»Nein.«

Warum quälte er mich schon zum zweiten Mal so? Ich hielt es wirklich nicht mehr lange aus. Meine Kehle war auch schon ganz trocken.

»Darf ich wenigstens etwas trinken?«

»Ja, darfst du.«

Nachdem ich etwas getrunken hatte, stimulierte ich mich weiter. Mir war so heiß. Ich wollte endlich Erlösung. Ich hielt es einfach nicht mehr aus. Stefan fing an, seine Hand auf meinen Oberschenkel zu legen, und wanderte damit immer wieder Richtung Mitte und zurück. Ich wünschte, er würde mich berühren und nicht ich selbst. Konnte er nicht irgendwo anhalten und einfach über mich herfallen? Ich sehnte mich danach, ihn in mir zu spüren. Ich hätte alles dafür getan, um erlöst zu werden, egal, was Stefan von mir verlangte.

»Bitte«, hauchte ich nur noch zwischen zusammengebissenen Zähnen.

»Ja«, sagte er.

Schon brach es über mich herein, und ich ließ den Orgasmus über mich kommen. Nachdem ich mich wieder gesammelt hatte, sagte ich ihm nur noch, dass das fies war, worauf er erwiderte, dass ich selbst Schuld hätte, da ich vorher frech zu ihm war. Es war aber seine Schuld. Er brachte mich doch dazu, so zu ihm zu sein. Vor allem brachte er mich dazu, solche Gedanken zu haben, dass ich alles tun würde, was er von mir verlangte, nur um endlich erlöst zu werden. Ich war froh, dass ich all meine Gedanken nicht laut ausgesprochen hatte.

Kurz vor unserem Ziel fragte mich Stefan, ob ich wüsste, wie ich mich im Hotel zu verhalten hätte.

»Nein, ich weiß es nicht. Wie soll ich mich denn verhalten?«

»Dein Blick bleibt gesenkt. Du sprichst mit keinem, auch nicht, wenn du etwas gefragt wirst. Nur wenn ich dich was frage, darfst du antworten, verstanden?«

»Ja, ich habe verstanden.«

»Deine Sonnenbrille lässt du im Auto, und den Hut setzt du auf.«

»Darf ich vorher noch mal zur Toilette?«

»Ja, darfst du.«

Wir kamen am Hotel an und stiegen aus. War das eine Hitze, aber nicht nur dort. Zwischen meinen Beinen wurde es schon wieder feucht. Zum Glück durfte ich jetzt auf die Toilette, bevor es anfing, an meinen Beinen herunterzulaufen, und konnte mich etwas frisch machen. Während ich die Treppe zu den Toiletten hinunterging, ging Stefan geradeaus weiter. Unten angekommen, schaute ich mich um, fand die Toilette aber nicht gleich. Ich fragte eine lesende Frau höflich nach dem Weg. Nachdem ich fertig war, ging ich wieder hinauf und suchte Stefan. Ich fand ihn schließlich mit einem anderen Mann in einer Ecke sitzend. Ich ging zu ihnen und wollte neben Stefan Platz nehmen, wurde dann aber aufgefordert, mich ihm gegenüber in einen Sessel zu setzen. Rechts neben mir saß der andere Mann. Ich kam mir komisch vor. Sollte ich ihn begrüßen? Wiederum hatte mir Stefan gesagt, ich dürfe nicht reden, außer wenn er es mir ausdrücklich sagen würde. Es war doch aber unhöflich, einen anderen nicht zu begrüßen. Das behagte mir gerade nicht.

Es wurde heiß in dem Raum. Ging es nur mir so? Was hatte Stefan vor? Eine Bedienung brachte uns die Getränke an den Tisch. Stefan hatte für mich mitbestellt, zum Glück das Richtige.

»Jetzt begrüßt du Madmax erst mal.«

Endlich! Ich kam mir schon irgendwie komisch vor. Ich begrüßte ihn höflich und setzte mich wieder. Die zwei unterhielten sich noch ein wenig, bis Madmax meinte, dass er schon einmal mit dem Fahrrad vorfahre und wir in zehn Minuten nachkommen sollten. Was hatten die beiden vor? Wohin sollten wir nachkommen? Ich wollte aufstehen, um Madmax Platz zum Durchgehen zu machen, wurde von ihm aber sehr bestimmend und unsanft in meinen Sessel niedergedrückt. Er war mir ein wenig unheimlich. Hoffentlich ließ Stefan mich mit ihm nicht allein.

Stefan und ich verließen circa zehn Minuten später das Hotel und fuhren zu dem Ort, an dem Madmax auf uns wartete. Während der Autofahrt sagte Stefan zu mir: »Du wirst Madmax gleich nett fragen, ob du ihm einen blasen darfst.«

»Gleich beim Ankommen, oder wann?«

»Ich werde sagen, sie hat eine Bitte.«

»Okay.«

Solange er mich nicht allein ließ … Ich konnte nicht sagen warum, aber ich hatte bei Madmax kein gutes Gefühl. Allein sein Reden war für mich nicht vertrauenerweckend.

Es dauerte nicht lange und wir waren da. Stefan nahm den Rohrstock und noch etwas aus meiner Tasche, die Marco gepackt hatte, mit. Gemeinsam gingen wir zu einem Haus, wo Madmax bereits auf uns wartete. Er schloss auf der Terrasse eine Tür auf, und ich folgte ihnen ins Innere. Kühl war es dort. Jetzt dämmerte es mir auch, wo wir waren. Das war der Keller, von dem Stefan erzählte. Er war zwar noch im Rohbau, aber man konnte viel daraus machen. Die zwei gingen in einen anderen Raum. Ich stand wie angewurzelt da. Was hatten die beiden geplant?

»Sandra, zieh bitte dein Kleid aus und komm hierher zu uns.« Ich gehorchte, zog mich aus und ging zu Stefan und Madmax. Der andere Raum war ein Weinkeller. Ich betrat ihn und stellte mich neben Stefan. Es war ein wenig kalt. Madmax wollte mich besser betrachten. Daraufhin befahl Stefan mir, mich in einen Steinbogen hinzustellen, damit Madmax mich von Weitem besser betrachten konnte. Ich tat es und wartete. Langsam wurde es im Weinkeller angenehm. Auf einmal war mir nicht mehr so kalt. Die zwei verließen den Raum wieder und gingen in den ersten Raum zurück.

»Knie dich hin«, bekam ich dann die Aufforderung von Stefan. Also kniete ich mich in die richtige Position und wartete. Der Boden war kalt und dreckig, noch dazu drücken sich die kleinen Steinchen in meine Knie. Brav hielt ich den Mund und beschwerte mich nicht.

Diese ständige Warterei machte mich wahnsinnig. Warum band Stefan mich nicht fest und peitschte mich? Bevor ich weiter meinen Gedanken nachhängen durfte, befahl mir Stefan, wieder aufzustehen und zu ihnen rüberzukommen. Er stand auf einmal hinter mir und fing an, mich an meinen Brustwarzen zu reizen.

»Sandra hat eine Bitte.«

Daraufhin fragte ich Madmax höflich: »Darf ich dir bitte einen blasen?«

»Nein, mir ist nicht danach«, erwiderte Madmax.

Wie kam das? Warum wollte er es nicht? Oder konnte er nicht?

»Knie dich wieder hin, Sandra«, kam ein erneuter Befehl von Stefan. Ich gehorchte sofort und kniete mich nieder.

»Vielleicht musst du ihn noch netter fragen«, meinte Stefan.

Ich startete einen neuen Versuch: »Lieber Madmax, dürfte ich dir bitte, bitte, bitte einen blasen? Bitte?«

»Nein.«

Dann hatte er Pech gehabt, wenn er nicht wollte. Plötzlich nahm Stefan meine rechte Hand und legte sie auf Madmax' Schritt. Ich fing sofort an, ihn zu reizen, aber er wollte dennoch nicht, dass ich ihn mit meinem Mund verwöhnte. Auf einmal fing er an, mich mit seinen nackten Füßen an meinen Brustwarzen zu reiben, und verlangte von mir, an seinem Zeh zu saugen. Ich tat es mit sehr viel Widerwillen. Es ekelte mich enorm. Ich wollte es schon verweigern, hatte mir aber vorgenommen, brav zu sein, damit ich mir endlich Stefans Saft verdienen konnte. Stefan bekam mich dazu, Dinge zu tun, und das nur, weil ich gefallen und mir etwas verdienen wollte.

Stefan zog mich wieder hoch, und Madmax reichte mir ein Glas Wein. Eigentlich mochte ich am Tag nichts trinken, aber unhöflich wollte ich auch nicht sein. Ich trank drei Schlucke, wollte das Glas Madmax zurückgeben, aber er sagte, dass er es nicht entgegennehme, ich sollte mich selbst darum kümmern. Also suchte ich einen Platz, um das Glas abzustellen. Dann fing Stefan an, mich etwas zu schlagen, und gab die Peitsche an Madmax weiter. Auch er peitschte mich, traf aber ganz leicht mein Gesicht dabei. Konnte er es nicht, oder war er so unkonzentriert dabei? Ich hoffte, dass es nicht wieder vorkam, sonst konnte ich nicht dafür garantieren, weiterhin brav zu sein. Wenn ich etwas überhaupt nicht mochte, dann waren es Schläge ins Gesicht, welcher Art auch immer. Ich wusste, dass es Sklaven gab, die darauf standen, geohrfeigt zu werden, aber das war nichts für mich.

Irgendwann brachte mich Stefan mit seinen flinken Fingern zum Abspritzen und gab mir dann einen alten Lappen, um es wieder aufzuwischen.

»Beug dich nach vorn«, bekam ich den Befehl von Stefan.

Ich beugte mich vor und wartete geduldig.

»Zähle von drei an mit.«

Und schon traf mich der erste Hieb mit dem Rohrstock. Ich zählte brav bis null mit.

»Seit wann gibt es denn die Null?«, fragte Madmax Stefan.

»Bei uns gehört sie dazu«, sagte er zu Madmax.

Stefan half mir wieder hoch und umarmte mich von hinten.

Dann sagte er zu mir: »Du warst jetzt wirklich brav und hast einen Wunsch frei.«

»Ich will, dass du mich fickst«, war das Erste, was mir in den Sinn kam. Ich wollte ihn in mir spüren.

»Nein, gefickt wirst du heute noch genug.«

»Dann will ich dich endlich schmecken dürfen. Gib mir deinen Saft.«

»Den bekommst du später.«

Warum nicht jetzt? Warum das Warten?

Plötzlich fing Madmax an, mich von hinten mit einem Arbeitshandschuh zu befingern. Er meinte: »Schauen wir mal, ob er sich mit deinem Saft vollsaugt.«

Wie sollte er sich vollsaugen? Er bezweckte eher das Gegenteil. Wie sollte ich auch davon feucht werden? Es erregte mich überhaupt nicht und fühlte sich eher an, als würde man mich mit einem Reibeisen bearbeiten. Zum Glück durfte ich dabei Stefan mit meinem Mund verwöhnen. Das erregt mich wenigstens. Leider durfte ich ihn nicht bis zum Schluss blasen, dabei wollte ich ihn doch endlich schmecken. Wo blieb die Erfüllung meines Wunsches? Warum ließ er mich so zappeln?

Ich weiß nicht mehr genau, wann es war, ob es vor dem Blowjob war oder danach, als Stefan von mir verlangte, es mir vor ihnen selbst zu machen. Ob ich das konnte? Doch was hatte ich mir vorgenommen? – Brav zu sein, um mir seinen Saft zu verdienen. Ich fing an, mich selbst an meiner Klitoris zu reizen, und steckte mir zwischendrin immer wieder einen Finger in meine Mitte.

»Sie ist zu leise. Da ist ja das Wasser, das hier tropft, lauter.«

Ich konnte nicht lauter sein.

Stefan stellte sich zu mir und sagte mir: »Lass es raus.«

Die Art, wie er es sagte, und noch dazu, dass er bei mir stand, gab mir so viel Sicherheit, dass ich mich fallen ließ und es rausließ. Ich stöhnte und bat darum zu kommen. Er erlaubte es mir, und schon kam es über mich. Damit war Madmax dann zufrieden. Ich bedankte mich bei Stefan und durfte mich wieder anziehen. Anschließend verließen wir den Keller. Irgendwann kam noch eine Bemerkung von Madmax. Er meinte, ich sei zu ruhig, worauf Stefan zu ihm sagte, das sei schon richtig so.

Dieser Madmax war anders als Harry oder Stefan. Bei ihm hatte ich kein Vertrauen und das Gefühl, dass er eher in die knallharte SM-Schiene passte, wo auch Sklavinnen aus einem Napf trinken mussten. Vielleicht täuschte ich mich auch, denn für diese Einschätzung war die erste Begegnung zu kurz. Stefan wusste, was er tat. Ich vertraute ihm sehr.

Wir verabschiedeten uns bei Madmax und fuhren wieder los. Die Gegend mit ihren Bergen war wirklich sehr schön, einfach nur herrlich. Stefan fuhr mit mir in einen Waldweg, hielt an, nahm meine Hand und legte sie zwischen seine Beine.

»Darf ich sie öffnen?«, deutet ich auf seine Hose.

»Ja«, entgegnete er.

Gerade als ich seine Hose aufknöpfen wollte, übernahm er diese Aufgabe und legte sein bestes Stück frei. Ich beugte mich zu ihm runter, nahm es in den Mund, um ihn damit zu verwöhnen. Ich versuchte, ihn tief aufzunehmen, aber meine langen Haare waren immer wieder im Weg. Daraufhin stiegen wir aus dem Auto und gingen etwas weiter. Leider musste ich an Brennnesseln vorbei. Es fing an, am Bein ein wenig zu brennen. Sicher wird es später noch jucken. Mir war es in dem Moment egal. Ich wollte ihn endlich schmecken. Ich ging leicht in die Hocke und schloss meinen Mund wieder um sein bestes Stück. Immer wieder nahm ich ihn ganz tief in meinen Mund und versuchte, ihn in meinem Rachen zu lassen. Dort ergoss er sich endlich. Ich leckte alles sauber, um keinen Tropfen zu vergeuden, und schluckte seinen Saft herunter. Ich war sehr glücklich darüber. Für mich hatte es sich gelohnt, brav zu sein, auch wenn ich dafür wirklich einiges tun musste. Aber das war es mir wert. Über meine Lippen huschte ein Lächeln.

Auf dem Weg zum Auto meinte Stefan zu mir, dass es mit Brennnesseln bestimmt auch ganz schön war. Meinte er das ernsthaft? Ich glaubte, dass, wenn man jemandem damit Hiebe gäbe, es sehr brennen und später jucken würde. Ich sagte Stefan auch, dass ich es nicht brauchte, woraufhin er sagte: »Wieso? Ist doch ein Naturprodukt.« Irgendwie reizte mich die Erfahrung doch, es einmal auszuprobieren.

Wir stiegen wieder ins Auto und fuhren weiter. Stefan brachte mich an den Ort, wo er mich an Harry übergeben sollte. Es war derselbe See, wo ich schon einmal mit beiden und mit Marco war. Am Tag sah er ganz anders aus, da er als Badesee benutzt wurde. Baden wäre bei dem heißen Wetter auch schön, dachte ich. Wir fuhren direkt zu dem Restaurant am See und setzten uns draußen auf die Terrasse an einen Tisch, bestellten uns etwas zu trinken und unterhielten uns über Madmax. Ich erzählte Stefan, dass ich ihn ein wenig zu ruppig fand. Er war einfach anders als Harry, Stefan und Marco. Ich wusste auf jeden Fall, was ich nicht mehr von Madmax brauchte: den Handschuh, das Zehensaugen und Schläge ins Gesicht, auch nicht aus Versehen. So was durfte einfach nicht passieren. Ansonsten konnte ich nicht viel über Madmax sagen. Dafür war die Zeit zu kurz.

Ich fand es schade, dass das Treffen mit Stefan schon vorbei und so kurz war, aber immerhin hatte ich das bekommen, was ich so lange wollte, und freute mich auf dass nächste Treffen mit ihm. Ich konnte mich eigentlich mit dem, was ich hatte, glücklich schätzen, denn ich hatte drei wundervolle Herren.

Der erste war der Gradlinige, der sein Ziel verfolgte, was mich enorm reizte. Der zweite war ein Spieler. Das machte mich verrückt und reizte mich ebenfalls sehr. Und der dritte gab mir dann die Geborgenheit, das Verständnis und die Liebe, die ich brauchte. Er fing mich auf, und durch ihn konnte ich das Erlebte besser verarbeiten.

Oft sagte ich Marco auch: »Gib mir endlich ein paar Hiebe.« Aber er gab sie mir nicht.

Er sagte nur: »Nein, denn dann gebe ich dir ja das, was du willst. Das wäre ja dann keine Strafe. Wenn ich sie dir nicht gebe, ist das eher eine Strafe für dich.«

Ein Schuft …

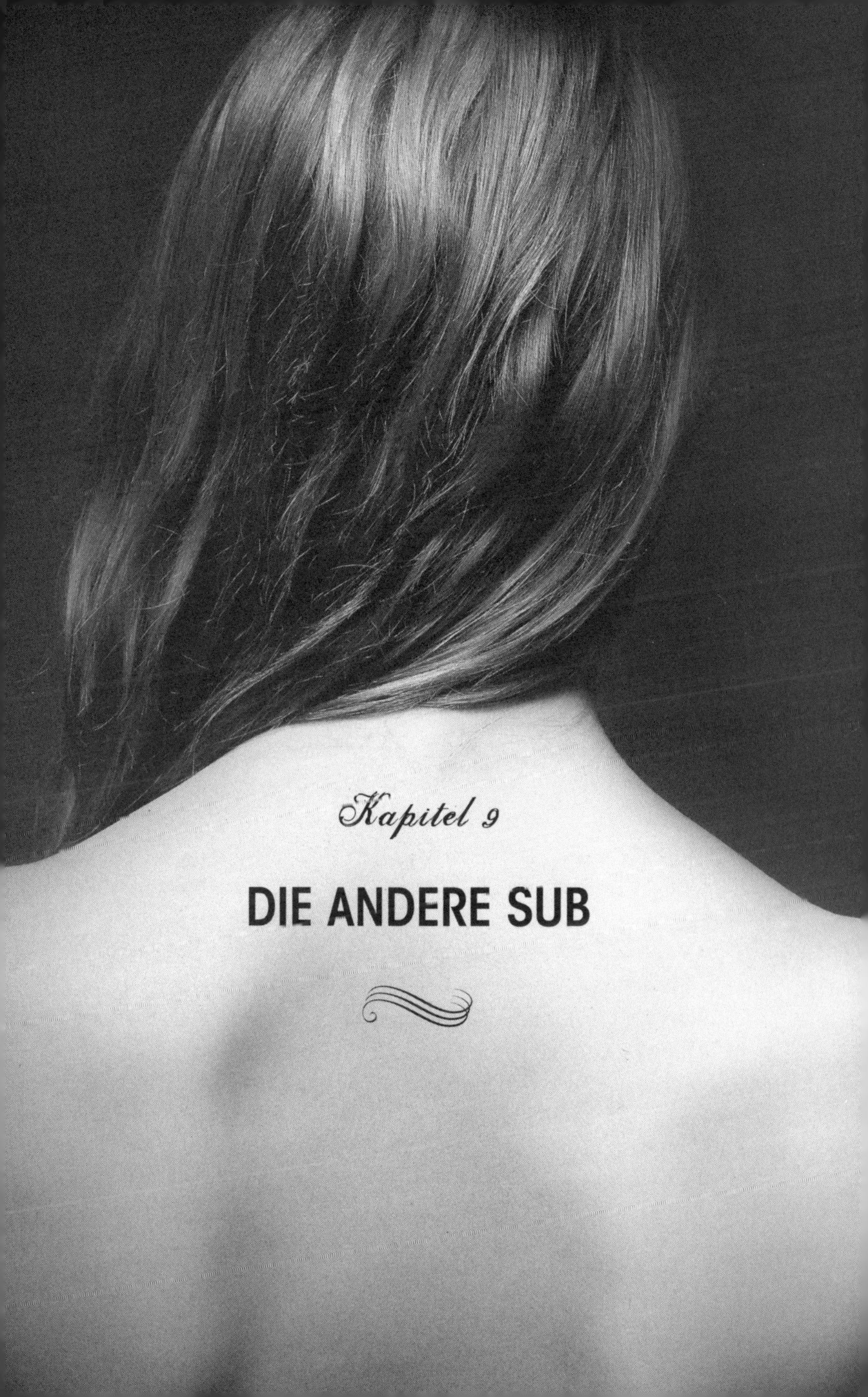

Kapitel 9

DIE ANDERE SUB

Stefan und ich unterhielten uns noch über andere Sachen, dann tauchte Harry neben mir auf. Ich begrüßte ihn, und er setzte sich neben Stefan an den Tisch, der sich aber bald bei mir verabschiedete. Harry und ich blieben noch ungefähr eine halbe Stunde in dem Restaurant, ehe wir in den schönen Abend aufbrachen, der mich erwarten würde. Aber was würde mich erwarten? Wir stiegen in Harrys Auto und fuhren Richtung Großstadt. Was hatte er für den Abend heute geplant?

Harry erzählte mir im Auto, dass ich mich nicht wundern sollte, falls wir mal etwas mit einer anderen Sub machen sollten, dass er mich dann anders behandelt als sie. Es war gut, das vorher zu wissen, aber gespannt war ich trotzdem. Wie anders wird er mich dann behandeln? Mich reizte die Vorstellung, auch, damit ich meine Bi-Neigung weiter ausleben konnte. Sex unter Frauen war einfach anders als mit einem Mann, und so Abwechslung herrlich.

Kurz vor unserem Ziel sagte Harry zu mir: »Du senkst jetzt bitte deinen Blick.«

Ich gehorchte und tat, was er mir befahl. Wir fuhren noch circa zehn Minuten, ehe wir ankamen.

»Ich gebe dir gleich deine Sachen zum Umziehen. Du ziehst dich dann hier im Auto um, hältst aber weiterhin den Blick gesenkt. Ich komme dann wieder und hole dich ab.«

»Was soll ich denn anziehen?«

»Nur dein Geschirr, die Strümpfe, High Heels und deinen Mantel, mehr nicht.«

Harry reichte mir die Tasche und ich holte die Sachen heraus, die ich brauchte. Ich zog mich im Auto um, zog alles bis auf den Mantel an und wartete darauf, dass er wiederkam und mich abholte. Doch das dauerte.

Als Harry es endlich tat, reichte er mir eine Augenmaske. Nach dem Aussteigen half er mir in den Mantel. Er führte mich in einen Hauseingang: »Halte dich dort fest und warte noch einmal. Ich muss noch etwas holen.« Ich hielt mich an einem Geländer fest und musste mir ständig die Augenmaske festhalten, die anfing zu rutschen, obwohl sie schon so fest war, wie es ging. Aber sie war immer noch zu groß. Ich teilte es Harry mit, als er wiederkam. Er erlaubte mir, sie wieder abzunehmen, und reichte mir eine andere, die passte.

Harry führte mich mehrere Stufen nach oben und von dort ins Bad, wo ich mich noch einmal frisch machen konnte. Anschließend führte er mich weiter, drehte mich um und sagte: »Auf die Knie.«

Ich kniete mich hin und wurde aufgefordert, noch etwas weiter nach vorn zu kommen.

»Vorsicht, da ist eine Öffnung. Da gehst du jetzt rein.«

Jetzt wusste ich auch, was es war: ein Käfig. Hoffentlich war er nicht zu klein. Vorsichtig krabbelte ich hinein und versuchte, mich hinzusetzen, was nicht so leicht war. Der Käfig war nicht sehr hoch, eher niedrig. So wurde es mit Hinsetzen leider nichts. Ich erkundete mit meinen Händen den Käfig, um zu schauen, wie groß und lang er war. Ich versuchte, für mich eine angenehme Position zu finden, kniete mich hin, legte meine Hände vor mir auf den Boden, beugte meinen Oberkörper nach unten und legte meinen Kopf auf meine Hände ab. Leise hörte ich Harry mit jemandem reden. Die Stimme kam mir bekannt vor. Es war die gleiche, die ich schon bei meinem ersten Treffen mit Harry und Stefan gehört hatte. Es musste dieselbe Location sein.

Nun war es wieder ganz still geworden. Was plante er? Ich vernahm ein weibliches Parfüm … Wem es wohl gehörte? Es roch gut, und der Duft kam mir irgendwie bekannt vor. Ich wusste nicht woher. Dieses Warten machte wahnsinnig. Was hatte Harry bloß vor? Hoffentlich ließ er mich nicht noch länger im Käfig. Für mich war es bereits eine Ewigkeit.

Dann half mir Harry heraus und führte mich etwas weiter. Er machte die Handfesseln um, befestigte meine Arme an Ketten und zog sie nach oben. Plötzlich spürte ich Hände an meinem Körper.

Es waren aber nicht die von Harry, da war ich mir sicher. Aber wessen Hände waren es? Sie strichen sehr zart über meine Haut und hinterließen ein Prickeln. Es konnten unmöglich Männerhände sein. Es mussten die einer Frau sein. Aber von welcher Frau? Ich hoffte, dass es keine Domina war.

Die Hände fingen an, mit meinen Brustwarzen zu spielen. Das löste bei mir gleich etwas aus. Marco hatte es einmal geschafft, mich nur durch Brustwarzenstimulation zum Orgasmus zu bringen. Meine Klitoris begann zu pochen und wollte nur noch erlöst werden, doch so schnell wird sie es wohl nicht. Plötzlich hörten die Berührungen auf, wo mir so heiß war, und mich traf der erste Hieb. Er kam so abrupt. Ich hatte noch gar nicht damit gerechnet. Ich hatte keine Zeit, weiter darüber nachzudenken, da folgten die nächsten. Die Intensität war dieses Mal anders als sonst. Jeder weitere Hieb, der folgte, war kräftiger als der davor. Hielt ich das wirklich aus? Die Hiebe blieben aus, ich konnte wieder etwas durchatmen. Da merkte ich einen beißenden Schmerz an meiner rechten Brustwarze. Brustwarzenklemmen … Harry befestigte die zweite an der linken.

Der Vorteil an den Klemmen war, dass man sich schnell daran gewöhnte. Der Nachteil, dass einen jedes Mal, wenn irgendetwas sie berührte, ein leichter Schmerz durchflutete. Das Schlimme daran war, dass der eigentliche Schmerz, der wirklich sehr intensiv war, erst kam, wenn die Klammern abgenommen wurden.

Es war eindeutig eine zweite Frau dabei. Ich höre sie. Wer war sie und was trieb Harry mit ihr? Ich würde es sehr gern selbst sehen. Ich hatte bisher noch nie gesehen, wie eine Frau Hiebe bekam, wie sie darauf reagierte. Dabei interessierte es mich sehr, ihre Regungen dabei zu sehen, was es mit ihr machte und wie sie es genoss.

In meinen Gedanken versunken an die andere Frau, merkte ich nicht, dass Harry mich wieder losband. »Knie dich hin«, kam sein Befehl. Als ich mich hinkniete, bekam ich auch schon sein Prachtstück in den Mund. Aber es schmeckte anders … Hatte ihn vor mir schon jemand im Mund gehabt? Die zweite Frau? Ich konnte mich täuschen. Hatte Harry eine Domina bei sich? Dom und Dom passte nicht gut zusammen. Wer ordnet sich da wem unter? Aber wer war sie dann? Es reizte mich immer mehr.

Ich nahm Harrys Prachtstück immer wieder tief in den Mund. Plötzlich tauchte eine Zunge neben mir auf und fing an, über Harrys Prachtstück zu lecken. Die zweite Frau gab es wirklich. Erst wechselten wir uns ab, Harry zu verwöhnen, dann fing sie an, mit meiner Zunge zu spielen. Sie schmeckte gut und es gefiel mir sehr. »Jetzt muss ich sie von der Augenbinde befreien, denn eigentlich darf sie das gar nicht tun«, hörte ich Harry zu der anderen Frau sagen.

Harry nahm mir die Augenbinde ab. Es war dunkel und ich sah nichts. Ich musste einige Male blinzeln, ehe ich wieder etwas sehen konnte. Wer war da neben mir? Sabine – welch gelungene Überraschung!

»Hallo, das ist ja eine Überraschung«, sagte ich zu ihr.

»Ja, ist uns super gelungen, oder?«, erwiderte sie.

Das freute mich wirklich, sie nach so lange Zeit wiederzusehen. Das letzte Mal hatten wir uns bei einem Gangbang, den wir zusammen gemacht hatten, gesehen. Dort begegnete ich auch Harry zum ersten Mal. Dieser Abend würde bestimmt noch schön werden.

Harry ließ uns nicht lange reden und sagte uns: »Sabine, stell dich bitte über Sandra, damit sie dich mit ihrer Zunge verwöhnen kann. Und Sandra, du darfst dich auf den Boden setzen.«

Ich gehorchte und setzte mich hin. Sabine ging vor meinem Kopf leicht in die Hocke, und schon fing ich an, ihre Perle mit meiner Zunge zu verwöhnen. Während ich es tat, nahm Harry Sabine von hinten. Eine Stellung, die mir gefiel. Endlich kam ich wieder in den Genuss einer weiblichen Scham. Sie schmeckte intensiv und erregt.

Plötzlich stieß Harry nicht in ihre Mitte, sondern in meinen Mund, und das ziemlich tief. Er machte es nur kurz, fing dann aber wieder an, Sabine zu nehmen, während ich sie weiter mit der Zun ge verwöhnte. Es dauerte nicht lange, da stieß er wieder in meinen Mund. Das Ganze wiederholte er einige Male, und ich merkte, wie locker ich wurde und immer seltener würgen musste. Ich war so damit beschäftigt, Sabine zu verwöhnen.

Harry gestattete uns eine kurze Trinkpause. Erst da merkte ich, wie heiß es auf einmal in diesem Raum war. Ich schaute mich ein wenig um. Er war wirklich sehr schön eingerichtet. In einer Ecke flackerte ein künstliches Feuer. Die Vorhänge vor den Fenstern waren zugezogen und an den Wänden Fackeln aufgehängt, die aber auch nur ein künstliches Licht schufen. Doch es passte zu dem, was wir hier taten. Das Licht spendete die richtige Atmosphäre. In der Mitte des Raumes stand der Käfig, in dem ich noch zuvor war. Auf ihm war eine Liegefläche. Außerdem befanden sich Metallstangen in dem Raum, die vom Boden bis zur Decke reichten. Von diesen Stangen gingen jeweils zwei nach links und zwei nach rechts ab. Damit ähnelten sie einem Kreuz. An diesen Stangen waren kleine Haken mit Ketten befestigt, woran Harry mich befestigt haben musste.

Nach der kurzen Pause verlangte er von Sabine, sich auf allen vieren auf die Fläche des Käfigs zu begeben. Sie war groß genug, um sich dort komplett hinlegen zu können. Sabine hockte dort nun auf allen vieren.

»Sandra, leck sie, während ich sie peitsche«, sagte Harry zu mir. Das brauchte er mir nicht zweimal zu sagen. Endlich sah ich, wie eine Frau gepeitscht wurde. Auch wenn ich dabei nicht ihr Gesicht sehen konnte, so spürte ich wenigstens ihre Erregung.

Ich stellte mich hinter Sabine und fing an, sie mit meiner Zunge zu verwöhnen. Schon zischte die Peitsche auf ihren Rücken nieder. Aber was war das? Sabine gab keinen Laut von sich. Ich fing an, sie immer heftiger mit meiner Zunge zu verwöhnen, während die Hiebe auf ihren Rücken sausten. Doch Sabine gab einfach keinen Laut von sich. Sie steckte alles gut weg. So weit wie sie war ich noch nicht. Ich merkte, wie ihre Erregung immer weiter zunahm und die Klitoris zu pochen anfing. Auch an mir ging es nicht spurlos vorbei. Meine eigene Erregung wuchs, und ich spürte die Striemen auf der Haut, die ich kurz vorher erst von Harry erhielt. Ich sehnte mich danach, vollkommen ausgefüllt zu werden, während ich Sabine weiter verwöhnte. Ich merkte, wie sich alles in Sabine verkrampfte und sie ihren Orgasmus rausschrie. Harry hörte auf, sie zu züchtigen, drehte sie um, stieß einen Finger in ihre heiße Mitte und brachte sie nach sehr kurzer Zeit zum Abspritzen.

»Jetzt darf Sandra sich drauflegen und, Sabine, du bereitest ihr Lust. Das hat sie sich jetzt verdient«, hörte ich Harry sagen. Ich legte mich auf die Fläche, spreizte meine Beine und stellte meine Füße ab, sodass Sabine sich zwischen meinen Beinen hinhocken konnte, um mir Lust zu verschaffen. Sie verwöhnte mich und meine Erregung wurde größer. Es war wirklich schön, von einer Frau so verwöhnt zu werden. Während Sabine mich mit ihrer Zunge verwöhnte, stieß sie ab und zu einen Finger in meine sehr feuchte und heiße Mitte. Harry stieß Sabine von hinten immer schneller und wilder, während sie mich weiter verwöhnte. Lange hielt ich es nicht mehr aus.

»Darf ich bitte«, hörte ich mich flehen.

»Ja, komm«, sagte Harry mir in seinem eigenen erregten Zustand, und schon kam ich.

Es zuckte durch meinen ganzen Körper. Deutlich merkte ich wieder die Striemen an meinem Rücken und meinem Po. Dieser Schmerz mischte sich mit dem Orgasmus der Lust. Es war einfach unglaublich.

Sabine drehte sich um. Nun lag ihre Mitte frei vor meinem Gesicht. Ihr Duft machte mich an. Ich ließ meine Zunge über ihre Perle streichen und spürte, wie Harry in mich eindrang, langsam und mit Bedacht. Er füllte mich komplett aus und ließ mir genau die Zeit, um mich an die Größe seines Schwanzes zu gewöhnen. Einen noch größeren und dickeren Schwanz würde ich in meiner Mitte nicht aufnehmen können. Er zog ihn wieder etwas heraus und stieß dann wieder zu. Als er merkte, wie geil mich das machte, nahm er ein wirklich beachtliches Tempo auf. Es war so geil, so ausgefüllt zu sein und dabei eine Frau zu verwöhnen. Das war genau das, wonach ich mich gesehnt hatte, und nun bekam ich es.

Ich hatte gar keinen Alkohol getrunken, fühlte mich aber allein durch diese ganze Situation heute total berauscht. Meine Erregung war schon so stark, dass ich nicht merkte, dass mein Höhepunkt nicht mehr fern war. Er baute sich immer weiter auf. Ich bat Harry, endlich kommen zu dürfen, und explodierte innerlich bereits. Auch Sabine kam und erlebte einen Orgasmus. Erst nachdem wir wieder einigermaßen zu Atem gekommen waren, bemerkte ich, dass Harry gar nicht gekommen war. Oder war er es schon, als Sabine er von hinten nahm? Hatte ich es nur verpasst?

»Hier ist für heute aber noch nicht Schluss. Ihr geht jetzt unter die Dusche, zieht euch wieder an, und dann fahren wir noch woandershin. Ab mit euch!«

Verschwitzt ging ich Harrys Befehl nach. Eine Dusche tat sicher sehr gut. Ich gestattete Sabine, zuerst zu duschen, und stieg anschließend zu ihr in die Dusche. Als ich fertig war und zurück ins Zimmer kam, war keiner der beiden mehr da. Wo waren sie? Ich ging sie suchen und fand sie letztendlich auf der Dachterrasse von dem SM-Studio. Sie unterhielten sich mit den Dominas und rauchten eine Zigarette.

»Harry, die Dusche ist jetzt frei, falls du möchtest.«

»Oh ja, danke. Wartet hier bitte auf mich. Ich komme nach dem Duschen wieder.«

Wir warteten auf ihn und unterhielten uns in der Zwischenzeit mit den beiden Dominadamen. Ich war wirklich erstaunt. In meiner Vorstellung waren Dominas eiskalt. Umso überraschter war ich, als ich die Frauen kennenlernte. Sie besaßen eine Menge Humor. Trotzdem konnte ich mir nicht vorstellen, mich von ihnen dominieren zu lassen. Marco hatte es mich einmal gefragt, aber da musste ich ehrlich mit Nein antworten. Vielleicht irgendwann einmal, aber momentan nicht.

Harry kehrte frisch geduscht und bekleidet zurück. Wir verabschiedeten uns vom Studio-Team und fuhren weiter. Erst im Auto erfuhr ich, wo unsere Reise heute noch hingehen sollte. Harry wollte mit mir und Sabine einen SM-Club besuchen. Das klang interessant. Ich war gespannt zu sehen, wie andere in der Dom-Dev-Konstellation spielten. Ich hatte zwar schon viel über SM gelesen und war glücklich, es endlich ausleben zu dürfen, aber gesehen hatte ich es bei anderen bisher noch nicht. Mich interessierte, wie sich andere unterwürfige Frauen verhielten, wenn Harry es mir erlaubte.

Unsere Fahrt dauerte nicht lange. Zu dritt betraten wir den Club. Was erwartete uns jetzt wohl? Ich kannte normale Swingerclubs, war aber zum ersten Mal in einem SM-Club. Ich hoffte, dass Harry mich nicht an einen anderen Dom verlieh.

Zuerst schauten wir uns in dem Club um. Viel war an dem Tag noch nicht los. Es waren leider nur vereinzelte Herren da und zwei weitere Frauen. Ich konnte nicht klar sagen, ob sie jetzt Sklavinnen oder Herrinnen waren. Ebenso wenig kamen mir die Herren nicht dominant vor. Der Club bestand aus einer langen Empfangshalle, von der aus es rechts in den Keller ging, links zu den Toiletten oder geradeaus in einen großen Raum mit einer Bar, der viel Platz zum Tanzen oder Spielen bot. In diesem Raum befanden sich auch ein Käfig, ein Kreuz und einige Ketten, die von der Decke hingen. Wenn man hindurchging, kam man in einen weiteren Raum mit einer kleinen Sitzlounge, einem Bett und einem Pokertisch. Wir sahen uns auch den Keller an, wo sich ebenfalls ein Kreuz, ein Käfig, eine Strafbank sowie mehrere Ketten befanden, um auch dort jemanden zu befestigen.

Nach unserem Rundgang entschieden wir uns, erst mal an die Bar zu gehen und etwas zu trinken. Leider wurde es nicht mehr voller, doch Harry störte es nicht. Er meinte, er würde auch so seinen Spaß mit uns haben. Wir zogen uns in die Lounge zurück, wo Sabine und ich uns gemeinsam um Harrys Prachtstück kümmerten. Dort sprach uns ein Mann an, ob wir Lust auf Natursekt-Spiele hätten. Er würde sich unter uns legen und wir sollten unseren Natursekt in seinen Mund laufen lassen.

»Machst du das, Sabine? Ich stehe nicht darauf. Das ist nicht meins.«

»Nein, meins auch nicht.«

Aber Harry hatte eine Idee. Er sagte dem Herrn, er solle mit in den Keller kommen. Dort würde er Sabine zum Abspritzen bekommen. Er könne sich darunterlegen und alles in seinen Mund laufen lassen. Warum auch nicht, wenn der Kerl darauf stand? So taten wir es. Danach züchtigte Harry Sabine und mich noch ein wenig.

Da es schon spät war, beschlossen wir, aufzuhören und nach Hause zu fahren. Sabine und ich mussten uns vorher noch gemeinsam eine Ladung von Harry abholen. Ohne ließ er uns nicht gehen. Wir streckten beide unsere Zungen heraus und bekamen schönen Saft, während wir uns mit unseren Zungen liebkosten.

Als ich später neben Marco im Bett lag, war ich sehr geschafft. Es war ein schöner Tag für mich, bei dem ich über einige Grenzen ging. Und obwohl ich müde und ausgelaugt war, so war ich trotzdem immer noch von all den Sachen, die ich erleben durfte, sehr erregt, auch wenn es zwei Dinge gab, die ich nicht so möchte. Dennoch hatte ich sie über mich ergehen lassen. Nicht weil ich willenlos war, sondern weil ich es selbst so wollte. Ich wollte gehorchen, um mir etwas zu verdienen, was mir in dem Moment wichtig war. Ich hätte es auch verweigern können, wenn ich gewollt hätte. Nun wusste ich wenigstens auch, was ich nicht noch einmal machen wollte. Bevor ich vor Erschöpfung einschlief, erzählte ich Marco aber noch jede kleine Einzelheit von dem, was ich erlebt hatte.

Kapitel 10

KEIN TAG, AN DEM ICH MICH NICHT DANACH SEHNE

Einige Sessions hatte ich schon hinter mir, und doch gab es fast keinen Tag, an dem ich mich nicht danach sehnte. Ich musste in letzter Zeit oft darüber nachdenken, warum es mir überhaupt Lust bereitete, wenn ich geschlagen wurde. Warum war das so? Ich war zu dem Entschluss gekommen, nicht ständig alles zu hinterfragen, warum ich so empfand und warum ich darauf stand. Es war einfach so, und es gab Sachen, die konnte man nicht erklären. Jeder erlebte sie auf seine eigene Art und Weise.

Ich konnte mich nicht mit anderen devoten Frauen vergleichen. Zwar tauschte ich mich mit ihnen aus, verglich mich aber nicht mit ihnen. Es wurde mir bewusst, als ich die Session mit Harry und Sabine hatte. Sie war ganz anders als ich. Es war unglaublich, welchen Schmerz sie ertrug. Ich wusste noch nicht, ob ich jemals so viel wie sie ertragen könnte, ohne auch nur einen Laut von mir zu geben. Sie kannte deutlich mehr Schmerzarten als ich. Bisher hatte ich erst die Erfahrung fünf unterschiedlicher Schmerzarten gemacht.

Da wäre zum einen die bloße Hand, die sehr großflächig auf die Haut trifft und am Anfang ein leichtes Brennen hinterlässt, das nach mehreren Wiederholungen zu einer Hitze wird. Da fühlt sich der Hintern erhitzt an, aber nach einer Stunde war das Gefühl wieder weg.

Dann gab es noch die Erfahrung mit dem Wachs, die ich erst einmal erlebt hatte, aber gern wieder machen würde. Wenn das Wachs auf die Haut trifft, war es im ersten Moment ein brennender Stich, der aber sehr schnell wieder abklang. Wenn man es zum Beispiel am Rücken sehr oft ohne Unterbrechung, aber versetzt auf die Haut tropfen ließ, dann war es ein ununterbrochenes Brennen. Es war nur von kurzer Dauer und erlosch so schnell, wie es gekommen war.

Der Schmerz mit der Peitsche war dem mit dem Rohrstock sehr ähnlich. Wenn sie auf die Haut traf, fraß der Schmerz sich so in die Haut, dass ich am liebsten um mich schlagen würde, gleichzeitig aber voller Sehnsucht den nächsten Hieb erwartete. Wenn dazwischen mit meinen Brustwarzen gespielt wurde, liebte ich die Kombination aus Schmerz und Lust sehr. Bei der Peitsche blieben die Spuren meist nur ein paar Stunden, während ich die Spuren vom Rohrstock noch tagelang spürte, vor allem am Hintern.

Am liebsten mochte ich es aber, mit dem Gürtel geschlagen zu werden. Das hatte bei mir hauptsächlich etwas mit dem Kopfkino zu tun. Ich fand, er war ein schönes Instrument, das sich zuerst noch um den Mann geschlungen hatte und dann gezückt wurde, um mich damit zu bestrafen. Ich kann es schwer beschreiben, warum das so war. Im Gegensatz zur Hand brannte sich der Schmerz mit dem Gürtel tief in die Haut, sodass man ihn noch Stunden später spürte. Den Gürtel konnte man auch mal unverhofft zum Einsatz bringen und auf der Haut tanzen lassen.

Als ich ihn das erste Mal von Stefan gespürt hatte, dachte ich, er machte es zu lasch, aber als er ihn das zweite Mal so unverhofft auf meinen Hintern schlug, spürte ich, wie beißend der Schmerz sein konnte. Mir gefiel in dem Moment, wie er mich so bestimmend und mit einer gewissen Härte auf die Autohaube niedergedrückt und dann den Gürtel gezückt hatte. Schon das allein ließ mich feucht und erregt werden. Seitdem war mir der Gürtel in guter Erinnerung geblieben und ich sehnte mich immer wieder danach.

Viele stellten sich bestimmt die gleichen Fragen wie ich. Warum ließ man Schläge über sich ergehen? Es waren nur Schmerzen, doch ich empfand mehr dabei. Als ich es das erste Mal spürte, wusste ich, es waren nicht nur Schmerzen, die etwas in mir auslösten. Für einen Laien ist das schwer vorstellbar. Mich erregte schon die Vorstellung, was bei der nächsten Session passierte. Es war das Ungewisse, nicht zu wissen, was auf einen zukommt. So gehe ich auf den Schmerz anders ein und empfinde ihn als Lustschmerz. Das Wartenlassen, das Spielen mit den Brustwarzen, der Klitoris und die ganzen Reize, endlich das beste Stück des Mannes im Mund zu spüren, ihn schmecken zu dürfen, weil man weiß, dass man ihm damit großes Vergnügen bereitet … All das war unglaublich erregend für mich. Es schüttet eine Menge Endorphine aus und regt umso mehr das eigene Kopfkino an.

Doch bevor mich wieder eine Session erwartete, machten wir für zwei Wochen einen Familienurlaub in Italien. Diesen hatten wir uns verdient. Auch unsere Kinder freuten sich, zumal wir dieses Jahr den Onkel mitnehmen wollten. Den Urlaub wollten wir voll genießen. Ich hatte etwas Zeit, um mir über all das, was bisher passiert war, Gedanken zu machen und auch zu schauen, inwieweit es mich verändert hatte. Aber vor allem wollte ich die warme Sonne auf meinem Körper genießen.

Marco erzählte mir, wie erstaunt er war, was die bisherigen Sessions aus mir gemacht hatten. Ich bin offener und noch gieriger auf Sex geworden, sagte er. Er war erstaunt darüber, was ich einstecken konnte. Es war nicht so viel wie bei anderen, aber ich war auch noch am Anfang. Sabine zum Beispiel war mir vier Jahre voraus und konnte eine ganze Menge Schmerzen aushalten. Doch das störte mich nicht. Ich wetteiferte mit keiner anderen Frau. Ich zog mein Ding durch, so gut ich es selbst konnte, und musste nicht das können oder aushalten, was andere machten.

Im Urlaub fuhr Marco mit mir mitten in der Nacht an ein altes Aquädukt. Er hatte mir erzählt, dass sich dort gern Pärchen trafen, um sich sexuell zu vergnügen. Doch als wir dort ankamen, war leider keiner da. Anscheinend waren wir an einem falschen Tag dort. Aber Marco machte es nichts aus. Er parkte das Auto auf dem Platz des Aquädukts und ging mit mir an die große befahrene Straße. Neben mir war eine Straßenlaterne. »Beug dich vor und halt dich an der Laterne fest, und keinen Laut will ich hören.« Ich tat es und spürte sehr schnell seine Hand auf meinem Hintern. Er schlug mehrere Male darauf, bis er feuerrot war und leicht brannte. Dann nahm er sein bestes Stück aus der Hose und stieß von hinten fest in meine feuchte Mitte. Er nahm mich mit solch einer Gier, dass es nicht lange dauerte, bis ich erschauerte. Marco zog sich aus mir und ergoss sich auf meinem Rücken. Als wir wieder zu Atem kamen, beseitigte Marco mit einem Tuch seinen Saft von meinem Rücken. Als ich mich wieder aufrichten wollte, drückte er mich in die Hocke und stieß mit seinem Finger immer wieder in meine Mitte, bis ich zum allerersten Mal bei ihm abspritzte. Beide fuhren wir dann sehr glücklich wieder zurück und genossen die restlichen Tage unseres Urlaubs.

Als er zu Ende war und wir wieder zu Hause ankamen, gingen wir einen Tag später gemeinsam ins Pornokino. Wir mussten die Zeit nutzen, bevor der Onkel wieder heimfuhr. Auf dem Weg sagte ich zu Marco: »Ich glaube, ich bin jetzt so weit. Ich werde es mir heute im Kino auf dem Tisch vor allen Männern selbst machen.«

»Ich will dich zu nichts zwingen. Du musst es noch nicht machen, wenn du nicht willst. Aber es würde mich sehr freuen und erregen.«

»Du zwingst mich zu nichts. Ich mache es heute nur für dich.« Es gab nichts Schöneres, als einen Mann glücklich zu machen.

Wie immer saßen wir am Anfang noch an der Bar. Nicht mal eine halbe Stunde später war sie total voll. Wir unterhielten uns angeregt mit noch einem Pärchen über viele schöne Sachen. Ich ließ immer wieder mal meinen Blick durch den Raum wandern und merkte, wie vereinzelte Herren anfingen, sich selbst zu befriedigen und dabei immer wieder zu mir und der anderen Frau sahen. Es fing an, mich sehr zu erregen, dass ich begann, meinen Hintern an Marcos Schoß zu reiben. Ich wollte so gern von ihm gefickt werden. Der anderen Frau ging es nicht anders. Gemeinsam gingen wir zu viert zu der Couchecke und sahen, wie uns alle Männer gierig folgten. Wir wollten ihnen eine heiße Show bieten.

Ich setzte mich auf der Couch neben die andere Frau und ließ meine Hand auf ihre Brüste wandern. Ich strich ihr zärtlich das Oberteil an den Armen herunter, sodass ihre Brüste freilagen. Mit meinem Mund saugte und leckte ich erst noch zärtlich, dann immer fester an ihrer Brustwarze. Sie fing sofort an, sich zu verhärten, und ich merkte, wie sie sich mir entgegendrückte. Sie wollte mehr. Ich machte das Gleiche mit ihrer rechten Brustwarze, kniete mich auf den Boden zwischen ihre Beine und fing an, mit meiner Zunge immer weiter herunterzuwandern, streifte ihr dabei mit meinen Händen ihren Rock runter. Sie hatte kein Höschen an. Ich ließ meine Zunge bis zu ihrer heißen Mitte auf Entdeckungstour gehen. Ich saugte an ihren Schamlippen und merkte, wie sie immer feuchter und gieriger wurde. Erst dann leckte ich über ihre Perle, immer und immer wieder, bis sie richtig anschwoll und sie sich in einem Orgasmus badete. Sie bedankte sich bei mir mit einem sehr sinnlichen Kuss.

Ich merkte, wie nun auch ihre Hände auf Entdeckungstour gingen. Sie drückte mich auf die Couch nieder, spreizte meine Beine, und schon spürte ich ihre Zunge genau dort, wo ich sie haben wollte. Das brachte mich fast um den Verstand. Mein Höhepunkt baute sich sehr schnell auf, was kein Wunder war. Ich war ja schon die ganze Zeit so erregt. Dann brach es über mich und ich schrie meine Lust heraus. Auch ich bedankte mich bei ihr und fragte sie, ob sie Lust hätte, die Partner zu tauschen. Ich wollte so gern sehen, wie Marco sie nimmt. Vor den ganzen Männern wollten sie es aber nicht, deshalb gingen wir in den SM-Raum in den Keller und schlossen hinter uns die Tür zu, damit wir vier unter uns waren.

Ich kniete mich vor den anderen Mann und knöpfte seine Hose auf. Gierig betrachtete ich sein Glied. Mir lief schon das Wasser im Mund zusammen. Ich nahm es in den Mund und begann zu blasen, wodurch es immer härter wurde. Ich nahm ihn wieder und wieder in meinen Mund auf und wurde dabei immer schneller. Ich hielt es selbst nicht mehr aus und wollte endlich noch gefickt werden. Er zog mich plötzlich an den Armen hoch, öffnete ein Kondompäckchen, streifte es sich über und sagte dann: »Setz dich bitte auf die Liege.« Ich tat, was er von mir verlangte, spreizte meine Beine für ihn, und endlich drang er mit einem heftigen Stoß in meine Mitte.

Er nahm sehr schnell ein gutes und hartes Tempo an. Darauf hatte ich schon den ganzen Abend gewartet.

Auch wenn ich gerade völlig im Rausch war, so schaute ich trotzdem immer wieder zu Marco, was er mit der anderen Frau trieb. Das, was ich sah, heizte meine eigene Lust immer mehr an. Auch Marco nahm die andere Frau erbarmungslos. Mein Höhepunkt baute sich auf, bis er mich schließlich erfasste. Doch der Mann hörte nicht auf damit, mich weiter hemmungslos zu nehmen. Er schaffte es sogar, dass ich noch ein zweites Mal kam. Erst dann kam auch er mit einem einzigen Schrei.

Während ich meinem Nachglühen nachging, hörte ich, wie Marco immer noch mit der Frau bei der Sache war. Ich ließ meinen Blick wieder zu ihm wandern. Es erregte mich schon wieder, und das, obwohl ich Marco nur dabei zuschaute, wie er diese Frau nahm, völlig hemmungslos. Ich genoss es, ihn zu beobachten, bis beide endlich ihren Höhepunkt erreichten.

Wir unterhielten uns noch etwas mit dem Pärchen und verabschiedeten uns von ihnen. Es war ein sehr schönes spontanes Erlebnis, das sowohl Marco als auch ich sehr genossen hatten. Doch in mir erwachte wieder diese enorme Sehnsucht nach mehr. Ich wollte mich wieder Harry und Stefan ausliefern. Diese lange Zeit, die seit dem letzten Treffen verging, machte mich wahnsinnig.

Zwei Tage nach unserem Erlebnis im Pornokino rief Harry endlich bei Marco an, um mit ihm ein Treffen zu vereinbaren. In zwei Tagen wollten Harry und Stefan sich wieder mit Marco und mir am See treffen, wo wir schon einmal gemeinsam waren. Wieder fragte ich mich, was sie dort geplant hatten. Was würde mich wohl erwarten? In mir fing alles an, zu kribbeln. Es war so ein schönes und herrliches Gefühl, diese Vorfreude.

Als ich am nächsten Tag aufwachte, wuchs meine Nervosität enorm. Ich bemerkte sie auch bei Marco.

»Was ist los mit dir? Du bist so durch den Wind.«

»Nein, bin ich nicht. Ich bin wegen morgen nur furchtbar nervös. Du weißt doch, was mich erwartet. Kannst du es mir bitte sagen?«

»Könnte ich schon«, lachte er, »aber machen werde ich es nicht. Du musst dich schon bis morgen Abend gedulden.«

»Wenn das so einfach wäre. Auf der einen Seite will ich es unbedingt wissen, auf der anderen Seite liebe ich das Ungewisse sehr. Das löst in mir einen enormen Reiz aus. Das weißt du.«

»Dann üb dich in Geduld und jetzt lass uns aufhören damit, bevor ich es dir doch noch sage. Dann machst du es dir selbst kaputt.«

»Schon gut. Aber eine Frage habe ich noch. Was soll ich anziehen?«

»Das ist einfach, am besten gar nichts«, sagte er mir mit einem Lachen im Gesicht.

Kapitel 11

»ICH LIEBE DIESES GEFÜHL, WENN SICH MEINE ERREGUNG IMMER MEHR AUFBAUT.«

Das war doch nicht sein Ernst? Ich konnte nicht nichts anziehen, immerhin war ich kein Nudist, der in der Öffentlichkeit nackt herumlief. Das ging auf keinen Fall. Wir wollten uns in dem Restaurant an unserem See treffen, da konnte ich nicht nackt hingehen. Ich würde sofort wieder vor die Tür gesetzt werden. Ganz davon abgesehen, wäre es eine reine Demütigung, und darauf ließ ich mich nicht ein. Was dachte sich Marco nur dabei? Dieses Vergnügen gönnte ich ihm nicht. Ich zog mir einen Rock und meine schwarze Bluse an. Da konnte ich ja einen oder zwei Knöpfe auflassen, um das Outfit etwas reizvoller wirken zu lassen.

Dann war es so weit. Gegen 19 Uhr fuhren Marco und ich zum Restaurant am See. Gegen 20 Uhr waren wir dort mit Stefan und Harry verabredet. Was hatten die drei Herren wieder geplant? Ich hatte das Gefühl, dass die letzte Session eine Ewigkeit her war. Ich sehnte mich danach, endlich wieder etwas zu erleben, mich in diese sechs Hände fallen zu lassen, und freute mich sehr auf dieses Treffen.

Als wir dort eintrafen, pochte mein Herz bereits etwas schneller. Marco führte mich ins Restaurant, und wir setzten uns an einen der hinteren Tische in eine etwas abgelegene Ecke. Es war schon 20 Uhr. Wo blieben die beiden bloß? Ich wurde nervös und hielt dieses Ungewisse kaum aus.

»Marco, schau noch mal auf dein Handy, ob sie sich nicht doch schon gemeldet haben und du es nur nicht gehört hast. Wenn Stefan dabei ist, sind sie eigentlich nie unpünktlich, weil er Unpünktlichkeit nicht ausstehen kann.«

»Sei nicht so ungeduldig. Sie kommen schon. Du bist wohl ein klein wenig nervös, was?«, sagte Marco mit einem Lächeln zu mir.

Das Lächeln hätte er sich verkeifen können. Ja, ich war nervös, weil sie mir nie erzählten, was sie mit mir vorhatten. Wie sollte man es da nicht sein? Warum musste er mich so selbstgefällig ansehen?

»Schau mich nicht so an, und hör endlich auf, so selbstgefällig zu lachen.«

»Warum? Du amüsierst mich aber. Lass mich doch auch mal.« Er konnte einfach nicht aufhören, mich so anzusehen. Das Ganze machte mich noch nervöser. Eigentlich hielt ich nichts vom Alkohol, aber ich brauchte dringend einen Schluck. Ich bestellte mir einen Aperol Spritz mit wenig Alkohol. Als er gebracht wurde, nahm ich einen großen Schluck und genoss es, wie er in meiner Kehle runterlief.

Es war bereits 20:30 Uhr und die zwei waren immer noch nicht da.

»Komisch, ob sie uns doch versetzt haben?«

»Nein, sie werden schon noch kommen, da bin ich mir sicher. Warte es einfach ab.«

»Ja, dann warte ich halt. Ich gehe mich mal frisch machen«, sagte ich zu Marco und stand auf.

Beim Gehen bemerkte ich, wie der Alkohol anfing zu wirken. Vermutlich hatte ich einen kleinen Schwips. Hätte ich es bloß sein gelassen. Ich vertrug wirklich keinen Alkohol. Erst tauchten die zwei Herren nicht auf, dann bekam ich auch noch einen Schwips. Perfekter konnte es nicht laufen …

In der Zeit, in der ich im Bad war, rief Harry bei Marco an. Er und Stefan würden sich verspäten, weil es bei ihnen zu sehr hagelte und sie keinen Schaden am Auto haben wollten, erzählte mir Marco.

»Komisch, bei uns ist draußen alles ruhig. Wie lange fahren sie hierher?«, fragte ich ihn.

»Circa 30 Minuten, mehr nicht. Aber wenn sie gleich losfahren, dann kann es losgehen. Entspann dich endlich.«

Sie trafen eine knappe halbe Stunde später ein. Wir begrüßten uns, mein Herz pochte extrem. Harry und Stefan baten uns, einen Tisch auf der Terrasse zu nehmen, da sie dort rauchen konnten. Ich hasste es. So sehr ich die beiden mochte, aber das Rauchen könnten sie sich wirklich abgewöhnen. Das war ein großer Minuspunkt. Wenn ich die Zügel in der Hand hätte, würde ich sie für das Rauchen bestrafen, doch bevor ich weiter darüber nachdachte, sagte mir Stefan mit seinem charmanten Tonfall: »Sandra, warum bist du wieder so nervös? Entspann dich einfach. Heute wird es ganz locker.«

»Ich bin entspannt.«

Das war ein wenig gelogen, aber wenn er mir so in die Augen schaute, konnte ich nicht anders. Er zwang mich ja fast dazu, ihm nicht die Wahrheit zu sagen, auch wenn es nichts brachte und ich es sicher wieder bereuen würde. Dennoch konnte ich nicht anders, und das machte mich verrückt. Warum hatte er mich so in der Hand? Warum schaffte er es, mich mit nur einem Blick zu provozieren? Warum sprang ich nur darauf an? Lag das Problem eventuell bei mir und nicht bei ihm? Wieder fing ich damit an, meine eigenen Reaktionen zu hinterfragen. Warum konnte ich es nicht einfach nur hinnehmen und genießen? Weil es nicht normal war, beruhigte ich mich innerlich selbst. Dennoch genoss ich genau das. Mich erregte dieses Spiel jetzt schon so sehr, dass ich mir wünschte, Stefan würde über mich herfallen und mich nehmen, während Harry und Marco mich festhielten. Ich wollte gefickt werden, am liebsten sofort.

Auf einmal blickten drei Paar Augen auf mich.

»Was ist?«, sagte ich zu ihnen und schaute dabei Stefan an, weil er mir genau gegenübersaß.

»Nichts, ich frage mich nur, was in deinem hübschen Kopf gerade vor sich geht.«

»Das wüsstest du wohl gern, aber das sage ich dir nicht.«

»Brauchst du auch nicht, denn jetzt weiß ich es ja.«

Woher wusste er, was ich dachte?

»Das kannst du nicht wissen, es sei denn, ich würde laut denken, und das tue ich nicht«, antwortete ich etwas frech.

»Doch, ich weiß ganz genau, was du gedacht hast«, sagte er und schaute mir dabei sehr intensiv in die Augen. Genau das machte mich so nervös, dass ich auf meinem Stuhl auf einmal nicht mehr wusste, wie ich sitzen sollte.

»Soll ich dir und den anderen erzählen, was in deinem hübschen Kopf los ist?«

Ich bekam meinen Mund nicht auf und schüttelte nur den Kopf. Wusste er es wirklich? Nein, das war unmöglich. Er konnte es nicht wissen. Er wollte mich damit nur provozieren, aber darauf ließ ich mich nicht ein. Ich musste die Situation schleunigst auflösen, sonst schaffte es Stefan doch noch.

»Ich gehe mal eben für kleine Mädchen. Bin gleich wieder da«, sagte ich zu den dreien und ging einfach, ohne eine Antwort abzuwarten, auf die Toilette.

Da dort niemand zu sein schien, stellte ich mich vor den Spiegel und betrachtete mich. War ich rot im Gesicht. Man sah mir meine Erregung richtig an. Hoffentlich hatte es keiner der anderen Gäste bemerkt. Mir war es sehr peinlich. Ich spritzte mir etwas Wasser ins Gesicht und ging in eine Kabine. Dort wischte ich mir meine Feuchtigkeit von den Schenkeln. Wäre ich nicht ins Bad gegangen, wäre ich wohl vor Erregung zerflossen, und genau das wusste Stefan. Da war ich mir sicher.

Als ich wieder zurück zum Tisch ging, sah ich, wie die Bedienung gerade unseren Tisch verließ. Als ich mich hinsetzen wollte, hielt Marco mich auf und sagte: »Wir gehen jetzt. Du brauchst dich nicht mehr hinzusetzen.« Wenn das so war, dann musste ich mich wenigstens nicht mehr Stefans intensiven Blicken und seiner Fragerei aussetzen. Ich wartete, bis die Herren vorgingen, und folgte ihnen ohne ein Wort. Draußen setzte ich mich in unser Auto, während Marco ebenfalls einstieg.

»Wo fahren wir jetzt hin?«, fragte ich ihn, als er den Motor startete.

»Wir folgen Harry und Stefan, dann werden wir es sehen.«

Mehr sagte er nicht. Unsere Fahrt dauerte nur zwei Minuten. Dann hielten wir wieder an und stiegen aus. Ich glaubte, dass wir nur etwas um den See gefahren sind. Ich folgte Marco und den anderen. Es war dunkel. Ich wusste nicht, wo wir hingingen, und bezweifelte, dass es ein normaler Weg war. Er fühlte sich matschig an. Wo wollten sie nur mit mir hin?

Plötzlich blieben sie vor mir stehen. »Zieh dich bitte aus«, forderte mich Harrys Stimme auf. Etwas widerwillig tat ich es. Hoffentlich war hier kein Fremder und sah mich so. Marco stellte sich zu mir, ich reichte ihm meine Sachen. Ein bisschen frisch war es schon. Und was nun? Sollte ich jetzt einfach so nackt herumstehen, oder passierte auch noch etwas, bevor uns doch noch jemand Fremdes erwischte?

Plötzlich stand Stefan hinter mir. Was hatte ich verpasst? Ich war doch nur höchstens ein paar Sekunden in meinen Gedanken versunken. Stefan fing an, mich an meinen Brüsten zu kneten und meine Brustwarzen zu drehen. Ich liebte es. Mir wurde sofort ganz heiß, und meine Spalte fing zu pulsieren an. Ich liebte dieses Gefühl, wenn sich meine Erregung immer mehr aufbaute. Doch so schnell, wie er damit angefangen hatte, so schnell hörte er leider auch wieder auf. Dieser Mistkerl! Warum tat er das?

Stefan drehte mich zu sich herum und drückte mich sachte, aber dennoch bestimmend auf die Knie. Dann öffnete er seine Hose und forderte mich auf, seinen Schwanz mit meinem Mund zu verwöhnen. Ich nahm ihn ganz vorsichtig tief in meinen Mund und zog ihn dann immer weiter rein. Stefan zog mich an den Hüften etwas höher und sagte zu mir: »Strecke deinen Arsch besser raus, und wage es ja nicht, deine Hände als Hilfe beim Blasen zu nehmen.« Ich streckte meinen Arsch besser raus, aber was sollte das mit den Händen? Ich hatte nicht vorgehabt, sie zu benutzen. Das würde sonst nur wieder eine Strafe nach sich ziehen.

Mich riss abrupt ein stechender Schmerz aus meinen Gedanken, dass ich beinahe in Stefans Schwanz gebissen hätte. Ich konnte es gerade noch verhindern. Stefan hätte mich dafür büßen lassen. Da war ich mir sicher.

»Streck deinen Arsch noch weiter raus, und höre nicht auf, Stefan einen zu blasen. Hast du verstanden?«, sagte Harry zu mir. Ich fing sofort wieder mit dem Blasen an, schon folgten einige Hiebe auf mein Hinterteil. Es konnte unmöglich unser Rohrstock sein, den Marco mitgenommen hatte. Der Schmerz fühlte sich viel stechender an als sonst. Ich musste mich mit meinen beiden Händen an Stefans Hüfte festkrallen, sonst hätte ich den Halt verloren.

Harry setzte noch ein paar Hiebe auf meine Oberschenkel, aber ich versuchte, mich dagegen aufzulehnen. Dieser stechende Schmerz war kaum auszuhalten. Unbemerkt versuchte ich, ihm auszuweichen. Dafür erhielt ich von Stefan starke Hiebe mit der Hand auf meinen Arsch.

»Jetzt halt endlich mal still«, zischte Stefan mich an.

»Das ist leichter gesagt als getan«, fluchte ich leise.

Stefan nahm seinen Schwanz aus meinem Mund.

»Ein wenig widerspenstig bist du heute. Wie kommt das?«, fragte mich Stefan.

»Daran seid ihr selbst schuld, wenn ihr mich so lange warten und aushungern lasst. Wann haben wir uns das letzte Mal getroffen?«

Ich bekam darauf keine Antwort, sondern noch ein paar Hiebe mehr. Sie wussten ganz genau, dass es vor sechs Wochen war, und das war einfach eine zu lange Zeit. Doch diesen Schmerz hielt ich nicht mehr aus. Er war so beißend und so stechend. Ich wollte nicht jammern, aber es ging einfach nicht mehr. Und wie es der Teufel wollte, fing es auch noch an zu nieseln.

»Stopp! Ich kann nicht mehr.«

Harry hörte auf. Es ging einfach nicht mehr.

»Sie kann wirklich nicht mehr. Gönnen wir ihr eine kurze Pause«, hörte ich Stefan den anderen beiden sagen. War ich ihm dankbar.

»Aber ihre Belohnung bekommt sie trotzdem noch von mir, dann kann sie eine Pause haben. Sandra, komm her zu mir.«

Ich wusste genau, was Harry damit meinte. Stefan half mir auf, damit ich zu Harry gehen konnte. Dort ließ ich mich sofort auf die Knie nieder und legte meinen Kopf in den Nacken. Ich öffnete meinen Mund weit genug und streckte meine Zunge heraus. Harry begann, seinen Schwanz zu wichsen, bis er sich auf meiner Zunge entlud. Er schrie dabei immer wie ein Bär. Manchmal glaubte ich, dass Harry mit seinem riesigen Schwanz und seinem Brüllen, wenn er kam, viele andere Männer einschüchterte. Ich hoffte, ihn hatte in der Umgebung niemand gehört oder war auf den Gedanken gekommen, die Polizei zu alarmieren, weil er glaubte, Bruno der Bär sei wieder unterwegs.

Dann fing es an, stärker zu regnen. Harry half mir schnell auf die Beine, und Marco gab mir meine Klamotten zurück.

»Zieh dich schnell wieder an. Ich glaube, wir belassen es heute dabei und müssen abbrechen und ein anderes Mal weitermachen. Ich befürchte, es wird nicht so schnell wieder aufhören zu regnen«, sagte Marco zu mir.

Ich zog mich so schnell wie möglich an, dann gingen wir in großer Eile zu den Autos zurück. Wir waren triefnass, als wir ankamen. Ich verabschiedete mich schnell bei Harry und Stefan und stieg in unser Auto. Marco ließ den Motor laufen, stellte die Sitzheizung an, damit ich nicht frieren musste, und ging mit einem Regenschirm zurück zu den anderen beiden. Sie unterhielten sich noch kurz. Worüber hatte ich keine Ahnung, wollte es aber zu gern wissen.

Da meine Gedanken mich nicht in Ruhe ließen, fragte ich Marco auf der Heimfahrt, was sie noch beredet hatten. Er schwieg, wie immer, und sagte: »Das geht dich wirklich nichts an. Wenn wir wollten, dass du es weißt, dann hätte ich es dir schon längst gesagt.« Männer … Ich war müde, wollte nur noch trockene Kleidung anziehen und anschließend ins Bett.

Viel war heute Abend nicht passiert, da hatte ich schon ganz andere Sachen erlebt. Trotz des abrupten Endes fand ich es schön und auch ein wenig lustig. Es waren viele Eindrücke in kurzer Zeit. Stefans Spielerei mit meinen Reaktionen und Harrys harte Hand, aber auch dass Marco dabei war und zugesehen hat, hatte mich trotz allem sehr erregt.

Kapitel 12

FRISCH GEDUSCHT, RASIERT UND GESTYLT

Heute Mittag, zwei Wochen nach unserem letzten Treffen, rief mich Harry an, ob ich am Abend Zeit für ein Treffen hätte. Es gab ganz in unserer Nähe einen Club, den er sich gern mit mir anschauen wollte. Ich erzählte Marco davon, doch er wusste es schon von Harry, weil er zuvor mit ihm telefoniert hatte. Er wollte nur, dass Harry mich selbst auch noch mal fragte, weil es wohl kein normales Treffen wäre, wie ich sie bisher kannte. Es konnte sein, dass man in dem Club keine SM-Spiele machen durfte, aber Harry wollte sich trotzdem gern mit mir unterhalten. Doch worüber, das erzählte mir Marco nicht.

Es traf sich dennoch sehr gut. Auch ich musste Harry unbedingt etwas erzählen. Mich schrieb im Internet eine Frau wegen Harrys Profil an. Sie fand es interessant, was er dort hineingeschrieben hatte, und würde ihn gern einmal treffen. Doch bevor sie dieses Wagnis einging, wollte sie von mir wissen, wie er drauf wäre und wie es mir bei den Sessions ging, ob ich mich in seinen Händen wohlfühlte. Sie war sehr neugierig, was Sadomasochismus anging, hatte in dem Bereich aber noch keinerlei Erfahrung. Es war sehr schwer, als Singlefrau einen Mann dafür zu finden, dem man vertrauen konnte, doch sie wollte ihre Sehnsucht, es zu erleben, auch nicht länger zurückhalten.

Ich konnte sie gut verstehen. Diese Sehnsucht danach … Mir ging es nicht anders. Ich hatte zum Glück Marco an meiner Seite, der wunderbar auf mich aufpasste. Leider gab es auch im Sadomasochismus schwarze Schafe, die einfach nur eine willige Frau suchten und keine Ahnung hatten oder zu sehr Sadist waren und ihre eigenen Grenzen nicht kannten. Diese sogenannten »Sadisten ohne Grenzen« können einem physisch und psychisch sehr viel Schaden zufügen. Im Sadomasochismus befindet man sich auf sehr, sehr dünnem Eis. Es kann brechen und man stürzt in die Tiefe, oder es hält einen und gibt genau die Erfüllung, nach der man sich so sehr sehnt. Man muss wirklich vorsichtig sein, damit man nicht in falsche Hände gelangt. Es war ein gegenseitiges Vertrauensspiel, das man nicht so leichtfertig hergibt beziehungsweise hergeben sollte.

Ich war gespannt, was Harry von ihr hielt, und ob sie sich traute, sich mit ihm auf ein Kennenlernen zu treffen. Ihr Profil klang selbst für mich sehr reizvoll und machte jetzt schon Lust auf mehr. Ich würde sie auch gern einmal kennenlernen, da ich von Marco und Harry sowieso den Auftrag hatte, eine zweite Frau für unser Spiel zu suchen, ähnlich wie bei der *Geschichte der O.*

Ich hatte ihr geraten, sich selbst auch an Harry zu wenden und ihn einfach anzuschreiben, da ich für ihn keine Entscheidung treffen konnte. Sie wollte von mir noch wissen, ob ich nicht eifersüchtig wäre, wenn er noch eine zweite Frau hätte. Doch warum sollte ich es sein? Harry gehörte mir nicht, und ich hatte Marco. Harry war mein Ausbilder, aber Marco mein Ein und Alles!

»Und warum bildet dich dann Marco nicht aus?«, fragte sie mich. Ich erklärte ihr, dass Marco, der mich über alles liebte, die meisten Dinge nie bei mir machen könnte, aber es gern bei anderen Frauen ausleben würde, was ich ihm von tiefstem Herzen gönnen würde, wenn er eine Frau findet würde, die sich auf ihn einlässt, und in seine Hände begeben möchte. Ich musste zugeben, dass es mich sehr reizen und enorm erregen würde, ihn dabei zu beobachten, wie er eine andere Frau dominiert. Mich interessierte dabei sein Ausdruck, wie er sich bei alldem gibt. Wie schaut er? Wie reagiert sein Körper? Wird es ihn selbst erregen? Der Gedanke daran erregte zumindest mich. Ich hoffte, bald in den Genuss zu kommen.

Ich zeigte Marco das Profil der Frau, die sich als Xenja vorgestellt hatte. Auch er war sehr von ihr angetan und würde sie gern real kennenlernen. Hoffentlich traute Xenja sich und meldete sich bei Harry. Auch wenn ich sie noch nicht kannte, hatte ich allein vom Schreiben das Gefühl, sie würde wunderbar zu uns passen.

Als ich mich an diesem Abend mit Harry traf, erzählte ich ihm von ihr, was wir bisher geschrieben hatten und dass sie mich sehr reizte. Leider hatte sie sich nicht getraut, ihm zu schreiben, aber Harry beschloss, es selbst in die Hand zu nehmen. Er würde sich ihr Profil genau anschauen und sie dann anschreiben, sollte es ihm zusagen und sie ihm gefallen. Aber da war ich ganz positiv eingestellt und optimistisch.

Harry und ich hatten an diesem Abend leider nicht gespielt, uns dafür aber sehr viel unterhalten. Es hatte gutgetan, mit ihm einfach nur zu Worte auszutauschen. Er hatte mich gefragt, welche Session das meiste in mir ausgelöst hatte. Das war nicht so leicht zu beantworten. Jede Session hatte ihren Reiz, und genau das fand ich so spannend, eben weil sie immer wieder anders aufgebaut waren.

Doch was mich am meisten reizte, war das Spiel mit Stefan. Auf den ersten Blick schaute er einen wie ein ganz normaler Mann an. Er strahlte keine enorme Dominanz aus, sondern eher Sympathie und Charme. Er wirkte wie ein Mann, mit dem sich jeder gern unterhielt und mit dem man gern mal etwas trinken ging. Genau das war seine Waffe. Erst versuchte er, einen mit seinem Charme zu umgarnen, und dann, wenn er seine Schlinge um einen gezogen hatte, zog er sie zu. Er fing an, dich zu reizen, indem er wörtliche Fallen stellte, aus denen man sich selbst nicht mehr rauswinden konnte. Dabei blickte er einem so tief in die Augen, dass es total verunsicherte. Er reizte bis zum Äußersten, brachte dich in unangenehme Situationen, und das allein nur mit seinem Blick, seinen Gesten und seinen Andeutungen.

Stefan durfte ich einfach nicht unterschätzen, auch wenn er auf den ersten Blick nicht so sehr dominant wirkte wie zum Beispiel Harry. Aber er konnte es sein. Ich genoss jede Session mit ihm enorm, auch wenn er mich hin und wieder immer wieder zur Weißglut trieb. Er dominierte mich auf seine ganz eigene Art und Weise und ganz anders als Harry. Ich wusste nie, was er als Nächstes tat, sagte oder plante.

Bei den Sessions mit Harry liebte ich es hingegen, wie er mich nur vom Lustschmerz immer wieder an meine Grenzen brachte.

Seine Dominanz war wirklich sehr erschreckend. Er schüchterte damit oftmals sogar andere Männer ein. Er war in seinem Auftreten sehr selbstbewusst und sich seiner Sache und in seinem Auftreten enorm sicher. Wenn wir zum Beispiel in einem Club waren, dann schaffte er es, allein mit seiner dominanten und dennoch sympathischen Ausstrahlung, etwas Mystisches zu zaubern. Alle waren sofort still und gefesselt. Jeder wartete darauf, was er als Nächstes vorhatte. Das Schöne dabei war für mich aber, dass ich mich dann als Frau richtig begehrt fühlte. Er gab mir in diesem Moment das Gefühl, etwas ganz Besonderes zu sein. Nur für dieses Gefühl wollte ich ihn dann mit meiner Hingabe stolz auf mich machen. Es war einfach schön, der Mittelpunkt des Geschehens zu sein.

Ich liebte die Vielfältigkeit in diesem Spiel. Harry und Stefan überraschten mich immer wieder. Es war nie eintönig. Vor allem mit Stefan würde es mir bestimmt nie langweilig werden. Ich glaubte auch, dass Marco, wenn er die Gelegenheit bekäme, eine andere Frau zu dominieren, eher ein Typ wie Stefan war.

An diesem Abend mit Harry hatte ich ihn auch gefragt, ob er, wenn wir eine zweite Frau mit in unser Spiel einbänden, Marco noch mehr mit einbeziehen würde. Ich würde einfach gern sehen, wie er bei anderen Frauen seine Dominanz spielen lässt und war neugierig, wie die Frauen darauf ansprechen.

Das Gespräch mit Harry hatte richtig gutgetan. So lernte ich ihn von einer ganz anderen Seite kennen. Wir konnten uns richtig gut unterhalten, wobei er an diesem Abend das meiste redete. Ich hatte gespürt, dass er auch beim Reden gern seine Dominanz rausließ. Er lenkte die ganze Unterhaltung, war durch und durch dominant, erhaben, aber dennoch sehr charmant.

Schon am nächsten Morgen rief Harry mich an. Er hatte Xenja noch am Abend nach unserem Gespräch angeschrieben, und sie ihm prompt geantwortet. Sie wäre einem Treffen mit ihm nicht abgeneigt, doch wohler fühlen würde sie sich, wenn auch ich dabei anwesend wäre. Harry hatte die Idee, dass er, Stefan und ich bei dem Treffen dabei sein sollten. Wir würden uns mit ihr in einem Lokal treffen, dann wären wir zu viert, und das würde gut passen. Wenn sie anschließend wollte, könnte sie hinterher dabei zuschauen, wie wir spielen. Das Problem war nur, dass sie sich gern noch an diesem Abend mit uns treffen wollte. Das musste ich jedoch erst mit Marco absprechen. Ich sagte Harry, dass ich mich in einer Stunde wieder bei ihm melden würde, wenn ich mit Marco gesprochen hatte. Ich konnte schlecht etwas zusagen, wenn Marco nichts davon wusste. Ich rief ihn an und schilderte die Situation. Harry wollte zwar zuerst Marco anrufen, doch er war nicht erreichbar. Marcos private Handynummer hatte Harry nicht.

Marco erlaubte mir, mich mit den dreien zu treffen, da er wusste, wie sehr mich Xenja reizte. Er hoffte, sie auch kennenlernen zu dürfen, wenn wir uns sympathisch seien und nach dem Kennenlernen noch etwas zusammen machten. Er würde etwas früher von der Arbeit nach Hause kommen, damit ich mich in Ruhe fertig machen könnte, und das Abendritual mit unseren Kindern übernehmen. Danach rief ich wieder bei Harry an und vereinbarte mit ihm eine Uhrzeit für diesen Abend. Er freute sich sehr, dass Marco zugestimmt hatte, und wollte mich zusammen mit Stefan gegen 19 Uhr abholen kommen.

Frisch geduscht, rasiert und gestylt, verabschiedete ich mich von Marco. Er wünschte mir einen schönen Abend. Ich sollte ihm später alles genau erzählen und kein Detail weglassen. Ich liebte es, alles zu berichten, weil ich ganz genau wusste, dass ihn das erregte.

Wie immer ging ich schon ein paar Minuten früher nach draußen, obwohl ich eigentlich genau wusste, dass Harry immer zu spät kam, außer wenn Stefan dabei war, dann waren sie meistens pünktlich. Genau fünf Minuten später hielt Stefan vor mir an, und ich stieg hinten ins Auto ein.

»Hallo Sandra, wie schaut es aus? Bist du nervös?«, war das Erste, was ich von Stefan hörte, als ich mich im Auto anschnallte.

Er wollte doch nur, dass ich es war, aber das war ich dieses Mal nicht.

»Nein, ich bin es ausnahmsweise nicht, eher neugierig auf Xenja. Hallo Harry, glaubst du, dass sie wirklich kommt?«

Ich versuchte, gleich das Gespräch auf Xenja zu lenken, so konnte Stefan mich wenigstens nicht verunsichern.

»Ich hoffe es. Wir werden es sehen«, sagte Harry kurz und knapp.

»Und wenn sie nicht kommt, Sandra, dann haben wir schon geplant, was wir mit dir anstellen werden«, meldete sich Stefan wieder zu Wort. War ja klar. Er ließ mich nicht in Ruhe.

»Was habt ihr denn Schönes geplant, falls sie nicht kommt?«

»Also wirklich, Sandra … Was hast du denn heute Schönes an?« Jetzt versuchte er, wieder abzulenken. Warum konnte er nicht einfach meine Frage beantworten?

»Harry, hast du dir das Profil von Xenja genau angeschaut und auch Stefan gezeigt? Sie hat wirklich einen schönen Körper, findest du nicht? Ich bin gespannt, ob sie real auch so aussieht wie auf dem Foto im Profil.« Wenn Stefan mir nicht antworten wollte, dann tat ich es auch nicht. Ich konnte dieses Spiel auch spielen.

»Sandra, ich habe dich eben etwas gefragt und würde gern eine Antwort haben«, sagte Stefan und wechselte kurz einen Blick mit Harry.

»Warum sollte ich dir antworten, wenn du es auch nicht tust? Ich habe dich schließlich zuerst was gefragt.«

»Weil es bei deiner Frage für mich nichts zum Beantworten gibt. An deiner Stelle würde ich mir jetzt ganz genau überlegen, ob du mir antwortest oder nicht.«

»Warum? Was passiert, wenn ich es nicht tue?«

»Das wirst du dann zu gegebener Zeit sehen. Du bist mir immer noch eine Antwort schuldig«, sagte Stefan nun schon in einem wesentlich schärferen Ton.

Was mich wunderte, war, dass Harry sich aus unserem Gespräch komplett raushielt.

»Meine Antwort kannst du gern haben. Was ich unter meinem Mantel anhabe? Ich glaube, das habe ich gerade vergessen. Das wirst du dann später sehen, wenn wir im Lokal sind.« Das war meine Antwort.

»Oh, jetzt werden wir also ein klein wenig schnippisch.«

»Da bist du selbst schuld. Du treibst mich doch dazu.«

»Harry, ich glaube, wir sollten Sandra heute auf dem Lkw-Parkplatz den Männern aussetzen. Ihre spitze Zunge braucht ein bisschen Abwechslung.«

Bei dem, was er sagte, schluckte ich schwer und fing an, nervös zu werden. Warum konnte ich auch meinen Mund nicht halten? Ich hätte ihm doch bloß auf die simple Frage antworten müssen, aber ich musste wieder provozieren. Da war ich jetzt selbst schuld.

Er meinte es hoffentlich nicht ernst. Er wollte mir sicher nur einen Schrecken einjagen. Doch was tat ich, wenn er es wirklich wahr machte? Nein, das würde Harry nie zulassen. Oder doch? Mein Puls beschleunigte sich immer mehr. Ich öffnete meinen Mantel und machte mein Fenster ein wenig auf.

»Oh Sandra, auf einmal so ruhig? Bist du nervös?« Stefan schien sich auch noch daran zu weiden, so glücklich, wie er es sagte.

»Wenn du es genau wissen willst, ja.«

»Ja, das wollte ich wissen. Danke für die Antwort, und jetzt bist du ruhig, bis wir da sind.«

»Aber …«

»Sandra!«, unterbrach Stefan mich umgehend und hob dabei seinen Finger. Mit dieser Reaktion brachte er mich völlig zum Schweigen.

Während Harry und Stefan sich die restliche Fahrt über unterhielten, schwieg ich und hoffte, dass Stefan seine Drohung nicht wahr machte. Ich könnte es nicht ertragen. So etwas würde er mir nicht antun … Oder doch?

SANDRA LEONIE wurde 1982 im Norddeutschland geboren und wuchs dort auf. Mit 22 Jahren verschlug es die bis dahin noch jungfräuliche Frau aus Liebe ins katholische Bayern. Sie heiratete bald darauf und gründete eine kleine Familie. Gemeinsam mit ihrem Mann entdeckte sie, dass tief in ihr mehr als nur die brave, anständige Ehefrau und Mutter schlummert.

Sandra Leonie
MEIN WEG DER UNTERWERFUNG
Sehnsucht nach männlicher Dominanz
Eine wahre Begebenheit

ISBN 978-3-86265-372-0

Dieses Buch erscheint in der Reihe LUST & LIEBE.
LUST & LIEBE ist ein Label des Schwarzkopf & Schwarzkopf Verlages.

KATALOG
Wir senden Ihnen gern kostenlos unseren Katalog
Schwarzkopf & Schwarzkopf Verlag GmbH
Kastanienallee 32 | 10435 Berlin
Telefon: 030 – 44 33 63 00
Fax: 030 – 44 33 63 044

INTERNET | E-MAIL
www.schwarzkopf-schwarzkopf.de
info@schwarzkopf-schwarzkopf.de